Las aventuras de Nagual Jaguar y Natán Balam

El despertar de la serpiente emplumada

Carlos Alberto Gutiérrez

Título original: *Las aventuras de Nagual Jaguar y Natán Balam. El despertar de la serpiente emplumada*
Autor: Carlos Alberto Gutiérrez
© Carlos Alberto Gutiérrez, 2020
© Diseño de la portada: Pío Gil (adcomunicacion.es)
Maquetación: Celia Arias Fernández (celiaariasfermandez.com)

www.carlosalbertogutierrez.com
info@carlosalbertogutierrez.com

safeCreative

2 009145 332753
INFO ABOUT RIGHTS

Índice

Con todo mi Amor para
Martha Vázquez
Miguel Gutiérrez
México

En tanto que el mundo exista,
jamás deberán olvidarse la gloria
y el honor de México Tenochtitlán.

Chimalpahin Quauhtlehuanitzin

CAPÍTULO I

De cómo se conocieron Nagual Jaguar y Natán Balam, de los
primeros días en Tenochtitlán y la fonda del Potzolcalli

e decían Nagual Jaguar, y nos conocimos en el mercado de
Tlatelolco. Fue guerrero azteca en tiempos de nuestros señores emperadores Axayácatl, Tizoc, Ahuizote y Moctezuma
Xocoyotzin. No era el más justo ni el más legal, sin embargo, era
bravo y entrón.

Por azares del destino, ofrecía sus artes en todo tipo de tran-
sas, misiones y chanchullos; algunas veces para el imperio como
mercenario, y otras, para pochtecas en largas jornadas, guardando
sus valores de muchas amenazas en los caminos: ajustes de cuentas
por aquí; sofocamiento de provincias rebeldes por allá; cambiando
mercancías de un propietario a otro; acallando voces molestas para
personas de mucho lustre... En fin, casi siempre en cosas no muy
derechas, por no decir bien chuecas.

Siempre andaba bien bruja y con el morralito seco, por lo que
en contadas ocasiones el dios Tonatiuh iluminaba su techo —como
todos los que van por su cuenta—. Si no estaba en campaña, lo que
sucedía muchas veces, uno podía encontrarlo en su local preferido:
la fonda del Potzolcalli. Allí comía buen pozole, degustaba vigoroso
chocolate, fumaba buen tabaco o bebía un refrescante tarro de pulque
para emborrachar a los fantasmas que le perseguían. Algunas veces

pagaba él; otras, los amigos, y no pocas el matrimonio que regentaba el negocio: Ameyal, el Olmeca, y su esposa Flor de Mañana, La Teotihuacana. El Potzolcalli, además de ser un lugar de comer, beber y arder, se transformaba, sobre todo ciertas noches furtivas, en sitio de apuestas de patolli, vicio arraigado entre los aztecas. Acudían forasteros de todas partes a jugarlo. Si alguien necesitaba contratar los servicios de Nagual, así como su letal y certero garrote, lo podía encontrar allí, ahogando las penas junto con otros amigos asiduos a buscar respuestas en el fondo de los vasos del barro fresco.

Había garrotes y dagas de todo tamaño, el más famoso quizás el macuahuitl, una macana larga con navajas de obsidiana a ambos lados. Para fines prácticos, dividíamos este tipo de armas en tres medidas: la larga, la mediana y la mocha. Bien atinado, el mazazo descuajaringaba la cabeza del infortunado. Nagual Jaguar prescindía muchas veces del chimalli para escudarse. Argumentaba que la mejor defensa era el ataque y lo reafirmaba con la mediana, su agilidad felina y esa daga de carrizo retráctil muy ligera, la mocha. Ni cuenta se daba el contrario que atacaba y se defendía, y Nagual, entre escudo y mazazo, se agachaba como si fuese de hule y, ¡con su permiso!, le rasgaba la panza. El infame emprendía la retirada si fuerza o vida quedaba, sujetándose y tropezándose con su mismo mondongo. Otras veces, cuando Nagual se veía desarmado de sus instrumentos, usaba patadas y puñetazos mortales o sacaba de la funda de la pantorrilla, con prestidigitación de encantador, su cuchillo afilado y largo como una mano. Lo lanzaba en un abrir y cerrar de ojos, tan picudo que bastaba con la ayuda de su puntería fina y adiestrada para hundirlo mortalmente donde cayera. A las víctimas ni tiempo ni fuerzas les asistían para encomendarse a su dios preferido. Solo les quedaba el pase directo para una visita eterna al Mictlán y sus inframundos, al cuarto para ser más exactos, donde descansan los muertos en batallas, apuñalados y desgraciados así.

Ninguno mejor que Mixtli. Sí, señor, qué bueno era. Una chucha cuerera en eso de la guerra cuerpo a cuerpo. Ese era su verdadero nombre: Mixtli, Nube Negra. Lo de Nagual Jaguar le venía de antiguo. En el campo de batalla, siendo aún alumno, le tocó asistir como vulgar soldado raso durante los últimos suspiros del gobierno de Axayácatl a una de las tantas y tan fracasadas guerras contra los michuaque, ¡vaya estreno! Para no hacer el cuento largo, a Mixtli y a unos veinte aztecas más les emboscaron. Entre ellos estaba también su amigo Brazo Piedra, un varón chichimeca poderoso y gigantón de buena fuerza y gran corazón; mandó a cuidar alcanfores y cempasúchil a más de un enemigo con puñetazo certero entre ceja y oreja. Mixtli le libró en más de una ocasión del garrote y, aunque los dioses no lo habían dotado de mucha cabeza, dicho sea de paso, era noble y leal. El otro compañero era mi padre. También salvó la vida en esa ocasión, mas al poco tiempo quedó bien despachado como alfiletero por los dardos envenenados en batalla maldita contra zacachichimecas. Mixtli quiso recuperar su cuerpo para rendirle los honores, sin embargo, los habitantes ocultos de las cuevas y maestros en el manejo del fuego arrastraron el cadáver de mi padre y se lo llevaron. A los tres los había unido esa amistad que solo se logra en la infancia. Cuando uno es escuincle y se quita los mocos a guamazo limpio.

El problema con aquella entrampada, como Mixtli me contó alguna vez, consistió en engolosinarse. Como los aztecas habíanse ya cebado con unos cuantos de *los caras con grecas,* se envalentonaron pensando que la victoria por su lanza habíanla ganado sin saber que, mientras más los correteaban y cercaban, a sus espaldas la muerte les acechaba. Los muy ingeniosos michuaque cavaban zanjas y se enterraban como tuzas, esperando pacientes la orden y la hora de verles las espaldas para salir con su camuflaje de zacate a cuestas y hundirles el cuchillo hasta el fondo de su maldita alma azteca. Cuando los mexicanos vieron que el pasto cobraba vida y se levantaba, ya no hubo forma de regresar. Echada estaba su suerte. Chiquita y no se la iban a acabar. Más valía haber muerto en combate que someterse a sus torturas. Todo el mundo conocía su afición a clavar espinas de maguey o de nopal entre la carne y las uñas, o meter una mazacoatl por la boca de la víctima que comenzaba a reptar gañote abajo para instalarse dentro de las tripas del desgraciado, empezando a comerlo desde adentro, poco a poco.

Tras emboscar a nuestros aztecas como ratones, los encerraron en una cloaca inmunda que apestaba a carne podrida y excremento, y cada vez que se abría la puerta de madera maciza se presentaba aquel purempecha, y no precisamente para darles los buenos días o llevarles el desayuno a la cama. Alto y con una piel de jaguar por uniforme, los brazos de aquel lindo carcelero más parecían piernas de mujer, como me contaba Brazo Piedra años después en el Potzolcalli tras un tarro de pulque. Aquel verdugo cubría su cabeza con la del felino que le servía de yelmo. Los colmillos del gato caían sobre la frente como si escupiera la cara del guerrero. Olía a muerte y metía miedo hasta al más pintado. Su dedo índice indicaba quién era el elegido que se debía acercar para ir a la piedra de los sacrificios, así se fue llevando a uno por uno. A lo lejos escuchaban los gritos de horror. Los prisioneros se miraban unos a otros sin cruzar palabra. Cuando le tocó su turno a Mixtli, despareció por la puerta tras el asesino. Ya solo quedaban cuatro de sus compañeros. Instantes después, el pórtico se abrió lento, crujiendo, con rechinidos. Transformado, como lo hubiera hecho cualquier buen Nagual, apareció Mixtli con el uniforme de jaguar del carcelero. Se alzó el casco para que lo reconocieran sus compañeros. Los cuatro aztecas abrieron mucho los ojos y la boca. Él se llevó un dedo manchado de rojo a la suya ordenando silencio. Indicó al primero que lo siguiera y lo mismo hizo con el resto, y uno a uno los fue sacando. Veían al huir los cuerpos en el suelo de los michuacanos, incluido el del verdugo con la sangre aún brotándole a borbotones, roja y brillante de la garganta o del pecho. Mientras, a Mixtli le escurrían hilos del rojo líquido del puñal amarrado a la pantorrilla.

Desde entonces se ganó el respeto de amigos y enemigos. Nunca más le volvieron a decir Mixtli. Nube Negra quedó atrás y comenzó, sin él saberlo, la leyenda de un hombre valiente. Mejor conocido por todos como Nagual Jaguar.

¡Adiós, que te vaya bien bonito, y si te he visto no me acuerdo! Los cinco pusieron pies en polvorosa y no pararon hasta Tepotzotlán, el primer pueblo tributario. El regreso a Tenochtitlán fue fácil, pero eran tiempos duros, no me cabe duda, y los altibajos de la guerra hacían trocar de oficio a no pocos guerreros. Incluso Jaguar alguna vez intentó como comerciante, pero comprobó en carne propia eso de zapatero a tus zapatos. Las cosas comenzaban a cambiar, cada vez había más canguelo del regreso de la Serpiente Emplumada, Quetzalcóatl. Menos batallas, menos conquistas, y todo a causa del pavor, del horror que causaba solo pensar en el castigo divino que parecía ceñirse sobre nuestro pueblo. Los ejércitos se ponían nerviosos ante la falta de guerras, necesitaban acción, cuchillo y garrotes. Sus guerreros eran hombres de verdad, amantes de la pelea, de la sangre, los sacrificios y de las victorias del imperio.

En lo que respecta a Nagual Jaguar y Brazo Piedra regresaron una vez más al imperio. Quizá porque en ninguna otra parte se veían apuestas, peleas de gladiadores, fiestas como la del amor, mitotes o partidos de tlachco en esos estadios repletos de multitudes que rugían y apoyaban a sus equipos. Tal vez porque allí siempre surgía algún trabajo, o porque para ellos no existía mejor local que el Potzolcalli, siempre decidían volver.

Y así fue como nos conocimos Nagual Jaguar y yo. En una desas tantas expediciones. Bueno, así fue como me adquirió. Yo viajaba como tlacotín, esclavo. Venía de dominios tenochcas en el sur, tierras mayas, y me llevaban para venderme en el mercado del Tlatelolco junto con otra veintena. Mi primer dueño me compró en el mercado de Xicalango, pero enseguida me apostó y me perdió en un juego de pelota tlachco junto con su mujer, hijos, orgullo, propiedades y dignidad. Y mi segundo y último señor me sometía a trabajos bestiales. Así que yo me escapaba cada vez que podía. Aunque viajábamos en barcaza, íbamos apresados por el pescuezo con pesados e incómodos yugos de ocote. Ese yugo era símbolo de esclavos perezosos o rebeldes, y solo se le colocaba al desgraciado si, y solo si, era amonestado tres veces por sus haraganerías. Una vez puesto este artefacto, triste era la suerte del portador. Quiero dejarlo bien clarito: yo no era flojo, sino que me sometían a tareas ni dignas de animales. En Tlatelolco y Xicalango, principalmente, se traficaba todo lo que se producía en las decenas de ciudades tributantes; podría contarles y describirles sobre los cientos de tianguis distribuidos en todas partes, pero ningunos tan maravillosos y fascinantes como aquellos dos.

La historia que agora escribo y quiero contar a ustedes es la de los pochtecas de Ayotlán. Quiero contarla porque, para mi fortuna —aunque en ese tiempo pensé que para mi desgracia— apenas me compraron, y yo ya estaba imbuido en ese mundo de la Tenochtitlán más sucia y oscura, aunque por otra parte la más excitante y…, por qué no, la más divertida. De eso han pasado ya tantos días y lunas y, sin embargo, aún la tengo muy fresca, sucedió por allá del año chicome acatl, siete caña, si la memoria no me falla.

Entiendo si no se comprende por qué Jaguar me compró a ese pochteca comerciante de esclavos en Tlatelolco. Solo a manera de resumen les comento que Nagual Jaguar tiempo antes había perdido mujer e hijo de manera misteriosa e infame —¿acaso hay noble?— Lucubré tanto acerca de que me comprara, ya que el muy cretino no soltaba la sopa ni me explicaba lo acontecido de manera clara. ¡Qué tanto le hubiese costado decirme que yo era hijo de uno de sus mejores amigos!, y que luego luego vio en mi cara a su amigo de la infancia, y que ese lunar rojo en forma de papalote mariposa en mi cuello terminó de confirmar sus sospechas. Lo del hijo y la mujer era un tema prohibido. Solo cuando se abría un poco bajo el influjo del pulque y asustaba a sus fantasmas, soltaba piezas con las que yo fui armando el rompecabezas de tan desgraciada experiencia.

Agua de las verdes matas
Tú me cuidas
Tú me matas
Tú me haces andar a gatas

Yo vivía con mi madre, porque, como ya he dicho, habían despachado a mi padre los malditos zacachichimecas, había caído la desgracia sobre nosotros. Mi madre me tuvo que vender para así obtener unos canutos de oro y salvar al resto de mis hermanos. Inocente de ella, creyó todo lo que le decía esa pareja que parecía un lindo y enamorado matrimonio: que me iban a meter a un calmécac a estudiar porque eran ricos, que llegaría muy lejos y no se cuánta engañifa más, sin saber que los muy ladinos eran comerciantes de esclavos de Xicalango. Ahí aprendí algo de maya, y ahí comenzó mi desgracia. Siempre le estaré agradecido, a pesar de castigos y reprimendas, algunas veces merecidos y otras, muy severos y estrictos. Sirvan estas narraciones a manera de homenaje para un hombre que, más que padre, fue maestro. Uno de los aprendizajes más difíciles de la vida es conocerse a uno mismo, decía. Aprendí, a pesar de su reticencia, el manejo de la larga, la mediana y la mocha, y el tiempo me volvió muy diestro y peligroso con estas armas. Observé y practiqué hasta obtener la maestría como todo en la vida. De su parte nunca obtuve palabras de aprobación por dominar estas artes; él prefería verme ejerciendo en las de los tlacuilos, y el tiempo le dio la razón. Largar la pluma en vez del garrote y el tecpatl, cuchillo, fue lo que me salvó la piel.

Lo primero. Me llamo Natán, Natán Balam, para servir a los dioses y a nuestro emperador. Mi historia con Nagual Jaguar empieza cuando viajaba en una barcaza nocturna rumbo a Tenochtitlán. Antes de llegar al mercado de Tlatelolco me dijeron que, si me llevaban al de Azcapotzalco, era hombre muerto. Era el tianguis por excelencia de los tlaltiltin, esclavos bañados y comprados a los que trataban a cuerpo de rey durante un año para después sacrificarlos. Entramos de noche a la ciudad, esperando la fecha uno casa, la propicia según los rituales de los pochtecas comerciantes.

Los lagos donde flotaban los jardines que conforman el imperio de Tenochtitlán bien podrían confundir al forastero nocturno quien pensaría que el cielo se hubiese caído al suelo.

Una bóveda tapizada de estrellas servía de telón y se fundía en el horizonte con el lago formando un inmenso espejo reluciente y flotante de obsidiana negra. Cientos, miles de antorchas, velas, lámparas y linternas comenzaron a dar forma a la ciudad, aluzándola. Miles de acallis —pequeños troncos ahuecados con capacidad para uno o dos hombres— se movían y deslizaban ágiles en la superficie negra. Teas de sebo o negro chapopotli las decoraban adelante y atrás o a los lados, sobre todo en las noches de ausencia de luna. De día, ese tráfico se multiplicaba por mil, un titipuchal de pequeñas embarcaciones infestaba el lago como si un ejército de mosquitos flotara sobre el agua de un estanco. La otra clase de barcas, menores en cantidad pero no en tamaño, eran del tipo donde este narrador viajaba. Entre esclavos, pochtecas, prostitutas, guerreros guardianes, cargadores y demás personal sumábamos unos cuarenta. Después de embarcar en el lago de Chalco y dirigirnos hacia el oeste, alcanzamos el de Xochimilco, doblamos hacia el norte y luego luego apareció a lo lejos una aglomeración de estrellas. Nos abrazaba un cielo abigarrado de lucecitas fijas y fugaces que a lo lejos se mezclaba con el lago haciendo imposible una línea divisoria entrambos. El silencio contrastaba con el golpeteo del agua sobre las maderas de la embarcación, empujada por muchos hombres con grandes varas de madera de árbol de ahuehuete, y al apoyarlas en el fondo del lago se impulsaban para avanzar. Hubimos de esperar ante un gran dique —el último antes de entrar en plena ciudad—, una barrera de grandes árboles clavados en el fondo del lago, para evitar la inundación cuando el oleaje embravecía. Aguardábamos detrás de muchas otras acalli con sus respectivos cargamentos. Lo que se inició con un gran lago abierto se fue estrechando, y cada vez entrábamos a canales más angostos. Cuando menos lo pensé, ya nos acompañaban muy de cerquitas acequias rectas y largas, laterales a las calles de tierra maciza. Un sonido grave y potente de un caracol nacía en el centro del teocalli. Se perdía en la inmensidad del lago y era secundado por muchos otros en pueblos de cierta lejanía. Comenzaba a amanecer. Se presentía una magnífica jornada primaveral, soleada y aireada, y Tenochtitlán resplandecía.

La gente en tierra acompañaba a nuestra embarcación caminando a su ritmo, platicando en voz alta para hacerse escuchar. Negociaban e intercambiaban, incluso antes de que amarráramos. Desembarcamos cuando Tonatiuh era un tímido quiero y no puedo iluminando el contorno de los cerros del oriente, el Iztaccíhuatl y el que siempre está fumando, el Popocatepetl, cubiertos como casi siempre bajo su níveo y perenne manto.

Los tamemes, formados, esperaban turno con sus pieles curtidas echándose los pesados fardos a la espalda, y los sostenían con un utensilio llamado mecapal del que nacía una cinta para rodear la frente, y así cargarlos hasta donde su pagador ordenaba. Entre ese griterío de voces de compra y venta, yo observaba más con pánico que con asombro. Una mujer de la embarcación nos dividía en dos grupos: los del mío quedaban desnudos, y a los otros veíamos cómo se les acercaban los criados de los comerciantes y los bañaban aplicándoles unos polvos, y los aderezaban con muy buenos atavíos, mantas y maxtles para cubrir sus partes. Colocábanles bezotes de piedras preciosas que valían corazón y sangre, sartales de flores, collares y aros en las manos y en las gargantas de los pies con cañas de perfumes. A las mujeres vestíanlas con muy finos huipiles, les ponían naguas ricas y les pintaban la cara y las dejaban bien chulas y bonitas. Recuerdo muy bien a uno dellos, un hombre con el pelo más negro que la noche y rizado como si le resbalaran caracoles —algo muy raro entre nuestra gente lacia—. Esos esclavos se los llevaron a Azcapotzalco, supongo, porque nunca más los volví a ver, excepto, años después, a ese del pelo chino. Al resto nos llevaron al mercado de Tlatelolco.

El sol ya caía a plomo cuando Nagual se paseaba por allí acompañado de algunos de sus amigos. Disfrutaba de echar un ojo, ya que no le quedaba de otra, antes de ir al Potzolcalli. Ni semillas de cacao, T's de cobre o polvo de oro en canutos solían acompañarle. Acababa de regresar, para no variar, de tierras tlaxcaltecas donde había estado encerrado e indultado merced a sus muchas amistades. Yo veía sin mirar lo fascinante de ese tianguis, ¡guay de mí!, mis tripas quejosas comenzaban a hacer mella en mi ánimo. Sus gruñidos se confundían con los de los pumas enjaulados, el glugluteo de los guajolotes y el parloteo incesante de pericos y guacamayas, envuelto todo eso en una nube de polvo, plumas y olores que flotaban e inundaban el mercado iluminado y calentado por un sol ardiente que se colaba entre los muchos resquicios dejados por los mugrosos y percudidos toldos improvisados de los mercantes. Todo tipo de joyas finísimas y ropas suntuosas y galanas para hombres y mujeres. Fieras exóticas para los ojos de los clientes: jaguares rugiendo y soltando zarpadas a los que osaban acercarse, perforando con su mirada a los curiosos tras las jaulas recias de palos reforzadas con mecates bien anudados; osos pardos enseñando las garras gigantes y afiladas capaces de cuadricular o destripar a un hombre con un zarpazo; osos hormigueros negros, grises, blancos y cafés con lomos plateados que sacaban entre los barrotes su trompa espigada y de ahí la larga y pegajosa lengua como si se tratara de una lombriz gigante. Quetzales, pavos reales y perritos pelones. Criadores de lagartijas de todo tipo: para ayudar a encontrar objetos perdidos, para limpiar asperezas de los pies, borra tatuajes… Puestos de comidas y bebidas improvisados. Hasta hierbas y chamanes contra cualquier tipo de males, enfermedades y embrujos. Todos los vendedores de mantas de algodón de mil colores colgaban en sus puestos una mano de mona disecada para la buena suerte y las ventas. Nagual Jaguar ojeaba los esclavos de otros comerciantes mientras que los marchantes los veían embobados. Llegaban a darse verdaderas pujas y trifulcas por quedarse con los mejores esclavos o esclavas; y si entre estos había algún huasteco, con su fama bien ganada de lascivos y livianos, ¡bueno!, ya ni se diga, el pleito estaba asegurado. Para desamarrar el caso, era llevado a los jueces. Estos observadores del orden casi siempre se afincaban en todas las entradas del mercado o daban vueltas y echaban ojo —apoyados y protegidos por guerreros fuertes y bien armados— entre las decenas de pasillos ordenados según el tipo de mercancía.

Entre los mirones y tocones que paseaban ese día por el mercado, junto con Jaguar, estaba Brazo Piedra catando las nalgas y las chichis de las esclavas más ricas, determinando calidad y fuerza de las carnes para después no comprar nada. *Si no compra no magulle, jefe*, más de un pochteca recriminaba. Sobaba pechos y culos a las más bonitas ante la mirada seria de Nagual que no dejaba de observar hasta que nuestras miradas se cruzaron. Aguzó la vista hacia mi persona, más bien a mi lunar rojo en forma de mariposa en el lateral de mi cuello. Se dirigió luego luego a mí.

—Tu nombre, muchacho —me ordenó más que preguntarme con su voz rasposa pero clara y baja como el siseo del cuchillo en la piedra de amolar.

—Natán, señor. Natán Balam.

Observó de arriba a abajo mi cuerpo largo, desnudo, entre niño y hombre. Ni la musculatura ni la fortaleza aún aparecían en mí, tampoco se podría decir que estaba muy ñango, mejor dicho, proporcionado. Me tomó del mentón para girar mi cara y ver bien otra vez el lunar en mi cuello. Yo no podía dejar de observar el pinjante verde claro colgante de su nariz, bien chulo. Si algo no se me olvida de ese primer encuentro, fue su larga mirada. Sus ojos de lejos lucían negros como el chapopote. En un cara a cara y en plan amistoso, con un pequeño rayo de sol, se tornaban del color de la miel de romero, oscuros, pero no tanto como para no dejar ver su fondo. Su segunda mirada era esa oscura y opaca que anunciaba peligro, la amenaza o la víspera de su mortal ataque, justo cuando iba a dar la estocada de gracia con la mocha o el mazazo fulminante de la mediana. A mí me dedicó la primera, la de miel oscura, amable y discreta. Esos instantes fueron rotos por una comitiva que, en ese momento, se acercaba con gran barullo, indicando la aproximación de alguien de mucho quilate. Y esto era confirmado por la cama de manos cargada por cuatro sirvientes y cubierta por mantas translúcidas del color reservado para el emperador y parientes de la realeza: el azul turquesa. Quien viajaba era una princesa virgen, en apariencia al menos. Nagual se apresuró a quitar los torniquetes de mi yugo y agacharme para perderme entre los demás esclavos de pie. Aún recuerdo esas piernas morenas delante de mí, y él agarrándome del cuello. Mi futuro amo llamó al pochteca que esperaba ansioso la llegada de esa cama real. Pronto acudió a atenderlo.

—Tezcat, dame a este joven, ya te pagaré después. Vístete —me ordenó mientras me aventaba al pecho un taparrabos ofrecido por el pochteca, más chilapastroso y lleno de mierda que el corral de un guajolote.

Nagual Jaguar andaba siempre con el caudal seco, sin embargo, le salvaba el tener amigos hasta en el Mictlán y fue abonando en pagos a Tezcat. Me vendieron por una carga de quachtli, es decir, veinte mantas largas de algodón. Mi nuevo patrón me cubrió sin dejar de voltear a sus espaldas donde estaba toda la horda de esclavos. El pochteca ya atendía a su real clienta. Con la mirada hacia el suelo, rendía pleitesía a la jovencísima de la realeza que bajaba de su cama y apoyaba su pie con las uñas pintadas en morado —calzado con exquisito huarache recubierto de piel de venado y turquesas incrustadas sobre el empeine— en el lomo de uno de sus esclavos a cuatro patas mientras otros dos la sostenían de las manos. Miraba, soberbia, a su alrededor. Abandonaba la infancia, y su finura hacía pensar en aquellos delgados árboles que dobla el viento, mas nunca se quiebran; una belleza desas que hace sentir a uno mal, abajarse todito. Observaba a los esclavos, a una joven guapa y de buenas carnes. Uno de sus sirvientes, al parecer el de más jerarquía, se acercó para escuchar al oído sus peticiones. Acto seguido, el hombre hizo la seña al pochteca, y la esclava desapareció. Así estuvo mirando mucho tiempo mientras Nagual y yo, agachados entre todas esas carnes morenas, no hallábamos lugar ni espacio para escabullirnos de forma discreta. Después otro de los esclavos, el mejor dotado debo decirlo, fue visto por la princesa, y esta no pudo evitar una mirada muy indiscreta para su noble rango hacia el largo y respetable tepolli que colgaba de la entrepierna del hombre. Ordenó inmediatamente su compra. El pochteca lo apartó, y se lo llevaron sin demora.

Jaguar me agarró del pescuezo intentando hacerlo con suavidad. Sin embargo, las callosidades de su palma delataban fuerza de sobra para matarme como si fuese yo un vulgar pollo o conejo. Pude escuchar sus hondas respiraciones antes de comenzar a caminar para abandonar esa melé e intentar que pasáramos desapercibidos mientras yo avanzaba guiado por su mano en mi nuca.

—Alto —ordenó la adolescente de la realeza al Nagual, y este obedeció. Lucía una peluca trenzada altísima que simulaba una pirámide de color morado. Pude sentir cómo él me apretó con más fuerza—. ¿Quién eres tú y quién es ese esclavo?

—Su majestad —dijo Nagual agachándose e hizo gesto de tocar la tierra con mano y dedo corazón para besarla—, no es esclavo, es mi sobrino… Matan Baba.

—Así es, su majestad —intervino Tezcat, el pochteca—. Este pobre macegual estaba viendo esclavos cuando…

—Silencio, nadie te ha autorizado para hablar, macegual —ordenó la mujercita—. Voltea a verme, ¿Matan Baba? —Soltó una risa discreta mas audible.

Me pidió ella y yo temeroso obedecí.

—Natán Balam, para servir a su majestad.

Fue lo primero que se me ocurrió y…, no sé, descaro, nervios… Me atreví a verla a la cara con una mueca ligera. Me miró fijamente, y quiero creer que le arranqué una sonrisa discreta. Su mirada era difícil de olvidar como el indeleble contorno de sus ojos delineado con un tinte vegetal morado perteneciente a los caracoles de la tierra de los chontales. La pintura se mezclaba con la humedad lacrimosa propia de los párpados y tornaba la parte blanca hacia tonos azules morados que la convertía única, junto con sus largas y cuidadas uñas del mismo color. Se volteó y se fue con todo su séquito. El pochteca Tezcat y Nagual se miraron en silencio. El primero siguió a su clienta, y el segundo me jaló del cogote para alejarme de la zona. Yo quedé prendado de esa violácea mirada, de su sonrisa y su belleza sin saber que nos veríamos muchas otras veces, sin presentir que sería un instrumento de sus diabólicos planes, sin imaginar que me había cruzado con la primera representante del inframundo del Mictlán en la tierra.

***

Sin más pérdida de tiempo ni terciar palabra, Nagual y yo nos dirigimos hacia los temascales de la familia Dzul. Yo necesitaba sacudirme todo el polvo y la mugre acumulados tras tantas jornadas de caminatas, lodazales y tolvaneras, y él, ponerse guapo y perfumado. Había quedado en verse más tarde con sus amigos en el Potzolcalli, y uno nunca sabía cuándo saltaba la liebre. Había que estar bello para el cielo o el infierno. Yo era un joven imberbe que se fascinaba de y con todo. Me sorprendía a cada paso que daba por el mercado en donde podía encontrarse todo tipo de alimentos que nuestro imperio luego luego legaría al mundo: maíz, cacao, jitomate, vainilla, papaya... Todo ordenadamente esparcido por el suelo, delimitado por mantas blancas muy descoloridas por el uso. Las paredes sucias, aunque encaladas en su tiempo, iban tornándose grises de la mugre, grasa y orines. Pintadas con dibujos, expresaban los sentimientos del pueblo. Más tarde comprendería su profundo significado, y caminaría divertido y buscando entre ellas los últimos chismes de la realeza y demás cotilleos: un cuchillo hundiéndose en la espalda de nuestro señor Ahuizote por parte de nuestro capitán general Moctezuma, una joven princesa con ojos morados siendo copulada por tres y cuatro mozos. Por esos tiempos estaba de moda pintar un glifo de dos bolitas y debajo de ellas una línea horizontal ●● —significaba chicome, siete—. El número del mejor jugador de tlachco de Jaguares Negros de México, Oocelo Tliltic Mexico. Pronto se convertiría en el más deseado por todos los equipos del imperio que conformaban el torneo.

Poco vi de la maravilla de ese mercado —ya habría mucho tiempo y aventuras para que yo lo conociera como la palma de mi mano—. Nagual me sacó de la plaza tan pronto como fue posible. Tomamos la avenida del Tepeyac, la principal vía para salir o entrar del recinto sagrado por el norte; una avenida de tierra apisonada que despedía ese olor a tierra y barro deliciosos. Bien cabían y podían avanzar por ella ocho y hasta diez caballos con holgura. A ambos lados, la grandeza del lago de Tenochtitlán contenido por montañas y volcanes como los nevados Iztaccihuatl —llamado la Mujer Dormida por su forma— y Popocatépetl. Cruzamos el puente desmontable del tecolote para seguir dirección del recinto sagrado y, antes de cruzar el último, el de Los Niños Ahogados, a la izquierda estaba el calpulli de los artistas mayas donde Dzul tenía sus temascales. Estos calpullis eran asentamientos de tierra donde vivían de cincuenta a cien familias unidas por parentesco u oficio. Estaba el calpulli de los Buhoneros, el de los Tlachiqueros, el de los Tintoreros, el de los Zapateros y Huaracheros, los calpullis de los Mayas, de los Zapotecas, de los Artistas de la Pluma, del Oro, de las Piedras Preciosas y muchos otros más. Cientos flotando sobre el lago, conectados por callejuelas, puentes o avenidas que habían ido creciendo y multiplicándose alrededor del centro cerimonial, agrandando cada vez más la ciudad de Tenochtitlán.

Pues ya estábamos ahí, en el calpulli de los mayas, y a lo lejos divisé una especie de caparazones de tortugas gigantes de la altura casi de un hombre. Eran los temascales de Dzul. Cuatro o cinco conformaban ese recinto, si no mal recuerdo. Unos más grandes y otros más chicos; pequeños volcanes de lodo y argamasa donde bien cabían de seis a doce personas de forma holgada en cada uno.

Mi amo los prefería por precio, cercanía y amistad con el temascalero, esto último facilitaba la fianza cuando andaba ligero de oro. Accedimos a ellos, y en el centro, unas piedras volcánicas al rojo vivo, envueltas en hierbas medicinales y relajantes, rociadas con agua fría. En esas cuevas pequeñas y vaporosas por las que se entraba a gatas, ocupadas por cuerpos morenos llenos de tatuajes, escarificaciones y pinjantes, se rulaban los últimos chismes del imperio. Jaguar no abrió la boca más de lo necesario, y yo, callado, observaba sentado a su lado con la espalda recargada en una de las paredes de barro con las piernas recogidas y abrazadas, apoyando el mentón sobre las rodillas. En ese lugar vi de qué estaba hecho mi amo: tallado en madera maciza. Seco y enjuto pero correoso como el que más, todos los músculos del pellejo castigado por el sol se le marcaban. Las espaldas de galeote eran coronadas por un tatuaje bien bonito de serpiente subiendo desde donde la espalda pierde su nombre para abrir las fauces en su nuca, como si lo estuviera devorando. La parte interna de la muñeca izquierda la adornaba un jaguar amarillo con manchitas negras, el signo de guerrero jaguar, oocelopilli, que junto con los guerreros águila conformaban las tropas de élite del ejército azteca. El antebrazo derecho, con la piel derretida, recuerdo de su amigo lanza fuegos Brasa Vaho durante la batalla de Otompan. Otra cicatriz, la más grande pero no la más grave, le cruzaba desde el pecho derecho hasta la cadera izquierda. Había perdido el dedo meñique de la mano izquierda por salvar a Brazo Piedra de una de sus tantas indisciplinas. Tenía, además, señales de múltiples cuchilladas —caricias de tecpatl como él decía— de escaramuzas que no recordaba ni cuándo ni dónde ni contra quién.

Dzul nos cortó el pelo a ambos. A mí, a semejanza de Nagual, pelón en los costados y con una cresta en el centro que recorría desde la frente hasta la nuca. Nos puso baba de nopal con gotas de limón para fijar y abrillantar. Un taparrabos nuevo, blanco y brillante, regalo del dueño del negocio, cubría mis vergüenzas. Diría que íbamos vestidos él y yo a semejanza, aunque él calzaba huaraches de piel de venado con cuerdas bien amarradas que sostenían un filoso puñal pegado a la pantorrilla. Se amarró bien el taparrabos y aseguró su mocha por la parte trasera de su cadera.

Su antebrazo derecho, el de la piel derretida, era cubierto por un hermoso brazalete de cuero negro adornado con una turquesa engastada, y tan azul como el cielo de la hermosa Tenochtitlán. Más de una vez la vida le salvó cuando, en alguna situación peliaguda, fingía rascarse o despojarse del brazalete con la izquierda, y su agresor se quedaba viéndole la muñeca cuando la sangre ya le brotaba a borbotones del pescuezo rajado.

—Brindemos por Camaxtle y Huitzilopochtli —dijo después de mirarse al espejo—. Tú, con tejate, y yo, con octli.

Jaguar tomó nuevos aires con esa manita y, a partir de ese momento, llevaba cabeza y frente muy en alto. Avanzamos entre toda la gente que iba al centro sagrado, al mercado de Tlatelolco, al barrio de los Artistas Mayas, a los puestos de tortillas, al tinacal de El Lagartija siempre con pulque bien fresco, y sepan los dioses a cuántos otros lugares más. Él hacía constantes reverencias a los pipiltin que se le cruzaban en el camino hincando la rodilla, tocando con la mano el suelo y besándose la misma. Yo había aprendido de la vida que donde fuese hiciese lo que viese, y ni tardo ni perezoso comencé a imitarlo.

Muy pronto vi cómo no pocas damas buscaban discretas atraer su mirada. Comprendí que mi patrón, aunque era de físico correoso y seductor, quizá era más atractivo por sus conocidas y audaces aventuras que boca en boca se agrandaban haciéndolo mitad hombre y mitad leyenda para muchas mujeres del pueblo y no pocas de la realeza, muchas de las cuales más de un entuerto morrocotudo de harto y difícil desamarre nos provocarían.

Por fin llegamos al Potzolcalli.

—¡Que rueden los frijoles! —ensalzó el Profesor Boca Tarasca provocando a Brazo Piedra, tarea más fácil que torear un chile cuaresmeño.

En una mesa de juego hecha con tabla vieja de ocote y añejada con el ácido pulque derramado incontables veces, se agrupaban los amigos de Nagual en el Potzolcalli, ya todos a medios chiles y con los ojos cuatropeados y trastabillados, y con unos cuantos tarros vacíos sobre la mesa. Muchos otros parroquianos seguían prefiriendo petates en el suelo como nuestros antepasados. Mientras los mayores oteaban o jugaban, yo fui complacido por Flor de Mañana, La Teotihuacana, con un tejate bien frío que me cayó como agua del cielo en el desierto. Aún recuerdo con cariño su dedo índice paseando con sutileza por mi boca, quitándome el bigote de cacao. Qué bella era, por sangre de los dioses. Ojazos melifluos enmarcados en un apiñonado rostro donde más de un hombre se empalagó y perdió en su propia locura; para firmar el cuadro, pelo negro como la noche, dos pequeños y coquetos lunares en barbilla, y entre nariz y mejilla derecha. Creo que me vio cara de hambriento, porque luego luego me sirvió de una cazuela de barro pato guisado con su mano inconfundible, bañado en un mole hecho de chile bermejo, tomates y pepitas de calabaza molida que agora llaman pipián. En un cestillo tapado las tortillas calientes de maíz me servían de cuchara para acompañar ese platillo de dioses. Devoré todo.

Un hombre me veía a lo lejos de forma fija y con una leve sonrisa. Era el Profesor Boca Tarasca que impartía enseñanza de historia y poesía náhuatl a alumnos del telpochcalli y del calmécac del recinto sagrado de Tenochtitlán, nada más ni nada menos. Le adornaba entre el labio inferior y el mentón tremendo bezote de oro para su pequeña y enjuta cara, afilada aún más por esa nariz de matacandelas. Su condición de pipiltin, perdida y recuperada en incontables ocasiones, le permitía esas joyas, lujos y ciertas excentricidades. Su mala leche era reafirmada por un eterno gesto de huele caca, equilibrado con humor tan ácido que a más de uno nos sacaba las lágrimas haciéndonos revolcar de risa en aquella fonda. Su figura pequeña y seca se acentuaba con el pelo largo y ralo, salpicado por varias canas que le acariciaban la cintura, y parecía que el peso de las cadenas de oro que pendían de su cuello terminaría por romperlo. Sin embargo, se parecía a las ramas desos viejos ahuehuetes que se doblan y se doblan y no se truenan.

Nadie apostaría una almendra de cacao por el Profesor en una pelea, pero, para sorpresa de los incrédulos, se defendía como gato panza arriba a pesar de sus obvias limitaciones. Mañoso y marrullero en la pelea, sabía meter dedos en ojos, patadas en espinillas y dientes en orejas. Si el rival se descuidaba, le hundía la mano entre las piernas y no le soltaba de los tompiates hasta que lo doblaba. Utilizaba pies y piernas para tropezar a sus rivales. Se colgaba de la espalda y encajaba los dientes hasta arrancar las orejas. De ahí que estuviera algo chimuelo.

Personaje muy sobrio cuando no estaba borracho. De memoria prodigiosa mas discreta en su uso, solo la lucía cuando los espíritus de Mayahuel comenzaban a flamear y alumbrarle la inspiración, cuando impartía clases a sus alumnos. Si le apetecía atrapar entre sus redes a una bella inocencia cruzada en su camino, el pico mustio se le transformaba en boca de golondrino. Sabía todos los poemas de los poetas de épocas pasadas y presentes al revés y al derecho y, ¡cómo no!, los del gran Nezahualcoyotl y su hijo Nezahualpilli. Se conocía la historia oficial y la que no del imperio y de nuestros orígenes. Dispuesto a batirse en duelo por cualquiera de sus amigos y, máxime, después de dos tarros fríos de pulque. Casi siempre salía bien librado, y cuando no, parecía que los dioses le protegían. Siempre amigo o circunstancia aparecían haciéndole el quite. A pesar de las múltiples puñaladas recibidas, ni una ni ninguna que le comprometiera la vida. Siempre se mostró crítico con el imperio, lo que le valió en más de una ocasión perder tan noble rango. Y tal vez por ser noble por los cuatro costados y no uno desos de privilegio, no se convertía en un simple macegual. Conservaba amistades de infancia, de familias de abolengo, de altos dignatarios políticos que le soplaban las estrategias que el emperador y sus consejeros más cercanos planeaban. Esto último le valía para prevenir a sus amigos, alertar a pochtecas que luego luego partían cargados de armamento a lugares donde atacaría el imperio para regresar forrados de oro. Dicha información también le servía para lucirse entre sus alumnos pronosticando guerras futuras, sucesiones de ministros, caída y olvidos de otros.

Ese día a plena luz, situación poco frecuente mas no extraña, se jugaba patolli con apuesta, y como Brazo Piedra tenía dos vicios, regar la polilla con cuanta bella mujer le abría las piernas y jugarse el cacao en juegos de azar, no perdía oportunidad de lanzar los frijoles rojos y azules sobre el tablero marcado con una cruz negra de goma hule líquido para rifarse unas cuantas semillas. Si la movida iba en serio o se picaba, hasta canutos de polvo de oro arriesgaba. Y ya flameados, el Profesor Boca Tarasca tiraba fácil de la lengua y azuzaba al gigantón para seguir apostando. La cosa hasta ahí hubiera sido normal de no ser por la vapuleada que le propinaban los forasteros —olmecas o huastecos, no recuerdo bien— y lo que a continuación acontecería. Alrededor de la mesa de juego se empezaba a aglomerar el personal porque la partida de patolli subía de tono tanto por las apuestas como por el enrojecimiento de cara de Brazo Piedra, lo que significaba que le faltaba menos de un hervor para hacer erupción al igual que el volcán Citlaltepetl. Entre los asistentes estaban los amigos del Profesor y de Nagual Jaguar, y que pronto se convertirían en los míos, y sería yo para ellos como un hijo menor. Hablo del Ciego, Brasa Vaho, el Chamán Canek Anem y el jugador de tlachco, Teo Mahui, y otros que con el tiempo iría conociendo.

—¿Apuestan o se rajan? —dijo el olmeca o huasteco para echar leña al fuego sin saber dónde se estaba metiendo.

Los amigos reunidos veían el juego mientras esperaban su turno para fumar el cigarrillo que rolaba pausado entre los asistentes. En fondas y pulquerías era común fumar totomoxtles liados con fina hoja de maíz. Si el ambiente estaba leve y con ganas de buenas pláticas, le metían tabaco Señor de las Montañas para relajarse y estimular la conversación. Y ya si había cosquillas de fiesta y relajo, sacaban yerbas de las buenas: del diablo, humito… Pues en esas estaban los amigos de Jaguar, echando un ojo a la partida de patolli y otro al totomoxtle:

—¡Que rueden los frijoles! —Le sacaba punta a los lápices el Ciego. Muy equivocados estaban estos forasteros si querían venir a presumir machincuepas en casa del maromero.

El Ciego mostraba rostro cenizo y serio. Remataban la gravedad unos vidrios oscuros mal redondeados y a manera de gafas, sostenidos con banda de hule. Ese día fungía como pareja de lujo de juego de Brazo Piedra. No se echó pa'atrás y pasó las semillas al jugador que tenía enfrente de la mesa de madera. Con los labios apretados y la cara seria, ocultando los ojos tras los cristales, dispuesto a observar todos y cada uno de los movimientos de su oponente. Le acercó los frijoles pintados para que los lanzase. Se presentaba como invidente de nacimiento que guiaba y ayudaba a necesitados y desprotegidos. Muy pronto descubrí que ni ciego ni guía ni ayuda ni madres. Veía más que un águila. Conocía todo tipo de remedios y fingía ser médico de los buenos y, en realidad, era un intento de chamán muy malo, no malo de malvado, sino malo de chambón. Ciento y pico de oraciones para todo tipo de males que recitaba de carrerilla; conjuros que vengaban al cornudo y súplicas protegiendo al amante; sortilegios para la que no concebía y para aquella que quería abortar... Mas como el hábito hace al monje, sabía algunas recetas de muchos y buenos yerberos y hechiceros como las del Chamán Canek Anem. El Ciego entendía el secreto de ciertas plantas y algunas veces atinaba en el remedio como el mono que el hilo en la aguja ensartaba. Por todas estas y otras lindezas, era más fácil ponerle cascabel a un jaguar que jugarle una al ciego. Un Merlín en eso de los juegos de azar.

Nagual afinaba posición a la diestra del jugador, imaginaba lo peor, porque conocía bien a sus semillas antes de que hubieran sido melones, y vio que los otros no iban mancos —detrás dellos, cuatro más de su tribu los acompañaban con mucha obsidiana encima—. Los cuatro forasteros estaban muy callados, ninguno se atrevía a pronunciarse. Muy discreto, Jaguar colocaba la mano por detrás de la cintura acariciando su mocha. No es que fuera de carácter pendenciero, al contrario, evitaba la gresca, pero con Brazo Piedra caliente en la mesa de juego cualquier situación era posible en un abrir y cerrar de ojos.

Lanzó los frijoles el adversario, y estos lenta y de forma inevitable se fueron acomodando: cuatro, cuatro, cuatro, cuatro. Cuatro puntitos blancos en cada una de las cuatro malditas semillas. La suerte estaba echada y la sonrisa iluminaba los rostros de los contrarios ante los desorbitados ojos de Brazo Piedra, y los fríos y calculadores del Ciego tras sus oscuras gafas.

—Ha sido un placer, señores —dijo el enemigo mientras acercaba la mano para recoger la apuesta.

Mi amo y patrón, percatándose de la movida, ya tenía bien agarrada su arma cuando el Ciego, en firme movimiento, agarró la muñeca del supuesto ganador y la pegó a la mesa, se la dobló lentamente abriéndole la palma para sorpresa de todos: otros frijoles igualitos albergaba en esta el muy ladino. ¡Les había caído el chahuistle! ¿Pensaban venderle pescado al de Michuacán? Los ojos de Brazo Piedra se enfriaron, y echó también la mano a la espalda para tomar su cuchillo y mandar al otro barrio al tramposo. Las patas de las sillas tronaron contra el suelo. Para suerte de todos, una mano hábil a las espaldas del gigantón lo inmovilizó con fuerza y firmeza. Era el calpullec regente Brasa Vaho. Rapado y con la cabeza y la cara tatuada en rojo, y con grecas negras —recordatorio de su antigua pertenencia a la orden de los guerreros águila— paralizó a todos con voz firme.

—Ni te azotes, Brazo, que aquí hay muchos y muy espinosos chayotes. ¡Y esto va para todos, ni se muevan, soy el regente de este barrio!

Nadie se había percatado de cuándo ni cómo había llegado. Así era, silencioso y oportuno según para quién. Se dedicó a pacificar, mandando a los de Jaguar a su mesa de costumbre, e invitando cordial a los forasteros para que tuvieran la bondad de abandonar la ciudad o pasaran más tarde por la piedra de los sacrificios. Por su parte, Flor de Mañana había jalado unos músicos andantes que pasaban por la puerta del Potzolcalli para quitar tensión al momento y espanto a la clientela.

—Un pulque bien frío, Flor, por favor —ordenó amable Brasa Vaho—. Jaguar, necesito el pago de tus tributos —dijo dirigiéndose al guerrero a la vez que acariciaba la piedra preciosa de chalchihuite del sartal de oro que le colgaba del cuello. Era su señal para invitarlo a salir y discutir asuntos privados.

Quien conocía al calpullec sabía que con él más valía tantearles bien el hervor a los camotes, no se andaba con chiquitas. Antiguo soldado del imperio y compañero de más de cuatro batallas de Nagual había ejercido el oficio de lanza fuegos, de los efectivos. Con un buche de chapopote líquido y antorcha escupía flamas hasta, en sus buenos tiempos, cinco y seis y más metros. Chamuscó a muchos en las distintas guerras donde había tomado parte. Y más que favores, muchas vidas se debían el uno al otro, eso era amistad y no chiquilladas. Entrambos crearon un historial más largo que la cuenta de los días, faltaría amate y tinta para escribirlo. Eso sí, compartían códigos de honor de viejos guerreros: nunca uno delataría al otro aunque en esto le fuera la vida; se tapaban sus chanchullos... El cargo de calpullec regente del barrio de los Cuchilleros le cayó de rebote y sin esperarlo. Y así, tras golpe y golpe de suerte, fue subiendo, de procurador de justicia de barrios de la zona nororiental a juez de la entrada sur en el mercado del Tlatelolco y, más tarde, en los palacios reales. Cuando aún era maestro de jóvenes aprendices de lanza fuegos durante un periodo de recesión, los tres calpullecs más viejos del barrio habían muerto emboscados en una fiesta, entre ellos el más antiguo. Al no haber sucesor por edad, las autoridades se decidieron por un hombre destacado en la guerra, sensato y honrado. Una frase lo definía: *De una ni ninguna pelea sale limpio, siempre se lleva los nudillos ensangrentados.* Su cargo administrativo le otorgaba privilegios y obligaciones. Recaudaba impuestos de la gente de su barrio que se dedicaba a elaborar y afilar armas punzo cortantes, tanto para la vida diaria como para la guerra.

Y, por entonces, hacía la vista gorda con su amigo a sabiendas del alto precio que eso le podía costar. Mas su compañero de armas solo sabía cómo hundirlas, y no pensaba ganarse el maíz de otra manera. En eso de los impuestos, Jaguar no era muy constante: algunos dientes con incrustaciones de chalchihuites, anillos, sartales de oro, bezotes y demás joyas que les arrancaba a sus víctimas cuando las enfriaba. En trueque, Brasa Vaho le demandaba algunos favores: ajustes de cuentas para ciertos nobles, desbaratamiento de motines contra su persona, alineamiento de algunos malos pagadores... Y en esta ocasión le traía un trabajito.

—El pago de mis tributos —dijo Nagual ya afuera con Brasa Vaho. El rostro reflexivo miraba al horizonte.

Ambos sostenían sus tarros de pulque frente a la avenida del Tepeyac mientras contemplaban el lago entre los barrios y jardines flotantes y sus acequias. Se perdía a lo lejos y solo terminaba donde nacía el Popocatepetl y el Iztaccihuatl cuyas nieves comenzaban tímidas a esfumarse con la llegada de la primavera. De reojo, observaban a la gente que marchaba sobre la calzada con olor a tierra húmeda. Sillas y camas de manos, así como tamemes casi desnudos y con fardos pesados a sus espaldas, cruzaban el puente de Los Niños Ahogados, entrando y saliendo del recinto sagrado. Antes de comenzar a hablar, el calpullec Brasa Vaho dio un trago al pulque y se secó con el dorso de la mano los labios ennegrecidos. Contrastaban con su cara roja, tan anchos, curtidos y llenos de cicatrices por su antiguo oficio.

—Sí, Nagual, el pago de tus tributos, entre otras cosas. Llevas un año sin tributar maldita mazorca de maíz —dijo Brasa Vaho dando pequeños tragos y sin dejar de ver el lago y las nieves de los volcanes—. No sé si lo sepas, han pasado cuatro meses desde el último Nappuallatolli, y hace dos días ha comenzado el nuevo. Tengo que entregar cuentas, y contigo, como me sucede cada cuatro meses desde no sé cuánto tiempo, siempre hago circo, maroma y teatro: unas mazorcas de aquí, jade por allá, cacao que siempre tomo de la familia de Mazatzin...

»Y sé que el huey calpixqui se hace de la vista gorda cuando repasa la lista de las recaudaciones. Si él quisiera buscarles chichis a las gallinas, tu cabeza y la mía ya estarían contemplando la pirámide de Huitzilopochtli desde el Tzompantli. Mas no estoy aquí para eso, te lo juro que no. Hay jale y es del bueno, *un favor para un favor*. Quien me lo pide es gente de mucha calidad, Nagual, y como comprenderás no nos podemos negar. ¿Lo bueno? Hay mucho cacao.

—¿Para comprar un esclavo? —preguntó serio Nagual.

—Y hasta dos, y tres. Varios canutos de polvo de oro, Jaguar. Incluso podrías pagarme algo de tributo, y yo dejar de jugarme la vida por ti ocultando tu morosidad. No quiero que pienses que te lo estoy cantando. Me va la vida, compadrito, me va la vida ocultándote, y todo porque tú no quieres ponerte a las órdenes de Tlacotzin. Y te recuerdo que puedes ser el siguiente cihuacoatl consejero supremo si Moctezuma sube. Mídeles bien el agua a los elotes. Tendrías resuelto el futuro, al menos por un buen tiempo.

—En la guerra nadie tiene resuelto el futuro y...

—¡Lo sé, por Tlaloc y todos los dioses, Jaguar! —dijo desesperado su amigo alzando y bajando la voz tan rápido como la había subido—. Mas no te estarías jugando el pellejo acompañando a mercaderes codos, miserables, frijoleros, que escatiman en seguridad. Por cierto, ¿supiste lo de los pochtecas de Ayotlán, esos que fueron sitiados hace cuatro años? Pues iba Moctezuma a rescatarlos con su ejército y se los encontró de regreso, vencedores. En estos días llegan. Te lo comento porque de los guardias que llevaron entonces, entre ellos Musgo Llorón y Roca Pulida, agora todos tienen sus cabezas en los Tzompantli desas tierras malditas.

»Y te recuerdo, colega —dijo Brasa Vaho viendo fijamente y acercándole la cara a su amigo—, por si ya se te olvidó, que estuviste a menos de un pelo de rana de enrolarte. No estaríamos aquí hablando esto. Tú sabrás las chambas que haces. ¡Trabajos rascuaches de rascatripas para un soldado quachic de tu categoría!, o trabajos como el que te voy a encargar...

—¿Complicado, peligroso, hay que encajar cuchillo?

—No lo sé. No creo que estén intentando ponerte un cuatro, ¿habría razón? Lo único que conozco es que son pochtecas de medio pelo, pero con buen tesoro. Un jale sencillo, ¡chin pum y vámonos recio!, tomas prestado lo más interesante. Ni siquiera sé si el favor es para el que me lo pidió, ya conoces estas cadenas de recados y favores.

No era cuestión de interesarse en el negocio o no, no había escapatoria, al igual que tantas acciones que hizo en vida, sí o sí. Como los amigos con los que compartía mesa y aventuras. Como la mujer y niño perdidos. Como le sucede a los que solo tienen por elección la resignación. No podía negarse con Brasa Vaho después de tantos favores como este le había hecho. Era mucho cacao en forma de canutos de polvo de oro con el que podía pagar al pochteca Tezcat mi libertad, aparejarse con su tributo, comprar algo de ropa...

—¿Te interesa?

La pregunta devolvió a la tierra al Jaguar y sus lucubraciones.

—¿Acaso hay elección? —repitió Nagual Jaguar como para sí mismo.

Volteó a ver la cara y cabeza roja con grecas y rapada de su amigo. Con su tarro en las últimas de pulque, lo empinó para matarlo, acarició su pinjante verde claro que le adornaba la nariz. Era una vieja señal entre ellos. Significaba sí.

Ciertas personas de mucha calidad necesitaban un hombre efectivo y discreto para hacerse con unas valiosas piezas que traían esos pochtecas.

Entonces encargaron a Nagual Jaguar la misión. Aunque mucho oro y joyas había en dicho caudal, poco parecería si se hubiese sabido que casi le costaría la vida, y por un pelo de rana no la perdió. Además, a eso debemos sumarle los mortales enemigos que se echó encima para el resto de sus días, dos de los hombres más cercanos al poder: Caña Brava, el tlacuilo, escribidor, de nuestro emperador; y Otumba, cuya franja de pintura negra recorriendo su cara desde la nariz para arriba lo convertía en un ser siniestro.

CAPÍTULO II

*De cómo le fue encargada la misión a Nagual Jaguar y
cómo conoció al señor Tacámbaro y a Otumba, sus
mortales enemigos hasta que los dioses les prestaron vida.*

uando salió de su casa —que ya también era la mía— dejó un
vacío en mi estómago difícil de describir. Acudió al lugar de
la cita que Brasa Vaho le había indicado donde lo esperaba un
lanchero. Tomó la Avenida del Tepeyac rumbo al sur, cruzó el puente de Los Niños Ahogados para enseguida pisar el recinto sagrado,
mientras, tumulto y tráfico iban creciendo. Aunque ya la noche se
había apoderado de la ciudad, todo el teocalli, rodeado con otros
edificios, pirámides, calzadas, callejuelas, fuentes y plazas, estaba
bien iluminado con antorchas en las paredes y gordas teas de sebo
a los pies y a las orillas de las acequias y demás caminos. Máxime
con la presencia de los representantes de todos los señoríos. La plaza
lucía impecable, recordemos que era Nappuallatolli, *La Palabra de
los Ochenta Días*. Audiencias generales llevadas a cabo cada cuatro
meses de nuestro calendario mexica. Desde que amanecía hasta que
anochecía y, aún más, se cerraban todos los negocios pendientes, políticos y judiciales, se amarraban tratos, se acordaban matrimonios
de conveniencia política y cosillas por el estilo. Cuadrillas especia-
les limpiaban todas las calles y mantenían impoluta la ciudad donde
se podía caminar por ella sin temer por los pies más que por las
manos. La seguridad se reforzaba en ese periodo dentro de la ciudad

sagrada. Estaba protegida por su muro almenado tan alto como un hombre encima de otro, y adornado con cabezas de serpiente que sobresalían con las fauces abiertas y mostrando afilados colmillos. Aplanado en toda su extensión con argamasa de yeso blanco, había sido decorado por artistas pintores con múltiples grecas de diversos significados.

Aquello parecía un hervidero de hormigas, calpullecs de todos los calpullis yendo y viniendo, entre ellos Brasa Vaho. Representantes de todas las provincias que tributaban al imperio se presentaban para rendir cuentas, ofrecer tributos y todo lo antedicho. Lo mejor de todas las provincias del imperio se paseaba, aunque no precisamente para jolgorio. Sobraba trabajo y debían regresar con las tareas hechas. Eso sí, en las noches de los últimos días se les agasajaba con todo tipo de fiestas, se ponían ciegos con pulque, fumando tabaco picyetl y otras hierbas más fuertes. Las casas de juego pagaban una módica cantidad para hacer uso del suelo durante esos días. Flor de Mañana, la Teotihuacana, no perdía la oportunidad y montaba el negocio junto con su esposo Ameyal: clavaban estacas en el empedrado del recinto para formar una pequeña carpa donde se apostaban los frijoles rojos y azules del patolli. Se jugaba al tlachco y los voladores de Papantla descendían desde lo alto del palo vestidos con trajes de plumas de águila. Festejos interminables con todo tipo de comidas, bebidas y sustancias para relajar el cuerpo y liberar el alma y el espíritu. Días de mucho trabajo y noches de más juerga, desenfreno, vicio y lujuria. Y Jaguar también se presentaba ahí por motivos muy diferentes, pero, al fin y al cabo, por lo mismo que todo mundo: dinero. Maldito dinero, bendito dinero.

Como no llevaba prisa, agasajaba las niñas de sus ojos mirando bellas mujeres y criaturas deformes que formaban parte de la comitiva de los grandes señores que se paseaban en literas o en embarcaciones dentro de las acequias y se dirigían a juntas o mitotes. Siguió caminando recto y reconoció al cacique de Cuautitlán transportándose en pequeña, aunque suntuosa balsa, por una de las acequias, quizás hacia el palacio principal para reunirse con altos dignatarios o, quién sabe, con el huey tlatoani Ahuizote. Varias fuentes llenas de flores en esos días adornaban el recinto sagrado, la de Tlaloc, la de Ehecatl, la de la Serpiente Emplumada Quetzalcóatl... y una de obsidiana negra recién estrenada y que era la atracción de propios y extraños por su belleza. Nuestro señor Ahuizote fue quien más fuentes mandó instalar. Estas tomaban el agua de los acueductos de Chapultepec y de Coyoacán, también mandados construir por su majestad.

Se le acababa la avenida del Templo Mayor al Nagual y, con ello, las vistas bonitas. Solo le quedaba a la izquierda la majestuosa pirá-mide de Tezcatlipoca y a la derecha, el templo de Xochiquétzal, más pequeño, pero igual de bello, con los tableros pintados en azul y los taludes en rojo. Fuera del recinto cantaba otro gallo, hasta los perros pelones llevaban cuchillo. Más de uno amanecía de vez en cuando frío y ajusticiado por sicarios como mi amo que les ponían las cuen-tas claras por última vez; o aparecía la cabeza de algún infortunado clavada en una estaca como mensajito para morosos, ladrones, des-carados amantes descuidados y demás gente aficionada a lo ajeno. Conforme Nagual Jaguar salía de la plaza principal y se metía por los diferentes barrios, los canales se ensanchaban, la luz se reducía y las penumbras y los rincones oscuros reinaban, y se convertía en lugar propicio de asaltantes y saqueadores. Pasó varios barrios, el de los vendedores de hule, el de los que hacen cestos y esteras, así como el de los tabaqueros, intuido por el olfato varios metros antes de llegar. Y, por fin, arribó al de los Zapateros y Huaracheros con su típico olor a cuero trabajado. Ahí estaba un lanchero, el único. Antes de acercarse para decirle el santo y seña que Brasa Vaho le había soplado al Jaguar, *cuatro lagartija,* echó un vistazo alrededor, comprobó la salida limpia del puñal dentro del brazalete y acarició la bolsita de piel con chile en polvo en su interior, atada a su cintura por la parte posterior al lado de su mocha.

Era una costumbre de viejo guerrero lo de revisar la función de sus armas antes de salir de casa cuando algún trabajo de ese tipo le esperaba. Recuerdo muy bien aquella noche en la que se fue a reali-zar ese encargo un rato antes de encontrarse con el lanchero, cuando aún estaba frente a la puerta de nuestra morada.

—Natán, no me esperes a cenar. Si mañana temprano no estoy, desayuna con Flor en el Potzolcalli.

Fueron sus últimas palabras antes de dejarme en la más profunda soledad, aumentada por su discreta casa con techos de paja amarillenta y cochambrosa por el humo de los fogones, de paredes blancas y hambrientas, sin ver en ella casi sillas ni mesas. Teníamos por camas petates en el suelo desas dos habitaciones, una para cada uno, que a la vez hacían de cuarto de estar. En una esquina de su habitación había un pequeño adoratorio con las figuras en obsidiana de su mujer y su hijo más las de cuatro dioses, los que más idolatraba. Aquella noche, después de realizar sus rezos, comenzó a equiparse. No le tomó mucho tiempo, mas no escatimó en los detalles importantes. Aunque la ocasión no pintaba peligrosa, iba lo suficientemente armado, confiaba en su amigo, pero no en aquellos que habíanle hecho el encargo. Las trampas estaban a la orden del día, y le podían estar tendiendo un cuatro sin saberlo ni él ni Brasa Vaho. Yo preparaba la cena, y veía de reojo cómo se calzaba el brazalete, se apretaba los huaraches de delgada suela de hule y desdoblaba la capa de algodón blanca y raída. Había llegado la primavera, pero los fríos aún visitaban la ciudad cubriendo a veces el lago con un manto de niebla por la noche y hasta primeras horas del amanecer. Fue rápido vistiéndose pero no descuidado. Más se demoró enseñándome los trucos de su casa que, aunque austera, estaba llena de sorpresas. Varias armas del fino vidrio volcánico escondidas por todas partes: en el falso techo de paja, dentro de una maceta… Mochas, largas, medianas y varios cuchillos de todos los tamaños y formas. Cabe aclarar que casi todos los ajuares que vestía o adornaban la casa de Jaguar eran regalos de sus clientes los pochtecas, o requisas de los desafortunados señalados por sus pagadores. Antiguallas. Como buen guerrero, del techo colgaban algunos fémures de víctimas cautivadas en guerra por cuenta propia o como regalos de compañeros. Y para protegerse de los brujos maléficos y sus daños, colocaba tras sus puertas navajas de piedra negra en una escudilla de agua, y así, viéndose el brujo reflejado luego luego huía.

Mientras yo acomodaba la mesa vieja de madera de ocote con olor ácido por el pulque derramado en tantas noches de juerga y borrachera con sus amigos, él hacía entrar y salir de su funda en la cintura la mocha comprobando que nada la atorara. Yo ponía los platos y los vasos, y servía para cada uno un tazón de atole y pasta de maíz endulzada con miel. No es que yo tenga una memoria prodigiosa, sino que comíamos lo mismo casi siempre; venado o guajolote en la mesa eran sinónimos de buenos golpes de Jaguar. Cuando terminamos, empinó el vaso mirando al techo de paja y acabó con los últimos restos del pulque. Reposó un poco en la silla y acarició el pinjante verde claro de su nariz; respiró profundo y se levantó. Fue hacia el cajón de madera apolillada que servía de baúl para nuestra ropa y sacó una banda de piel que se atravesó. Le cruzaba del hombro izquierdo a la cadera derecha, y a la altura del pecho guardaba la funda de otro filoso tecpatl. Lo sacaba de arriba hacia abajo con la mano derecha cuando el diálogo y las buenas maneras se agotaban o las escapatorias brillaban por su ausencia. Comprobó una vez más la entrada y salida. Perfecto.

Lo más interesante de la casa quizá fuese el hoyo acuático. Me recomendó dormir en su habitación al lado de este orificio de escapatoria. Yo recuerdo algunas noches siendo aún muy niño cómo los cuentacuentos narraban historias de héroes que, viéndose en apuros, más acorralados que tuzas en madrigueras sin salidas, echaban mano destos hoyos acuáticos. Llegaba a la conclusión de que eran producto de la buena imaginación del cuentacuentos hasta que comprobé su existencia en el hogar de mi amo. Al lado de su cama y debajo de una alfombra de algodón bordada con la cabeza de un puma rugiendo, había un hoyo tan grande como para pasar una persona con holgura, mas no dos. Como he explicado, Tenochtitlán fue fundado sobre agua. La ciudad fue creciendo a base de jardines flotantes que se entrelazaban, y que servían para comunicarse unos con otros a través de puentes fijos o móviles. Por lo tanto, toda la ciudad descansaba sobre un fondo acuático. Debajo desos jardines había agua con profundidad de uno a cuatro metros y las largas raíces de los ahuejotes, primos hermanos de los sauces llorones, se estiraban desde la superficie para agarrar fondo macizando la tierra donde se construía. Bueno, pues por ese hueco Jaguar escapó más de una vez de enemigos o acreedores que se querían cobrar con sangre. Con un mecate submarino sirviendo de guía, uno se sumergía buceando a ciegas y salía al jardín trasero de Tanoch, un afilador de cuchillos muy amigo de Nagual. Se necesitaban buenos pulmones y muchos huevos para aguantar el paseíto húmedo en plena oscuridad teniendo como única guía aquel lazo, cuya limpieza periódica para mantenerlo libre de raíces era hecha por mi amo. Ya se imaginarán a quién le fue asignada dicha tarea cuando llegué. Ese hoyo más de una vida salvó, era una maravilla excepto, como vuestras mercedes podrán imaginar, en invierno y en tiempo de inundaciones, cuando en el reinado de nuestro señor Ahuizote fueron tan frecuentes. El agua se nos metía, empapaba y encharcaba todo. El olor a humedad y apochcauado permanecía durante varias semanas, sino es que meses.

Cuatro lagartija era el santo y seña para identificarse con el lanchero. El dueño de la acalli movió la cabeza afirmando y, con la mano, invitó al Jaguar a pasar a la misma. Este en ningún momento le dio la espalda. La barcaza ondulaba de forma arrulladora, pero, ni por esas, el pasajero perdía de vista al conductor y todo lo que alrededor sucedía en el lago oscuro. Conforme avanzaban fue deduciendo el destino final: el palacio de Ahuizote que en ese tiempo era la más grande de todas las casas de los dignatarios, como correspondía a su jerarquía. Incluso el palacio del gran Nezahualpilli, huey tlatoani, emperador y poeta de Texcoco, se quedaba chiquito, y ya es decir mucho. La acequia entraba en el palacio, y Nagual desapareció con su conductor tras unas gigantescas fauces abiertas de serpiente con columnas simulando los colmillos y decorando la entrada como si se los tragase la construcción.

El palacio de Ahuizote era de reciente construcción, y yo, a pesar de frecuentarlo y llegar durante un tiempo de mi vida a pasar muchas jornadas dentro, no lo conocí en su totalidad. Ciento y pico de habitaciones y otras tantas para sus muchas amantes, salas de recepciones y salones de eventos donde se montaban tales fiestas y bacanales que a más de uno le faltó vida para contarlos. Baños de vapor temascal de todos los tamaños donde preciosos cuerpos, morenos y desnudos de hombres y mujeres retozaban en éxtasis. Había de todo, amantes, esclavos y esclavas que se paseaban dándose masajes y otros placeres los unos a las otras, los unos a los unos, las otras a las otras, y todo lo imaginable. Albercas con peces exóticos de mil colores, salas de teatro y espectáculos afines; las últimas invenciones y caprichos de los arquitectos más sesudos del imperio se cristalizaban ahí. Por ejemplo, Tzotzomatzin, el principal de Coyoacán en esos tiempos, medio ingeniero y medio brujo, se despachó a gusto con obras faraónicas, como los techos corredizos en las plantas altas para permitir la entrada directa del dios sol Tonatiuh que iluminaba y calentaba así las salas revestidas con micas negras y tan brillantes que reflejaban el resto del habitáculo y sus detalles. Había muchos cuadros realizados con plumas de quetzal y otras aves preciosas que representaban personajes, y escenificaban batallas y momentos gloriosos de la historia de nuestro pueblo, creados por los artistas amantecas de moda en esos tiempos. Bien bonito, verdad de la buena.

Jaguar no dejaba de contemplar mientras navegaba sobre la acalli dentro del palacio. Él también lo conocía por los múltiples encargos pedidos por conocidos o amigos nobles, o por llamadas de los tribunos para rendir cuentas por rebeldías, grescas y demás asuntos de baja estofa. Seguía maravillándose y descubriéndolo. El tráfico de canoas y gente allí dentro, además de abundante, era constante. Cualquiera podía pasear y admirar el lujo y poder del imperio a través desos palacios. Desde el plebeyo macehualtin que caminaba a raíz o navegaba en pequeños troncos escarbados hasta los nobles pipiltin en sillas y camas de manos o en barcazas acojinadas donde viajaban con comitiva. Pero al llegar a las antesalas del mandamás, de comitiva nada, solo pasaba el noble que entregaba cuentas acompañado bajo la mirada escrutiñadora de guardianes; desde simples soldados rasos hasta los de élite, quachic, como Nagual en su tiempo, resguardaban las puertas con grandes lanzas. A más calidad de la gente, mayor era el rango de los soldados que cuidaban la seguridad de los recintos. A ver quién se atrevía a intentar entrar con dos feroces guerreros rapados, y con la cabeza y cara mitad azul mitad roja. Casi sin darse cuenta, mi señor fue transportado a un gran salón abovedado que, a la vista de sus múltiples puertas, contaba con varios despachos. Por el otro extremo, el canal continuaba y era la salida del portón del muro de la Serpiente. La acalli se paró frente a un arco resguardado con dos guerreros quachic muy jóvenes. Entendió que el viaje había terminado y su cita con el destino estaba detrás de aquellas puertas. Repitió el mismo santo y seña a los guardianes quienes, al escucharlo, abrieron paso.

Lo recibió a la entrada un hombre de mediana estatura. Por la voz, se deducía ya viejo, quizás unos cuarenta y tantos a cincuenta años. De pelo negro salpicado por todas partes con canas, tan crespo que parecía un cepillo de alfileres negros y blancos. Ocultaba la cara tras un antifaz de plumas azules, y una capa de los mismos materiales y hechura. Quiero decirles que, en esos tiempos, ir disfrazado era lo mismo que vestirse del día a día y, sobre todo, en cierta realeza: plumas, máscaras, cabezas y pelos teñidos. Muchas galanterías adornando la cara: bezotes, argollas y pinjantes. La gente de verdadera clase evitaba el adorno excesivo. Bastaba una persona que a diario llevaba la cara pintada de azul la cambiase a rojo, se recogiera el pelo y colocase una diadema sobre la cabeza de plumas de quetzal o cualquier otro pájaro para cambiar su apariencia como de la noche a la mañana.

—Sígame en silencio, por favor —indicó lacónico.

El hombre caminaba por delante de Nagual totalmente confiado, seguro de ser el que llevaba el comal por el mango. Su capa de plumas azules reflejaba los destellos de las teas y antorchas empotradas en las paredes de ese largo y lúgubre pasillo con olor a humedad. Se oía el caer de las gotas de agua sobre pequeños charcos formados en el suelo y, sin embargo, Nagual no dejaba de prestar atención en cada momento por si alguien le salía al encuentro por algún pasadizo secreto; no despegaba la mano de la mocha. Llegaron a un salón también lúgubre.

—Espere aquí —ordenó el del antifaz y desapareció al fondo por una puerta desas clásicas de los pasadizos secretos, visto y no visto.

Las paredes lucían desnudas, excepto una adornada con un cuadro gigante recreado con todo género de plumas: chicas, grandes, rojas, azules, verdes y mil colores más. Representaba la instauración de las guerras floridas por parte del Gran Tlacaelel al lado de su hermano el emperador Moctezuma I Ilhuicamina, el Flechador del Cielo. Ahí estuvo Nagual esperando por más de veinte minutos, y no se hubiera percatado de la presencia de otra persona si no le hubiera llegado el olor a tabaco que comenzó a tocarle la punta de la nariz y lo puso en guardia. Discreto, acarició de nuevo su mocha y aguzó la mirada. Efectivamente, vio que alguien más lo acompañaba. Lo dedujo por unas cenizas incandescentes encendiéndose en una pipa al fondo del salón. Era el otro sicario: Otumba. Después de esperar un largo rato, reapareció el hombre junto con otro también disfrazado. Este otro llevaba la cara pintada de escamas naranjas y negras como si de una serpiente venenosa se tratase; los pasos y cada movimiento provocaban un eco terrible en aquel salón de piedra gris con muros y techos muy altos. Se pusieron alrededor de la gran mesa de madera presente en el centro del recinto, la adornaba solo una pequeña y endeble tea de chapopote que mal aluzaba a los asistentes. El del antifaz azul y pelos de escarpia convocó a los dos matones, y cada uno tomó lugar en una esquina. Nagual entonces pudo ver más de cerca al que sería su compañero de trabajo. Una franja negra de la mitad de la cara para arriba denotaba su origen otomí, pero, quién sabe, en esos tiempos cualquier guajolote se disfrazaba de pavo real y al revés. Le daba una calada a su pipa chiquita de barro sin importarle quién estuviera enfrente. Despedía un olor único y difícil de olvidar, una mezcla rara y peligrosa en manos ignorantes: tabaco curado de fuego y polvo de semilla ololihuqui —paraíso matutino—. Era un individuo ni alto ni bajo y la corpulencia de los brazos se presentía a través de la camisa negra de cuero fino y delgado ceñida a la piel. Los dedos de las manos y de los pies, gruesos y poderosos, revelaban que pertenecía a ese tipo de hombres sometidos a trabajos bestiales.

—Quiero poca sangre, un trabajo limpio y sin víctimas que lamentar —dijo el de la cara con las escamas naranjas y negras pintadas como ofidio mientras daba unos ligeros golpes sobre la mesa con el puño izquierdo cerrado.

La cara y la cabeza pintadas con escamas y plumas, como si de una serpiente emplumada se tratase, delataban su culto y adoración por Quetzalcóatl. Las escamas pintadas bajaban hasta el cuello en los mismos colores, sin duda un trabajo de profesionales de los tatuajes. La obra la coronaba una diadema de plumas rojas con largura como de un palmo. Su capa, sus huaraches cubriendo todo el pie con finas piedras chalchiuites verdes, los anillos en los dedos... Cualquier duda de su lustre desapareció cuando estiró la mano, y el otro acudió solícito para darle un mapa en papel amate y mostrar la ruta supuesta de la mercancía. *Gente importante sin duda alguna,* pensarían los sicarios.

—Mucho cuidado, sobre todo con el más bajo, no quiero tarugadas ni que se les pase el agua, solo un buen susto a esos viajantes —insistió el hombre de las escamas.

—Cierto, sobre todo con el más bajo —repitió el del antifaz azul poniendo ambas manos sobre la mesa descubriendo sus uñas negras y afiladas y con los dedos manchados de pintura.

Nagual Jaguar, muy observador, vio cómo, al acercarse a la mesa, le colgaba del cuello una cazuelita de barro, desas clásicas utilizadas por los tlacuilos para vaciar la pintura y mojar sus pinceles para dibujar sobre el amate sus signos. Eso de *al más bajo* no terminaba de convencer a mi amo. Era un trabajo en plena noche y uno no se iba a poner a sacar la vara y a medir a aquellos a quien les iba a sacar el polvo a continuación.

—Viajarán en una balsa grande, pero solo dos serán sus tripulantes y el patrón —daba detalles el del antifaz azul mientras se lo acomodaba dejando entrelucir sus uñas mugrientas —. Es importante lo de darles un buen susto, pero que no pase a mayores. Son pochtecas de medio pelo; no necesitan ni interesa ni importa que ustedes sepan más datos. Del cargamento, nos interesa una caja azul y otra caja negra delgada y larga que por ningún motivo deben de ser abiertas. —Volteó a ver al hombre de las escamas naranjas, esperando su aprobación.

—Así es —afirmaba este, y ya no quedaba duda de quién lleva-ba la batuta ahí—. Lo que importa es la caja azul —dio otro ligero golpe en la mesa— y la negra. —Volvió a tocar la tabla. Entonces Jaguar se percató del precioso anillo de oro: un puma con el jade verde engastado entre las fauces del felino.

—¿Qué hacemos con esas cajas? —por fin habló el sicario de la franja negra en la cara.

Otomí, no cabía duda, el acento lo delataba. Saber a qué tribu pertenecía ya era mucho: zacachichimecas, tamimes o chichime-cas de Chicomóztoc eran unas de las tantas tribus que los confor-maban, verdaderos maestros en el arte del fuego. Si al menos hu-biese podido verle bien la cara o la piel del torso o los brazos, pero la camisa de piel los ocultaba. Nagual Jaguar los conocía muy bien y no tenía muy gratos recuerdos de ninguna desas tribus, ya que los zacachichimecas fueron los que despacharon y desaparecieron a mi padre.

—Las entregarán en La Casa de la Culebra, al lado del panteón de las Cihuateteo.

El panteón de las Cihuateteo era el de las mujeres muertas en parto, y gozaba de mucha protección porque los brujos de magia negra cercenaban sus brazos izquierdos para practicar los hechizos más atroces.

—El resto del cargamento es todo para ustedes —dijo, tramposo, el del antifaz azul.

—Me parece perfecto, pero qué hay del pago en contante y so-nante por mis servicios —dijo Jaguar acariciándose el pinjante ver-de claro de su nariz. No era ningún pardillo ni le gustaba que lo chamaquearan.

Los dos compradores de los servicios de los sicarios cambiaron unas discretas miradas, como si advirtieran que aquel hombre no se dejaría apantallar ni por dioses ni por embajadores destos ni mucho menos por aquellos que se ocultaban detrás de un disfraz. Entonces el de menor jerarquía y pelos como cepillo de alfileres sacó unos canutos de oro que lanzó sobre la mesa: cinco para el de la franja negra sobre la cara que, a continuación, se le fueron los ojos, y otros tantos para Jaguar quien se mantenía frío. Era muy buena cantidad, pero también había aprendido mucho en sus viajes protegiendo a comerciantes. *Tantos años de pochteca y no saber intercambiar los cacaos* rezaba el refrán.

—¿Y qué hay de la otra mitad? —reclamó Nagual.

—Les será otorgada cuando entreguen la mercancía y terminen el trabajo —respondió con cierto tono amenazante el pintado de serpiente.

—Lo que les pagamos no es moco de guajolote, y les aseguramos que esos traen buen tesoro —dijo el de las uñas negras mientras se acomodaba el antifaz.

Una risa estridente propia de un loco o de una bruja siniestra terminó de cortar ese tenso ambiente. Era el otomí que le daba una calada a su pipa, pero esta ya se había apagado. Volteaba a verla, desconcertado.

—¡Me gusta, está suave y a todo dar!

Decía el otomí con otra risita estridente, chillona y aguda capaz de enervar al más pazguato. En ese momento chiscó los dedos y dellos salieron fuego para encender de nuevo su pipa y darle una buena calada, un truco muy habitual de los habitantes de estas tribus artesanas de las llamas que solo ellos conocían. Mi amo no se dejó impresionar, ya había visto el truquito a otros otomíes. Sin embargo, cuando yo lo vi las primeras veces casi se me cae la quijada al suelo. Años después aprendí a hacerlo. Lo que sí le estremeció de verdad al Jaguar fue aquella maldita risa, no podía dejar de imaginar a aquel asesino asestando puñaladas a sus víctimas mientras se reía de tal manera. Tiempo después Nagual Jaguar comprobaría sus sospechas sobre Otumba. Vio en más de una ocasión cómo a este loco zumbado se le oscurecían los ojos perdiéndose detrás de esa franja negra de la cara, riendo y gozando mientras apuñalaba a sus víctimas con el cinismo propio de los asesinos más carniceros. Ahí fue el inicio de una larga relación mortal. Esa risa lo persiguió de por vida a mi señor y, si soy sincero, a mí también. Era tan chillona y malditamente macabra que perforaba los oídos, aunque no la tuviera uno enfrente, solo se necesitaba imaginarla. Agora mismo escribiendo estas líneas la estoy escuchando y se me hace cosa muy espantable. Cuando ya tenía a los enemigos a su merced, se divertía igual que el gato con esos ratones moribundos que soportan por instinto más que por voluntad mientras los abofetea con sus agudas zarpas, pero con cuidado para que no se mueran y seguir con su juego. Algo así era el otomí. Había tomado nota Jaguar: a la primera que pudiera, acabaría con esa bestia. El simple hecho de imaginarse terminando sus días en las garras de aquel maniático le ponía la piel chinita. Se cruzó de brazos para disimular el estremecimiento.

—Es todo —concluyó el hombre víbora—. ¿Alguna duda?

El del antifaz terminó de dar los últimos detalles. Se despidió del hombre de más autoridad con claras reverencias, refiriéndose a él como señor. Se llevó a los dos sicarios fuera de ahí. Jaguar vio que recorría el mismo trayecto que a su llegada, al menos eso recordaba, pero, de repente, un cambio en la ruta lo desorientó. Él juraría que ese no era el camino original y, en efecto, el del antifaz azul los llevaba a una nueva sala, esta más austera que la anterior. No tuvieron que esperar largo tiempo como en la primera ocasión, eso sí, cada uno de los dos encargados del trabajo en un extremo. Les dijo que aguardaran y desapareció. El olor del tabaco de la pipa se mezcló con una terrible pestilencia a perro muerto. Ambos se percataron, intercambiaron miradas y arrugaron la nariz justo cuando en el fondo aparecieron tres hombres, el del antifaz y otros dos sin disfraz alguno. El primero dellos era Tlacotzin, el brazo derecho de Moctezuma, el capitán general de nuestros ejércitos. ¿Qué diablos pintaba ahí? No lo sabrían hasta mucho tiempo después. El segundo, aunque hubiese llevado por disfraz una cabeza de tapir, alas de águila y patas de palmípedo su altura lo delataba; y es que no es fácil esconderse cuando uno mide dos metros y al reírse le salen tremendos dientes negros, serrados y afilados como tiburón. Con una nariz digna de concurso de zanahorias. Por ojos, dos hoyos negros apagados que lucían aún más sendas ojeras circundantes. Vestía un camisón negro con mariposas verdes dibujadas y debajo deste, a manera de guante, la piel de un desollado de la fiesta del mes anterior. Cierto, unos veinte días atrás se había celebrado esta fiesta donde se sacrificaban varios esclavos. Los desollaban todititos. Tiraban a los muertos de bruces, metían cuchillo y abríanles desde el colodrillo hasta el calcañar pasando por el sieso para usar sus pieles como guantes durante todo el mes. Ministros y sátrapas de los ídolos las portaban para dar ejemplo. Lo hacían en ofrenda para los dioses o para conseguir sus favores y gracias sin retirarlas de su cuerpo hasta la siguiente fiesta donde, con mucha cerimonia, eran lavados y purificados.

Usar a un desollado como vestimenta era propio de los sacerdotes sacrificadores de los más altos niveles: sacerdotes de fuego y ministros de Quetzalcóatl, y desos no había muchos, dos o tres en todo el imperio para ser más exactos, señor Tacámbaro era uno de ellos. También Bacalar e Izamal solo un poquito más abajo en jerarquía.

Ni a cuál irle, aquí malo, allá malvado y acullá aciago. Sacó las manos del camisón, tan grandes como abanicos, con uñas también negras y afiladas como el del antifaz azul. Se llevó la diestra a su cabeza para quitarse los tres gusanos que le bajaban por la frente. Salían de la piel desollada, ya con claros signos y olores de putrefacción. Abanicó rápido con los dedos y el revuelo del aire espantó a las moscas.

—Las órdenes han cambiado un poco, señores —dijo el larguirucho con su voz cavernosa.

Decir *poco* significaba mucho, y al Nagual eso le empezaba a oler muy mal y no exactamente por la piel podrida de ese hombre.

—¿Qué tan poco es poco? —preguntó Jaguar a quien le gustaban las cuentas claritas y el chocolate espeso.

—Más contundencia con los pochtecas esos —dijo el del antifaz azul.

—¿Qué significa más contundencia? ¿Unos cuantos chirlos, unos piquetes...?

—Significa que hay que matarlos, señor, no hay que darle vueltas —cortó el sacerdote sacrificador quien comenzaba a desesperarse ante tanta pregunta, y dejaba ver que era un hombre acostumbrado a que le obedecieran sin rechistar.

—Hay diez canutos más de oro para cada uno, cinco agora y cinco a la entrega del trabajo —se adelantó el del antifaz azul intentando zanjar el asunto y tanto cuestionamiento.

—¡Suave, suave! Yo canto siempre y cuando haya un buen adelanto —dijo el otomí mientras le daba otra calada a su pipa y escupía el humo, cosa que agradecerían Nagual, Tlacotzin y el del antifaz que soportaban estoicos el pestilente olor a pútrido del sacerdote. Este ni se inmutaba, acostumbrado a cargar con esa hediondez durante casi un mes.

Esa era otra muestra más del carácter del otomí, a quien se le daban un quelite las vidas humanas, hombres, mujeres o niños, lo que se le atravesara. Si con eso lograba sus espurios fines, hasta a su madre la mataba. No en cambio era así para Nagual. Más allá de sus principios, talante, frialdad y ecuanimidad, algo le alertaba del peligro.

—Tanto oro por unos simples pochtecas, no me lo creo. Qué pasa con aquel pintado de serpiente al que usted dijo señor —habló Jaguar dirigiendo la mirada al del antifaz—. No me gustaría encontrármelo y que me pidiera cuentas.

—Si no le gusta puede retirarse. Agora con esta sequía falta cacao y sobran garrotes —dijo el sacerdote.

Maldita chimina suerte, pensó por dentro Nagual, quien al oír las palabras sequía, cacao y garrotes se acordó de su mísera situación. Había comenzado a ponerse muy gallito y llegaba aquel hediondo apestoso para bajarle los aires de grandeza y hacerle ver su realidad. ¡Y es que quince canutos era un titipuchal de oro!

—No es cuestión de oro —dijo intentando disimular su incertidumbre.

Nagual Jaguar lo decía de chía cuando en verdad era de horchata. El sacerdote, que era un verdadero hijo de tal por cual, con un colmillo tan retorcido como el de los jabalíes, se dio cuenta del flaqueo de Nagual y no dudó en apretar la negociación para terminar de cerrar el negocio. No tenía tiempo para gastar más saliva apagando esos infiernitos cuando avernos más calientes y ardientes le esperaban con gente de verdad importante. Era el Nappuallatolli: *La Palabra de los Ochenta Días* y mucho gerifalte se paseaba por ahí, así que había que amarrar acuerdos de verdad jugosos y no nimiedades de unos cuantos canutos de oro.

—Por si no lo saben —dijo con su voz cavernosa—, soy el sacerdote señor Tacámbaro, ministro de Quetzalcóatl. —Sus ojos, como dos puñales en pozos oscuros, se clavaron en los sicarios.

¡Se jodió la cosa! A partir de esas palabras mágicas todo cambió, la pestilencia desapareció, el olor a tabaco se esfumó y la pipa del otomí se apagó. Y no es que los tufos desaparecieran, sino que los matarifes dejaron de respirar, la manzana del gaznate se les movía de arriba abajo conforme tragaban saliva. Algo chistoso, los dos se cruzaron de brazos, y no precisamente por ponerse de acuerdo, sino porque el repeluco que sintieron les provocó tal temblor que solo así lo ocultaban. Lo realmente cierto era que la pipa no humeaba más, pero ya ninguna maldita gana de volver a encenderla le quedaba. Ni una risa estridente más le salió a Otumba de esa boquita y deducía que debía medirle muy bien el agua a los tamales. Por su parte, Nagual sabía que estaba vendido.

No voy aquí a ponerme a explicar toda la jerarquía de sacerdotes, sátrapas, ministros y tlaloques habidos en nuestra religión. Nagual Jaguar y el otro sabían de sobra que un ministro de la Serpiente Emplumada Quetzalcóatl ostentaba la máxima autoridad entre los sacerdotes. Era el Sacerdote, con mayúsculas.

El primer escalón era el de tlamacazton, algunos adolescentes entraban al calmécac con esta ilusión y lo conseguían, pero solo uno de cada cincuenta o cien subía al siguiente peldaño: tlamacazqui. Todos estos aprendices y aspirantes a ministros de la Serpiente Emplumada se encargaban de varios rituales. Con incensarios a manera de sartenes y con largas agarraderas, andaban humeando por todas partes a la vez que tocaban flautas de fémur de humano, y entonaban cánticos y mantras, los "Ooommmmmmm" esos de los que ya hablé y que inundaban las noches del recinto sagrado de Tenochtitlán y, con especial fuerza y reverberación, alrededor de los calmécacs. Lo mismo sucedía en el resto de las ciudades del imperio. Los tlamacazqui también se encargaban de preparar y ofrecer las ofrendas a nuestros dioses. Desde las humildes labores de limpieza y barrido de templos y calmécacs hasta labores tan importantes como clases a los alumnos. Las primeras actividades eran destinadas a los de más bajo quilate y las últimas, para autoridades totales como el señor Tacámbaro, conocidos como quequetzalcoa, que quiere decir ministros o sucesores de Quetzalcóatl, de los cuales solo había dos o tres en todo el imperio, para que vean la fuerza de un personaje como estos. Y justo debajo destos quequetzalcoa, los tlenamacac o sacerdotes de fuego, los cuales ya tenían licencia para sacrificar en actos oficiales. Ahí estaban el señor Izamal y el señor Bacalar que, además de enseñar a los alumnos del calmécac a destripar a los desgraciados destinados al sacrificio, cuidaban ferozmente de la sección prohibida de los libros sagrados, mágicos y de conjuros de la biblioteca del calmécac de Tenochtitlán.

—El encargo lo pueden rechazar, pero no duden del poder y extensión de mi dedo que los alcanzará allá en Cobá o en Xaltocan o en donde decidan esconderse como lo que son, ratas inmundas —afirmaba el sacerdote por si alguna duda quedaba de su imperativa.

De casta le venía al galgo. Así de contundente. No había más, y era muy cierto. El señor Tacámbaro era poderoso entre los poderosos, y es que desde muy pequeñito ya era sanguinario y mortal, así lo había sido su padre, y el padre de su padre y demás antecesores. Estos cargos se heredaban por línea familiar y, en esos tiempos, el niño Tacámbaro ya mostraba maneras. Era famosa la historia del emperador Colhua y su hija la princesa. Los mexicas quisieron saltarse la barda y pidieron en matrimonio a una hija del señor Colhua para emparentar a los pueblos y unir lazos políticos. Para demostrar su amor, respeto y honores, decidieron convertir a la princesa en su mujer diosa. Invitaron a medio mundo para una cerimonia a todo trapo, incluido el emperador Colhua en primer palco: incienso, caracoles, mucha danza, bebida, tragadera, y nuestro sacerdote mayor, el abuelo, bisabuelo o algo así de nuestro actual Tacámbaro. Los mexicas danzaban, movían las caderas, azotaban recio las plantas de los pies después de dar tremendos saltos. Hacían sonar las caracolas y cascabeles amarrados a las gargantas de sus pies, y el sacerdote vestía la piel desollada de una víctima como si fuese guante. Todo era fiesta y alegría hasta que se le ocurrió preguntar al señor Colhua:

—¿Y quiénes son los desgraciados desollados?, ¿a qué pueblo pertenecen?

Y a nuestro gobernador, que en esos tiempos era Tenoch, todo orgulloso y pensando en el gran regocijo que causaría en su invitado, no se le ocurrió otra idea más que decirle la verdad:

—Esa piel que lleva nuestro sacerdote es la de tu hija, querido señor. La hemos convertido en nuestra Diosa Toci.

¡Bueno! Isla les falto a los mexicas para correr y, una vez que se les acabó. ¡a nadar, sálvese quien pueda! Van pa'atrás de nuevo los aztecas a refugiarse entre tulares y carrizales. Como esas travesuras hicieron muchas más, y siempre detrás un sacerdote pariente de Tacámbaro, tatarabuelo, bisabuelo o lo que fuera, y allí el niño Tacámbaro aprendiendo a hacer tiritas con la piel de los desollados.

—Si deciden hacer el trabajo, este señor les dará las instrucciones —remató contundente.

Nadie dudaba de las órdenes como tampoco había duda del poder del ministro de Quetzalcóatl: Tacámbaro. Todo mundo le mostraba gran respeto, desde nuestro emperador, Ahuizote, pasando por su Cihuacoatl Consejero Supremo, Tlilpotonqui, Pluma Negra; hasta el capitán general de nuestras tropas, Moctezuma, y su mano derecha, Tlacotzin, cuya presencia pasaba inadvertida durante estas entrevistas, ya que no abrió el pico y se dedicó solo a ser un mudo testigo de lo que ocurría.

Ya sin escapatoria, Nagual pensó que no aceptar el trabajo era jugarse el cuello y no le cabía la más mínima duda de que mi pellejo también podría peligrar, y sepan los dioses de cuántos más. Aquellos a los que el gigante ese quisiera y le diera la gana mandar a la piedra de los sacrificios. El otro, el otomí, ni se había atrevido a encender su pipa y permanecía calladito.

—Entonces, ¿hay que matarlos? —preguntó resignado mi amo para dejar el negocio claro.

—Así es —se adelantó el del antifaz azul—. Las órdenes son las mismas. Agora mismo se les paga lo acordado, y la otra mitad, a la entrega de las cajas ya mencionadas.

—¡Matarlos sin piedad! —La voz cavernosa del señor Tacámbaro siseo como víbora venenosa—. Ustedes no están para saberlo ni les importa, pero esas personas atentan contra nuestros dioses, son ratas inmundas como ustedes, no merecen piedad alguna. Más les vale realizar bien el trabajo, de ser así no les quepa la más mínima duda que nuestros dioses allá en el Omeyocan sabrán reconocerlo. Pero si fallan, no será la justicia divina quien se encargue de ajustarles las cuentas. Lo haré yo personalmente en nombre de todos y cada uno de nuestros dioses —recalcó la última "s" como un frío aire helado al que los asesinos permanecieron inmóviles con los músculos agarrotados.

Ninguno de los ahí presentes, el del antifaz azul, Nagual Jaguar, el otomí —con su pipa ya apagada— y Tlacotzin osaron moverse ni decir ni sí ni no. Un silencio molesto e hiriente se apoderó del lugar mientras el señor Tacámbaro se daba la vuelta y desaparecía al final del lúgubre salón como si se lo tragara la pared, dejando solo la estela de hediondez como prueba de su presencia.

CAPÍTULO III

De cómo era la vida y el día a día en Tenochtitlán, en el Potzolcalli, en las escuelas telpochcalli y calmécac en esos tiempos. De cuando Natán Balam asistió a los palacios reales y conoció más a fondo a sus amores mortales.

Lo fascinante siempre deja una huella imborrable en nuestros recuerdos y solo precisa la volatilidad de lo efímero para fijarlo hasta el final de nuestros andares. Así fueron esos días de mi infancia y mi juventud en el Potzolcalli; en la Casa de las Fieras; en el barrio de los Cuchilleros; paseándome entre acequias, pasillos y escondites; yendo y viniendo del mercado de Tlatelolco al centro sagrado del imperio más poderoso y fastuoso del mundo. Y, de repente, como si un plumazo pasara por encima de ese cuento de princesas, alushes y tlacuaches, todo cambió para siempre.

En mi memoria aún resuenan las voces de la Teotihuacana; el golpear de los tarros llenos de pulque; las maldiciones de Brazo Piedra cuando perdía la partida; las incitaciones al juego de patolli por parte de los amigos de Nagual. Los gritos de los cacahuateros, de los comerciantes de colores vegetales y animales, de los buhoneros, de los chicleros... Las chilmoleras que servían los tacos de nopalitos y frijoles con salsa roja de chile guajillo, y de carne de guajolote o venado para los que tenían costilla. Sobraban escoberos, tlachiqueros, mieleros y demás vendedores que ofrecían sus productos sobre las avenidas, tianguis y callejuelas. Recuerdo los gruñidos y ladridos de Chocán, el xolo negro azulado y pelón de

Flor de Mañana que vagaba libre a sus anchas dentro del local con su pequeño pinjante de oro en la oreja derecha, que observaba y olisqueaba atento a que a alguien se le cayera una migaja de tortilla o frijol del taco para devorarlo. Su dueña lo cuidaba como a un hijo para asegurarse de que le ayudara a cruzar, agarrada de sus orejas o cola, el peligroso río del primer inframundo cuando llegara la hora. Cierro los ojos y puedo oler ese ambiente abrazando y enamorando todos los gustos. Desde los picantes chiles de árbol, mulato o cascabel en salsas atemperados con verdes aguacates o rojos jitomates hasta la suave y perfumada vainilla. El sabor agrio de esa bebida embriagante de dioses llamada octli o pulque. La espuma del cacao flotando en el tejate con esa sensación única de su grasa pegándose en el paladar. El crujir de las maderas viejas de las mesas del Potzolcalli entremezclándose con el aserrín tirado en el suelo por doquier espacio público. El olor enmohecido de la masa azul o amarilla de tortillas, tamales de chile, dulce y mole. Platos exquisitos bajo pedido para los pipiltin, era yo quien muchas veces los llevaba a sus palacios: ranas en salsa de chile amarillo; pescado iztac michi; tortolitas cocidas rellenas de huitlacoche reposando en camas de zanahoritas tiernas junto con otras verduras y formando un arco iris... Y muchos otros platillos capaces de volver lujuriosas a las lenguas más melindrosas. Y Flor, con su sazón inconfundible, guisaba a diario para celebrar lo mismo nacimientos, cumpleaños, casamientos, llorar muertos, ahogar derrotas o digerir desamores. Se juntaba gente de todo tipo. Los que asistían apenas salidos del sacrificio gladiatorio o del estadio de tlachco para recordar jugadas y rehacer detalles que habíanles hecho estallar en júbilo dándoles la victoria. También aquellos que comentaban la jugada fallida que los sumía en la derrota siendo la plática reinante durante semanas —apoyando codos y cinturas en las barras de cantera, o de vidrio volcánico translúcido y veteado si el local era fino. Barras empapadas del pulque lechoso, baboso y chorreante por el que patinaban los cuencos de barro—, para ser borrada y olvidada solo por la ilusión de la llegada de la siguiente contienda. Triunfo o derrota había que alzar el tarro y celebrar.

Éramos un pueblo único y curioso, de tradiciones irrepetibles y mal interpretadas por los de tierras lejanas, y de ahí todo mundo nos agarró tirria de caníbales y criaturas desalmadas cuando nunca fue así. De verdad, fuimos los que más adorábamos e idolatrábamos a nuestros dioses. Pasábamos un año cuidando hombres, mujeres o niños para convertirlos en imágenes vivas de los dioses. Los tratábamos a cuerpo de rey con las mejores comidas, y les enseñábamos a tañer flautas de hueso de pierna o pantorrilla humana. Los hombres eran masajeados con aceites perfumados, halagados con doncellas bellas y vírgenes para su agrado. Mimados, pues, a cuerpo de emperador, con eso lo digo todo. Después los pintábamos de gris o azul maya y los sacrificábamos en uno de los tantos templos dedicados a eso en Tenochtitlán. Los íbamos a llorar a cientos de lugares, como el Potzolcalli, donde nos los comíamos en tamales rellenos o en pozole con su maíz cacaguacintle blanco y reventado en caldo picante, lechuga y rábanos. Los honrábamos y venerábamos así para nunca más olvidarlos. Piernas y brazos para los guerreros, sesos para los sacerdotes, partes nobles para los recién casados... Nadie podría decir que no lleváramos su cuerpo y alma por siempre dentro de nosotros.

Para que les midan el agua a los elotes y se den una idea de la grandeza de este imperio: a nuestro reino, de por sí inmenso, súmenle las treinta y tantas provincias dominadas más los estados de situación política indeterminada por la gran rapidez con la que crecíamos. Estados por los que circulaban toda la riqueza y poderío a través de nuestros pochtecas y ejércitos que llevaban y traían toda clase de mercancías, conquistaban a diestra y siniestra, imponían nuestros dioses, y adoptaban y adoraban los de pueblos conquistados. Ampliamos ese imperio que en el tiempo de Axayácatl ya era grande y, cuando se desarrolla esta historia, alcanzó su máximo esplendor, pues, por fin, acariciamos ambos mares: el del anochecer al suroeste en Cihuatlán, y el del amanecer al oriente; desde su extremo norte en Tochpan hasta el sur en Tochtepec. Limitábamos al oeste con los tarascos que nunca dominamos, y al norte con los salvajes otomíes y sus innumerables tribus. Al noreste, la tierra de los calientes y divertidos huastecos y, al otro extremo, los de xicalango y las tierras de los hombres murciélago —tribus independientes y aliadas que tanto sirvieron para negociar y mantener buenas relaciones entre aztecas y mayas— con la excepción de los aguerridos tlaxcaltecas cuyo pequeñísimo e ingobernable imperio estaba enquistado como garrapata dentro del nuestro, al noreste, muy cerca de los volcanes Iztaccihuatl y Popocatepetl.

Y yo ahí, en el mismo ombligo de México, Cem Anáhuac Tlali Yoloco: el corazón y el centro del único mundo. Yo era un joven en Tenochtitlán, el sueño de todos y un lujo al alcance de pocos. ¡Un chico en el imperio azteca! Ahí donde se juntaba la calzada de Iztapalapa y el recinto sagrado. Un chamaquito como todos los de mi edad, echado en mi petate, jugando patolli, aprendiendo cánticos, rezos, maldiciones y palabrotas. Había escapado de mis anteriores amos con regímenes peores que militares y agora ansiaba vagar por esas callejuelas y pasadizos secretos de Tlatelolco, Coyoacán y la Casa de las Fieras donde se escondía el amor, la muerte y la magia por unas cuantas almendras de cacao, un poco de pasión o cualquier otro trueque de favor. Barrios maravillosos y fascinantes, bebidas embriagantes, nada de fantasías en la cabeza, ahí estaba yo para vivirlo y constatarlo. Yo, un chico en Tenochtitlán. En el lugar de donde todo convergía, donde se partía el pastel y se repartía el pescado. Entre el recinto sagrado, los juegos de tlachco, las peleas de gladiadores, la fiesta sacrificial a cada dios, las escuelas telpochcalli y calmécac y, sobre todo, entre los fogones y las mesas de la fonda del Potzolcalli. En ese lugar pasé años maravillosos de mi vida al lado de Nagual Jaguar y amigos que se reunían a jugar, arreglando el mundo en interminables conversaciones avivadas por los efluvios del pulque y los humos de los totomoxtles cargados de hierbas malvadamente deliciosas. Si cierro los ojos, puedo ver aún al fondo del Potzolcalli al Chamán Canek Anem aluzado por el rayito de sol filtrado a través del tragaluz entre fémures de esclavos o guerreros cautivados en guerra que pendían del techo —obsequios de guerreros a los dueños del local y, alguno más atrevido, en clara alusión a la belleza de la Teotihuacana esperando obtener sus favores—. El

Chamán formaba un corrillo de oyentes entretenidos con sus conocimientos. Sentaba cátedra, gesticulaba de manera ostensible con la diestra mientras con la otra agarraba la bebida, hablaba sobre lo enseñado horas antes a sus alumnos del calmécac en el aula de medicina, magia o herbolaria, dependiendo la asignatura que le tocara ese año. Le fluían los conocimientos frescos y recién expuestos de la cabeza a la lengua, y asombraba a todos los presentes que sostenían el tarro de pulque, tejate o cualquier otra bebida. Echaba un trago al suyo para empapar el gaznate algo ajado por los olores de flores y vapores de sustancias que usaba cuando preparaba las pociones y dictaba clase a sus pupilos.

También tengo muy clara la imagen del Profesor azuzando y calentando a Brazo Piedra en el juego de los frijoles, recitando de memoria los versos del gran Nezahualcoyotl, recordando tiempos maravillosos de nuestra historia, de cuando el águila devoraba la serpiente en el nopal en medio de la laguna para luego luego indicar que ahí, y solo ahí, se había fundado el gran imperio azteca. Y cuando ya la miel de las dulces matas le endulzaba o afilaba la lengua y le nublaba la vista, torcía los ojos y le daba por ponerse de pie en piernas sambas y temblorosas que sostenían el cuerpo enjuto y doblado. Y al lado de la mesa de marras, apoyaba la espalda en la pared, levantaba el tarro a la altura de sus ojos y recitaba estos versos para sí mismo o para cualquier mujer digna de su agrado y sin aparente propietario:

> *En el cielo la luna*
> *En tu cara una boca.*
> *En el cielo muchas estrellas*
> *En tu cara solo dos ojos.*

Cada personaje era un héroe para mí: el Profesor Boca Tarasca con su sapiencia, memoria y elocuencia; el Ciego con sus gafas oscuras y su ceguera más falsa que almendras de cacao rellenas de arena; Nagual y su maestría en las artes de la guerra y la lucha, y Teo Mahui, el mejor jugador de pelota tlachco. Mis fantasías avivadas cuando estaba aprendiendo escritura náhuatl sobre el amate se debatían entre ser un guerrero de élite de las legiones de guerreros águila y jaguar, o un gran jugador de pelota tlachco. La primera, ya podrán adivinar a quién se debía. Y la segunda, es a este personaje a quien no he presentado. No sabía su nombre y nunca lo supe, mas importaba poco porque era conocido en el imperio y lo sería allende por Teo Mahui, su mote lo decía todo: *El que juega como los dioses*. También le apodaban *Chicome*, el siete, por su número dentro de la cancha de tlachco y tatuado en los hombros: dos bolitas con una línea horizontal debajo ●●. El ojo izquierdo se lo tapaba y apagaba la piel derretida a su alrededor. Era muy bueno, una chucha cuerera.

La temporada en la que sucedió esta aventura estaba imparable, ni uno ni ninguno brincaba como él alcanzando pelotas imposibles, golpeándolas con caderas, codos o nalgas; corriendo por la alargada y delgada cancha de un extremo a otro con la gracia y fuerza de un venado; intentando una y otra vez meterlas por uno de los dos aros verticales empotrados a la mitad de ambas paredes laterales... Ser profesional del tlachco era un arma de doble filo: o se encumbraban hasta el Omeyocan, el décimo tercer cielo, o se sumían hasta lo más profundo de los infiernos del Mictlán. Sus victorias o derrotas determinaban esta suerte. Y a Teo Mahui por esos tiempos le sonreían las primeras. Llevaba una temporada imparable dando sendas cátedras de juego con los Jaguares Negros de México, ya fuera en la catedral del tlachco, Tenochtitlán, en alguno de los quince principales estadios repartidos por el imperio o en cualquiera de los cientos de canchas oficiales salpicadas por toda la geografía. Verdaderos infiernos donde se jugaba mucho más que un partido, auténticos templos del juego de pelota. Teo Mahui, Chicome era, de todos los amigos de Jaguar, el menos briago, y aun así también empujaba el tarro con singular alegría. Mujeres a montones, fiestas con la realeza, reuniones, invitaciones y todas esas cosas que le llueven a quien es una estrella del tlachco. Y como el que a buen árbol se arrima, alguna que otra fruta me cayó.

Esos castillos que yo construía en el aire eran derrumbados con una colleja, zape o coscorrón que Nagual Jaguar, el Profesor, el Ciego, el Chamán o cualquiera de sus amigos me propinaban, e invitándome a seguir pintando en el amate los signos básicos de la escritura náhuatl: los veinte días del mes, los dieciocho meses del año y sus cinco días aciagos. El Día Perro, el Día Lagartija, el Día Casa. Invitándome a aprender los cientos de rezos, himnos y cánticos —y, por debajo del agua, las parodias y canciones burlonas más hirientes y confeccionadas al puro pelo en contra de los profesores que habíanselas ganado a pulso por ser los más estrictos o los más pazguatos. Los compositores eran verdaderos genios sin tiempo para aburrirse dentro de las clases mientras retrataban al maestro sentado o paseándose entre pupilos y petates a manera de pupitre cuando dictaba cátedra. No dejaban títere con cabeza—. Y aunque muchas de esas letanías yo había memorizado, de las buenas y de las malvadas, en los escasos años que asistí a un telpochcalli a pesar de la esclavitud, la verdad es que estaba muy atrasado respecto a los chamaquitos de mi edad. Urgía ponerme al día. El Profesor Boca Tarasca, con sus múltiples contactos, tenía línea directa con el director de calmécacs y telpochcallis: Cocomba el Blanco, me colocaría más adelante en uno destos segundos, el telpochcalli del recinto sagrado, que no era moco de guajolote. Sobre los telpochcallis no había mucho que decir: escuelas para el pueblo. Los hijos de maceguales acudían a ellas y recibían educación básica: manejo de armas en general, ciertos oficios y artes así para hacer frente a la vida de pobres que nos esperaba. En cambio, los calmécacs… ¡lo habido dentro de sus muros fascinaba hasta aquel escuincle que tuviera atole en las venas! Aprender cómo curar cuerpos enfermos de hechizos o de enfermedades naturales de la mano de médicos y chamanes famosos por sus milagros como el Chamán Canek Anem. Clases de defensa personal y demás destrezas de guerra y pelea. La ayuda de maestros tonalpouhques que enseñaban el arte de leer los nudos, interpretar los libros mágicos de los días y destinos para determinar nuestro Tonal. Conocer hierbas, plantas, raíces y sustancias para embrujados, malditos y desahuciados. Hipnotizar esclavos de guerra y dejar fríos en un instante a enemigos del imperio. Clases para aprender a ser espías del reino y conquistar nuevas tierras. Cursos donde se domaba y amaestraba todo tipo de animales: tlacuaches, tecolotes, culebras ponzoñosas y coyotes. La

oportunidad de practicar con equipos serios y respetables de tlachco. Conocer la otra realidad ayudados con peyote, humito, toloache,
burladora… guiado por brujos, chamanes y adivinos tan respetados
y temidos como el mismísimo Cocomba el Blanco, consejero directo
del emperador, además de director y máxima autoridad de cuantos
calmécac y telpochcalli existían en el imperio. Mas yo sabía muy
bien que era sueño imposible entrar a una escuela calmécac solo
permitida para nobles pipiltin. Si algún macegual asistía a ella, era
por mostrar habilidad fuera de lo común: prever o soñar con el futuro, mover objetos con la mirada, hipnotizar a los guerreros de los
pueblos a los que intentábamos conquistar, ver con los ojos cerrados
y demás hechicerías. Genio de artista, inteligencia superior o haber
realizado alguna hazaña heroica, justo lo que hizo mi amo y señor,
hecho de una pasta especial, tocado por los dioses en esas artes. Así
que las puertas desos templos del saber terminaron abriéndosele en
sus buenos tiempos.

Creo que ya les platiqué que Nagual no aprobaba mucho mi afición por la larga y la mocha, y todo lo relacionado con las mañas de
la guerra y la pelea. Sin embargo, no veía con malos ojos que yo me
acercara a esa mesa arremolinada del Potzolcalli cuando Teo Mahui
se dedicaba a narrar con lujo de detalle aquellas partidas épicas de
tlachco que recién había jugado con los Jaguares Negros en tierras
lejanas a las que la mayoría de los habitantes del imperio no tenía
acceso. La distancia y el costo que implicaba asistir a estadios tan
distantes solo eran privilegio de los nobles pipiltin, clases pudientes
y ociosas que formaban un grupo importante de animación y apoyo a su equipo con cánticos, rezos, danzas y toda la cosa allá en el
estadio que se pararan, intentando acallar los gritos de los fanáticos
locales contados por miles, muy apabullantes e intimidatorios. Uno
de los que formaban el grupo de animación era un hombre muy conocido, Olontet, mercante y fabricador de cotaras muy bien cosidas
con suelas harto resistentes de hule de Tochtepec. No tenía mucha
costilla, pero lo avalaba ser el organizador de uno de los equipos de
animación con más peso político en el reino, a tal grado de ser siempre tenido en cuenta por emperadores y jugadores.

Los que se quedaban en casa se conformaban escuchando a los grupos de animadores y jugadores que, cuando regresaban, se dispersaban por los distintos garitos, tinacales, sitios de placer y otros lugares de ocio para narrar cómo habían ganado a los Bacabs Mayas —sus acérrimos rivales— a los Murciélagos Zapotecas de Monte Alban, a las Hormigas Rojas de Azcapotzalco... Yo asomaba la cabeza entre las barrigas y los tarros fríos que sudaban el pulque curadito de guayaba, mamey o al natural, cuando ya nuestro jugador —con su ojo izquierdo chamuscado como recuerdo de sus tiempos de soldado— había colocado la mocha de Nagual y alguna otra daga o espada sobre la mesa imitando las paredes del tlachco, y en el centro de cada arma alguna argolla o anillo simulando el aro. Ni respiraban los oyentes ante las fieles y vívidas reproducciones de Teo Mahui.

Sin embargo, y a pesar de no ver con malos ojos que yo me ilusionara con el tlachco y quisiera repetir las hazañas de aquellos jugadores, Nagual bien sabía o intuía que incluso eso era espuma de jabón y que si algunas actividades me podrían procurar una vida serena, holgada, menos sacrificada y más segura eran las relacionadas con las del cacumen. Sirva el Profesor Boca Tarasca de ejemplo. En forma muy sutil para engañarme como a un niño, Jaguar siempre mencionaba que el arte de los tlacuilos —la gente que escribía los asuntos oficiales para el imperio— o los conocimientos de chamán, médico o curandero, podrían ser oficios maravillosos y llenos de sorpresas —lo cual no distaba mucho de la realidad— y asegurarían mi futuro. Y para estos oficios solo había un pequeño mas gigantesco paso: el telpochcalli o el calmécac.

—Natán, si quieres ser alguien en la vida, incluso un gran jugador de tlachco, el calmécac es la única opción —me decía el Profesor Boca Tarasca, que impartía clases en ambas y se sabía su teje y maneje, mientras agarraba mi nuca viendo de reojo mis torpes garabatos—. Debes emplearte a fondo, encajar harto los codos, arrastrar mucho los pinceles sobre el amate… y tener mucha suerte. Mas recuerda que la peor lucha es la no intentada, muchacho.

Mi señor veía y escuchaba serio la escena, y yo creía intuir un ligero y aprobatorio movimiento en su cabeza a las palabras de su amigo. Máxime cuando este mantenía al tanto al Nagual acerca de los movimientos en los mandos superiores, cómo se manejaban las políticas y los siguientes pasos de los gobiernos, y le auguraba aciagos días para gente de su oficio: el de la guerra.

—Las cosas, querido Nagual, están color de hormiga —apuntaba el Profesor mientras le daba una calada al cigarro que su amigo le había pasado—. El problema se resume en dos frases: los partidarios del regreso y despertar de Quetzalcóatl y los que quieren que siga dormido, no hay más. Para terminar de amolarla, esta sequía va pa'largo. Eso dicen los nigrománticos.

El Profesor sabía mucho, y entuertos tan gordos los despachaba así, en tres patadas. Sin embargo, para los que no conocen la historia maravillosa e infame de nuestro pueblo, no resulta tan fácil. En esas palabras y unas cuantas más creo que se encerraba mucho de nuestra grandeza y decadencia.

Nagual Jaguar conocía bien la historia a través del Profesor Boca Tarasca, docto conocedor de la misma y de muchas otras. Se empeñaba en contárselas una y otra vez, aportando siempre detalles nuevos y dejando boquiabierto a mi amo y a mí cuando tenía la oportunidad de escucharlo. Nagual Jaguar la sabía al dedillo porque la sufrió en carne propia cuando aún era joven, en los aciagos años del gobierno de Tizoc. La desgracia de guerrero desempleado cayó sobre él, solo conocía el oficio de artesanías y florituras de guerra con puños y puñales. En los buenos tiempos, o sea, los de guerra, no dudaba en enrolarse si la movida pintaba bien. Mas como la adversa fortuna vuelve su rueda, y a las mayores prosperidades acuden muchas tristezas, estas se presentaron con el nombre de Tlacotzin. A eso sumemos la gran sequía que se cobró miles de vidas y creó una gran tensión social. Por menos de nada, a uno lo mataban en vulgar asalto o conspiración para acusarlo, calumniarlo y usarlo como alimento para los dioses. Había que buscarse los frijoles porque jale de guerrero no siempre salía.

Así se las buscaba uno como mercenario, sicario y cualquier trabajo de aquí te pillo aquí te mato, larga por aquí, mocha por allá, cacao viene, cacao va. Desta forma se fue enviciando mi patrón y dando más golpes a su aire. Buenos trabajitos que lo libraban de las ordenanzas de infames y abusivos políticos y gobernantes. Solo aceptaba, entonces sí, bajo el imperio de Ahuizote, trabajos interesantes con el ejército azteca comandado por Moctezuma, capitán general de todos los ejércitos aztecas, y su segundo de a bordo: Tlacotzin. Con este último mantenía una relación de *nos odiamos, mas nos necesitamos* ya que muchos y muy buenos trabajos Nagual Jaguar le había hecho a precios razonables. Pronto volverían a trabajar juntos.

Una de las razones por las que trabajarían juntos era porque Tlilpotonqui, Pluma Negra, Consejero Supremo del rey Ahuizote y partidario del regreso de Quetzalcóatl, era listo como el hambre y muy pronto comenzó a endulzarle la oreja a nuestro emperador para que realizara ritos, conjuros y demás parafernalia que atrajese a la Serpiente Emplumada. Sabía que con su regreso habría guerra, pondría a unos cuantos en su lugar y daría a otros lo que se les había quitado, al menos ese era el pensamiento general de los partidarios del regreso de Quetzalcóatl. Quién iba a imaginar a nuestro rey rezando por su regreso, asistiendo y vistiendo plumas verdes de quetzal en las fiestas de Casa Tezozomoc o Casa Axayácatl y, para asombro de todos, bailando en esos recintos para atraer al dios ofidio, paseándose entre la realeza con un buen danzar, sin duda alguna.

Era un secreto a voces lo de su cada vez mayor afición por el regreso de Quetzalcóatl. En muros y paredes, ya fuera en calles, avenidas o callejuelas, abundaban los dibujitos hechos por el populacho y con muy mala baba: Ahuizote con plumas verde azuladas, Ahuizote con cuerpo de serpiente, Ahuizote con lengua bífida… Nosotros no lo vimos danzando en alguna destas casas. Sin embargo, el Profesor Boca Tarasca, asiduo invitado y asistente a fiestas de la crema y nata, se lo contó al Nagual en pleno chismorreo en una de tantas noches de borrachera en nuestra casa, a medios chiles y con la lengua muy platicadora y húmeda por los efluvios del pulque. Yo lo escuché, nadie me lo contó.

Las palabras del Profesor eran como de tlaciuhque —los magos que ven el futuro—. Los primeros coletazos de la serpiente se dejaban sentir. Una sequía infame se chupaba hasta la humedad del aire, y Nagual daba menos golpes por culpa de la maldita. Cada vez más matarifes de poca monta, sin ni siquiera haber pisado por accidente la escuela telpochcalli, infestaban las calles para hacer los mismos trabajos que mi amo sin su elegancia y discreción, claro está; por muchas menos almendras o canutos de oro le sacaban la calavera al señalado. Luego luego los reconocía uno en la calle, en las tabernas, garitos, fiestas y lugares públicos donde llevaban al baile a quien se dejara sacar. Alardeaban de hazañas jamás hechas los muy cara de palo mientras Jaguar los observaba en silencio. Al principio, debo aceptar, no dejaban de sorprenderme y asombrarme con tanta fantochada, mas pronto vi con dos o tres indicaciones que el sabio Boca Tarasca me secreteaba cómo eran pura llamarada de petate: *Embaucadores, falsarios, chocarreros, ladrones, vendehumos, salteadores, con una mano adelante y otra detrás, y que, a falta de pan, maíz y tortilla, esta gallofería se llena la boca diciendo que nunca falta, porque las auras hallan siempre qué comer. Y terminan estos advenedizos de banqueta ahogándose en la saliva de su propia verborrea y arrugándose como frijoles viejos a la hora de la verdad.*

Por desgracia, esto era solo el reflejo, la consecuencia. El nombre del problema real era Quetzalcóatl, la Serpiente Emplumada. Mas la semilla de la maldad, y lo que le hacía hervir el buche al Profesor, era algo mucho más profundo: la lucha del poder, la infinita hipocresía de nuestros dirigentes, de los nobles pipiltin que no hacían más que sangrar a nuestros campesinos y trabajadores, maceguales, como al Jaguar y casi todos sus amigos. Es decir, la historia de la humanidad por la que los imperios más grandes del mundo se derrumbaron. Y esta sangría la llevaban a los pueblos conquistados con tributos altísimos que apenas y tiempo les quedaba para producir lo necesario para su supervivencia. Es cierto que en tiempos de Ahuizote alcanzamos el máximo esplendor y fuimos el imperio más poderoso jamás concebido sobre esta tierra y allende los mares. Cierto es también que el siguiente emperador no dejo de agrandar nuestros dominios. Mas también es gran verdad, como que Tonatiuh es el dios sol, que ahí se plantó y comenzó a florecer la semilla de todos nuestros males: el poder, cuna y tumba de todos los reinos. Si no, que les pregunten a los tlaxcaltecas, que se dejaron embaucar y chamaquear por el espíritu de la codicia de la Serpiente Emplumada. Tantas ganas y rabia nos tenían los tlaxcaltecas, michuaques y los cientos de pueblos que buscaban la forma de meternos mano. Entonces todo estaba servido, y solo fue cuestión de tiempo para que nuestro imperio temblara, porque ya por dentro lo habíamos podrido nosotros. Mucho de esto hablaba siempre el Profesor —de la decadencia y putrefacción del imperio— con los ojos inyectados de sangre. Agora lo entiendo, mas en ese tiempo era un escuincle que solo pensaba en darle vuelo a la hilacha, en convertirme en un diestro guerrero o un consumado jugador de tlachco y, mientras, él echando espumarajos por la boca.

Así era el Profesor. No dejaba títere con cabeza en la casa de Nagual, en el Potzolcalli, enfrente del emperador durante alguna fiesta en casa Nezahualcoyotl, en pleno calmécac ante la ira del director Cocomba el Blanco o donde le daba su regalada gana. Y yo, con el ojo cuadrado en el local de Flor la Teotihuacana ante tal fauna. Hasta que el circo se acababa y comenzaba otro cuando ella me mandaba a entregar platillos a la casa de algún noble. Debo reconocer que siempre me premiaba con deliciosas semillas de girasol o granitos de maíz envueltos en miel tostada y que hoy llaman ponteduro. Y aunque no lo hiciera, faltaba más, esa fonda era como una segunda casa, y ella como una madre.

En una desas ocasiones me mandó, no se me olvida, a entregar tortolitas cocidas rellenas de huitlacoche y bañadas en su salsa. Cuando llevaba alimentos para gente de mucho lustre, la cocinera sacaba su mejor vajilla, platos de barro colorado y oscuro de Cholula. Quemaban como el Mictlán a pesar de las muchas mantas de algodón blanco con que eran cubiertos; y la más íntima, de hoja de plátano para no manchar la tela, mejoraba la presentación. Pues ahí iba yo sorteando la multitud emperejilada con pinjantes de oro o ámbar; cabezas rapadas pintadas de rojo con grecas y símbolos en negro, azul, blanco; cabezas emplumadas de guacamayo; rostros y cuerpos colorados en amarillo, en azul; con la Serpiente Emplumada tatuada trepando por la pierna, enroscándose en sus pechos para enseñar sus colmillos en las venas del cuello... Cuidaba mucho de no tirar el platillo intentando concentrarme en esas mantas entre mis manos a pesar de las voces, murmullos y griterío de incontables lenguas, con el sol en plena vertical iluminando la estela de la polvareda que levantaban las centenas de pies, los nobles con huaraches, y el resto como yo, a raíz, en esas horas de actividad máxima.

Crucé el puente de Los Niños Ahogados, el más próximo al recinto sagrado. Había yo escuchado muchas leyendas de casa Tezozomoc, que entonces era la reinante, y uno de los palacios donde más tiempo pasaba nuestro huey tlatoani Ahuizote y su corte, y ahí debía entregar ese platillo. Pronto comprobaría si eran verdad o mentira. Muy cerca estaba el palacio. Atravesé la fuente de la obsidiana plantada en medio de la calzada del Templo Mayor que nace donde termina la avenida de la entrada norte al recinto, es decir, la del Tepeyac. Llegué con la boca haciéndoseme agua del rico olor a huitlacoche sudado por las telas aún humeantes. Me recibieron dos guardianes ya avisados, así que entré sin problema a ese salón inmenso. Estaba adornado con suelo de mica negra, y tenues y delgadas vetas rojas reluciente como espejo. Del techo colgaban macetas, y una buganvilia abrazaba una columna. En el centro del palacio existía un canal de agua, continuación de la acequia de la calle, el líquido transparente moría en unas fuentes ricamente engastadas con turquesas. Estas reproducían las imágenes de Quetzalcóatl, Tlaloc y otras deidades que adornaban ese verde espacio lleno de orquídeas, magnolias y otras flores preciosas.

Estas eran apapachadas por muchos jardineros encargados de ese paraíso dentro de la noble casa. Una casi imperceptible música de tambores y flautas invadía el ambiente. Un ojo de agua como el nuestro en casa, mas en este cabían varias personas, amigos y amigas de los habitantes de ese palacio, amantes del emperador Ahuizote que chapoteaban y jugaban entre ellas luciendo sus hermosos cuerpos. Es decir, un espacio de ocio, diversión, coqueteo y seducción. Los cuidadores del edén me vieron como si no existiera.

Seguí caminando, tímido, y en un extremo de ese gran salón robaron mi atención dos hombres. El primero, acostado, desnudo y fuerte con nalgas redondas como jícaras, era masajeado con aceites por dos mujeres. Volteó la cara y nos vimos, no supe quién era hasta días más tarde cuando lo descubrí —Piedra de Río— en ese juego de tlachco con el equipo de los Jaguares Negros contra los Bacabs Mayas. El segundo hombre que vi, más de lo mismo, era aquel comprado por la princesa adolescente en el mercado el día cuando nos conocimos Nagual y yo, el del gran tepolli. No voy a inventarme historias, estaban ahí solos con esas mujeres sobando sus cuerpos bronceados mientras yo caminaba alelado. Nada más. Después, cuando me fui, eran historia. Una voz de mujer me trajo a la realidad. Se escuchaba lejos, pero diáfana, regañaba a alguien y, de fondo, el agua cayendo de las fuentes. Seguí andando y aparté de mi vista unas plantas gigantes. Tras de ellas aparecieron esos ojos morados que por primera vez se cruzaron con los míos en el mercado de Tlatelolco. Estaba recostada en una cama de telas azules que contrastaba con la pared de rojo de cinabrio, y al lado de un pequeño ojo de agua cristalina y peces de un naranja vivo. Me observó y se quedó sorprendida. Despidió a su esclava, que le afilaba las uñas largas y moradas, con una ligera y rápida bofetada en la mejilla. Nos quedamos ahí solos con un cachorro, ya no tan cachorro, de jaguar negro a sus pies —me llegaba a las rodillas el lindo gatito— mientras una discreta sonrisa iluminaba su cara. Yo bajé la mirada luego luego, no me atrevía a repetir la insolencia de nuestro primer encuentro; las piernas se me pusieron todas guangas y me achicopalé todito, sentí que me caía al suelo.

—Vaya, vaya, vaya, a quién tenemos aquí —dijo aún con sonrisa entre traviesa y malévola en los labios, desperezándose lentamente mientras el cachorro de jaguar bostezaba—. Tu nombre —exigió con cambio brusco en el rostro, tono serio y endureciendo la violácea mirada.

—Natán, Natán Balam, su alteza. Le traigo el platillo que han pedido del Potzolcalli. Tortolitas rellenas de…

—Mina —alzó la voz la princesa como llamando a alguien, ignorándome igual que al aire ahí presente—. Mina, digan a Mina que venga rapidito que tengo algo interesante —dijo al primer esclavo que apareció. Acto seguido, se presentó mi segundo dolor de cabeza. Mina Citlali—. Mira, Mina.

Si una era amante del color morado, la otra era fanática del rojo. Llevaba el pelo pintado de sangre de tuna de los huevos de la cochinilla, y un huipil y falda del mismo tono con motivos florales blancos, de mucha calidad y de origen maya. Adornaba su cuello estilizado un collar de corales rojos y negros. Muñeca de Jade y Mina Citlali habían nacido en cunas de oro. La primera era noble por los cuatro costados. Mina Citlali, aunque no de abolengo, sí de privilegio. Su padre, un artista que se volvió pochteca amanteca especializado en arte plumario, vendió por todo el imperio a emperadores y pipiltin que se peleaban sus obras y pujaban verdaderas fortunas. Compró el cargo de secretario del emperador —tercer cargo de importancia política por debajo del Cihuacoatl Consejero Supremo y de su majestad el Rey— y no se le desalineó ni un pelo. Pretendía estar así más cerca del poder, y buscaba emparentar a su hermosa hija con algún *caca grande.*

Desde niñas, Mina Citlali y Muñeca de Jade jugaron juntas; caprichosas por su condición y por la falta de mano dura, hacían y deshacían en el imperio. Asistían a clases del calmécac a veces sí, a veces no, y casi todas las veces para nada bueno. Eso sí, las más puntuales, guapas y el alma de fiestas, pachangas y convites en Casa Axayácatl, Casa Tezozomoc, Casa Nezahualcoyotl o de cualquier noble pipiltin que quisiera festejar, agasajar y lucirse con comilonas, orgías y bailes donde había de todo menos decoro y límite. Temidas, amadas y deseadas por muchos hombres, siempre jugaban al borde del abismo.

Mas en el tiempo en que esta historia nos compete, ambas frisaban la adolescencia y sus cuerpos terminaban de abandonar la infancia brotando los últimos frutos escandalosos de concupiscencia, y solo era cuestión de tiempo para que floreciera el ardor y la perversión que en ellas se albergaba. Sobre todo, la primera, que manipulaba y mal influía a la segunda. Amigas y enemigas durante el tiempo que la vida les prestó licencia. Aliadas hacían temblar a todo el pueblo. Y encontradas, peor.

—Ven, siéntate aquí y deja el platillo en esa mesa. ¿Te han dicho que eres muy bonito? —me invitó y preguntó mucho más amable Mina, palmeando una mano en la cama sillón cubierta con pieles de oso e invitando a sentarme entrambas—. ¿Te llamas?

—Natán, Natán Balam, su majestad. Sirvo para...

—¿Quién era ese hombre que te acompañaba? —interrumpió la de las uñas moradas sin ningún reparo en mis palabras. ¡Qué bellas eran de cerquita!—. ¿A qué se dedica?

—Nagual Jaguar, mi tío. Guerrero de la orden Quachic, guerrero jaguar al servicio y órdenes de nuestro señor emperador, su majestad.

Ya lo sé, está bien, sé que me inventé una mentira tan grande como la pirámide de Cholula. Mas qué esperaban que dijera: soy achichincle de Nagual Jaguar: ¿matón a sueldo, mercenario y ajusta cuentas? Las dos mujeres comenzaron a acariciarme de manera suave las piernas descubiertas y las subían de forma comprometedora hacia mi blanco Maxtlatl. Toda la piel se me puso chinita y si no es por la esclava que vino a salvarme sin ella quererlo, no sé cómo hubiera reaccionado. Esta se acercó al oído de Muñeca de Jade y, por más que me esforcé para escuchar, no entendí.

—Te dije que no me equivocaba, Mina —comentó ante la sonrisa roja de la otra—. Tenemos que irnos... —dijo dándome una palmada en la pierna y levantándose.

—Natán, se llama Natán Balam —acudió Mina Citlali al rescate de su despistada amiga, quien también se levantó.

Abandonaron el salón por un largo pasillo hablando en voz baja y riéndose la una con la otra sin ni siquiera despedirse ni voltear ni pagar ni nada de nada. El cachorro de jaguar las acompañaba con ese andar desgarbado propio de los cachorros, amarrado con un mecate de hilos de oro y borlas de algodón morado al cuello, rodeado con

73

precioso collar de piel y hermosas piedras de jade. Flor de Mañana después pasaría la cuenta a Yamanik, el Petlacalcatl o tesorero jefe de casa Tezozomoc, que también lo era del imperio. Me levanté y, de repente, me vi solo en ese gran salón acompañado únicamente por el golpeteo del agua de las fuentes sobre el jade y, aún de fondo, esos tambores y flautas delicados e hipnóticos. Mientras, por ese corredor, veía cómo sus figuras torneadas, contoneo de caderas y glúteos redondos debajo desos vestidos se desvanecían al igual que sus risas. Sin saber yo que aparecerían y desaparecerían muchas veces durante mi existencia; que reiríamos y lloraríamos los tres; que esos placeres y pasatiempos y muchos otros más jugaríamos: más románticos y rozando la cursilería, más eróticos rayando en la locura, con el sexo confundido entre pasión y enfermedad y, también, más crueles y despiadados. Sin imaginar que a lo que estábamos jugando era a la vida y a la muerte.

CAPÍTULO IV

De cómo Nagual Jaguar, Brazo Piedra y los otros dos hicie-ron el trabajo a medias, de los fantasmas de Jaguar y de cómo este estuvo a punto de condenar su vida para siempre.

—Natán, no me esperes a cenar, ya sabes qué hacer si no llego —fueron sus únicas palabras aquella noche an-tes de salir a su misión.

Nunca olvidaré aquella mañana, la del día de la misión de Jaguar. Me despertó el suave olor que viajaba de la habitación contigua di-recto a mis narices, el incienso de copal fue poco a poco despertán-dome como una madre lo hace acariciando a su hijo. Antes de abrir los ojos, mis oídos ya captaban movimientos sigilosos de Nagual. Al alba, si ninguna juerga ni resaca se le cruzaban, hacía ejercicios de fortaleza y estiramientos. Vestigios de disciplina del arduo entre-namiento de guerrero de élite. Se paraba de manos, suspendía una, se quedaba solo apoyado con la otra y abría tanto las piernas al aire como su gran elasticidad se lo permitía hasta formar una línea hori-zontal; soportaba la tensión largo rato concentrado. El sudor resba-laba por cara y cabeza, cambiaba de mano, y vuelta a empezar mien-tras las gotas se concentraban en su nariz para caer y estrellarse en el piso de tierra húmeda y apisonada. Después, sentado en el suelo, levantaba manos y pies hacia el cielo, formaba con su cuerpo una V y permanecía en tensión con los abdominales marcados y temblan-do; sudaba de nuevo, y al chico rato, todos los músculos inflados de sangre y a punto de reventar. Hacía lagartijas apoyándose solo en tres dedos, en dos, bajando en perfecta vertical hasta rozar pecho, abdomen y caderas con el suelo para volver a subir, una y otra vez. Se ponía en cuclillas y se elevaba solo con la pierna derecha, luego la otra; subiendo y bajando de una barra con brazo izquierdo, derecho, ambos. Y varios otros ejercicios que yo también con el tiempo fui practicando a semejanza suya.

Ya con las carnes henchidas y la sangre a flor de piel, se pinchaba y horadaba con espinas de maguey, orejas, lengua, labios, brazos, pechos o pantorrillas, y colectaba el rojo líquido en pequeños cuencos para colocarlos en la esquina donde tenía el pequeño altar con imágenes talladas en brillante vidrio volcánico negro, más dos figuritas representando hijo y mujer. Quetzalcóatl, Tlaloc, Huitzilopochtli y Yacatecuhtli; el dios serpiente emplumada, el de la lluvia, el de la guerra y el de los comerciantes, respectivamente, conformaban sus cuatro dioses más idolatrados y venerados. Estaban iluminados por una pequeña bujía de sebo y, algunos días, homenajeados además con incienso de copal. *Cuando los dioses quieran, me reuniré con ustedes, allá en el Teteocán, al lado de las estrellas.* Algo así decía en sus oraciones a sus seres queridos. En una bola de heno, llamada zacatapayolli, a manera de contenedor incrustaba las espinas de maguey utilizadas para pincharse, eso parecía un puerco espín de tantas y tantas clavadas en ella. Todo el día descansó, sentado en el suelo en una orilla de la casa y viendo, a través de la ventana, partes de las pirámides. Se dedicó a chupar tabaco picyetl mezclado con humito para aclarar la mente y relajar el alma. Comimos frugalmente: tazón de atole, pasta de maíz endulzada con miel y un poco de fruta. Hasta que anocheció. Se armó, dio las últimas caladas a su cigarrillo para tirarlo al suelo y apagarlo con la suela del huarache y, entonces, salió por la puerta.

—Se me olvidaba, Natán —dijo volviendo a abrir la puerta para darme un último consejo—. Duerme en mi habitación, al lado del hoyo. No lo olvides, tenlo todo preparado.

Caminó con paso rápido por la calzada del Tepeyac dirigiéndose al centro cerimonial para atravesarlo y llegar al sitio acordado. Las antorchas sobre las paredes ya disipaban la oscuridad gobernante en la ciudad y en todo el reino de Tenochtitlán. Las sombras se reflejaban bailantes y alargadas en las aguas del lago, de las acequias y de unos cuantos charcos esparcidos por el camino que Nagual evitaba pisar. Cuando atravesó el puente de Los Niños Ahogados, Brazo Piedra lo esperaba ahí como acordaron. Sería su compañero en el baile, como no podría ser de otra manera. Nagual Jaguar ni siquiera se detuvo. Intercambio de miradas, le dio en una bolsita de cuero una parte de su botín, y comenzaron a caminar juntos sin cruzar palabra.

Llegaron al lugar de la cita, situado al oriente del recinto sagrado, y tomaron la calzada de Iztapalapa, muy cerca del barrio de los Buhoneros. La luna iluminaba la noche fresca y se reflejaba sobre el espejo negro del lago de Tenochtitlán. Según las instrucciones que habían recibido, los gorriones llegarían en una barcaza con capacidad para unas veinte personas de pie. Habíanles indicado que solo viajaban tres, incluido el patrón de la barcaza, previamente untado, y, cuando comenzaran los guamazos, diría aquí se rompió una taza y cada uno para su casa.

Sus contratantes habían dado instrucciones claras y consejos para el éxito de la misión: entrarían por el oriente acompañando la calzada de Iztapalapa y Xochimilco; conforme fueran internándose en los barrios, jardines flotantes y cuando las acequias comenzaran a estrecharse, ralentizarían la navegación. Ese sería buen momento para caerles encima.

Pasarían por el barrio de los Buhoneros, a esa hora sus habitantes dormirían como perezosos. La acequia escogida para el lance era estrecha, por lo que se podía atacar por tierra o por agua. La desventaja de un ataque terrestre podría ser que el terreno atravesado estaba desierto, sin casas ni construcciones lo suficientemente cerca para guarecerse. Y debían contar con esos preciosos instantes que les daría un ataque por sorpresa para que a las víctimas no les diera ni tiempo de decir madre mía. Por eso, aunque ninguno de los atacantes lo había hablado, lo llevaban claro: les sorprenderían por agua.

Antes de llegar la embarcación al lugar del encuentro, Otumba y Nagual se sumergirían y meterían sus cabezas en grandes calabazas huecas y flotantes con alguna pequeña perforación para respirar y poder divisar la movida. Sus cuerpos soportarían el agua fría gracias al hule líquido untado. Además, Jaguar portaba un traje de pellejo de nutrias de finísima hechura, desos del ejército para las incursiones militares acuáticas, que no eran pocas en esos tiempos. Se pegaba al cuerpo y no calaba el agua. Los otros lucían taparrabos, las piernas descubiertas y el torso tapado hasta el cuello con una vestimenta de material similar a la de Jaguar, pero de menor calidad.

La corriente de la acequia por donde iba a pasar la embarcación era algo recia y resultaba crucial aminorar su velocidad. Mi amo y el resto sopesaron la posibilidad de parar la embarcación que tenían que atacar cegando el paso con algunos troncos. Sin embargo, eso resultaba muy escandaloso, alertaría a los navegantes y restaría sorpresa al ataque. Entonces, optaron por la solución más segura, una gran estaca en el profundo.

Mientras esperaban fuera del agua, Nagual y Brazo Piedra se resguardaban tras de una de las escasas paredes en esa zona, escuchando los caracoles tocados desde lo alto de las pirámides del recinto anunciando la media noche. Sabían la ubicación de los otros dos sicarios cuando una lucecita se encendía breve y por momentos: eran las cenizas incandescentes de Otumba y su eterna pipa. Singular personaje al que no era raro verlo apagar el cigarro sobre su piel justo antes de entrar en combate. Durante el breve intercambio de estrategias acontecido momentos antes, el gigantón y Jaguar tuvieron tiempo para escuchar y estudiar a los que serían sus compañeros de trabajo. Entrambos intentaban descubrir la tribu a la que pertenecían los otros.

—Otomíes, Nagual, sin lugar a duda. Otomíes. Aunque se pinten la cara para cubrir las marcas, su acento los delata, no me cabe duda. Conozco a mi gente.

—Eso está claro, lo supe desde la primera vez que lo escuché ¿Chichimecas, tamimes o zacachichimecas? —preguntó Nagual intentando afinar el tiro.

—Si le pudiera ver la piel de los brazos o el pecho, te diría, pero van tapados hasta el pescuezo. Y con esa pintura en la cara imposible ver los tatuajes —dijo Brazo Piedra a su amigo en comandita.

Así estuvieron esperando por un buen rato los cuatro. Los unos, por su lado; los otros, por el suyo, entre la luz de la luna y la completa oscuridad de la ciudad cuando las nubes la cubrían. El frío no era excesivo, aunque meterse al lago a esas horas a nadie le hacía gracia, mas negocios son negocios. Otra de las rutinas de guerrero de Jaguar era repasar, en los momentos de espera del enemigo, las rutas de escape, contratiempos y alternativas posibles por si todo lo planeado se iba al garete o no salía como uno quería. Esto último, lo más común. Uno propone, Tlaloc dispone, llega el señor del Mictlán o cualquier chumpio animal del demonio y todo lo descompone.

—Me voy a mi lugar, Nagual. No vaya a ser el chamuco y nos agarren comiendo camote. Agora nos vemos —se despidió Brazo Piedra para ir a esperar a los pardillos esos.

Pensaba Jaguar solo en las escapatorias posibles, meterse en el barrio de los Buhoneros y de ahí pasar al Otomí o al de los Tintoreros, llenos de vericuetos, callejuelas, recovecos y guaridas donde era fácil escabullirse de cualquier perseguidor que no conociera bien ese laberinto. Y si había suerte, colarse en alguna fiesta de las celebradas en esos días. Mientras barruntaba, otros pensamientos se le cruzaron por la cabeza, no supo qué llegó primero a su cabeza si la princesa huasteca asesinada, cuyo nombre se le escapaba en ese momento, o las otras damas que, por accidente, había matado en la guerra. En el código militar azteca se especificaba el respeto a la vida de niños, mujeres y ancianos y solo podían ser cautivados para sacrificios. Las hembras muertas por Nagual en plena guerra eran accidentes y nada más. ¿Cómo reconocer a alguien con cabeza de puma o lobo por casco y una piel de oso como capa? Cuando les despojaba de sus trajes, se daba cuenta de su sexo, demasiado tarde. Eso le causaba un remordimiento terrible: dejar niños huérfanos a la suerte de la selva, las fieras u otras tribus más salvajes. Pero lo que terminaba aventándolo a la profundidad de los vasos de pulque o de las hierbas de la fantasía era saberse acreedor del castigo de Cihuateteo: la diosa de las mujeres, de las muertas en parto, de las que habitan el cielo del oeste; y, para curarse en salud, siempre dio ofrenda o esclavo a esta deidad cuando más de una fémina se había interpuesto entre él y su letal mocha, larga o mediana. Y hacía lo mismo con todos los dioses si la ocasión lo ameritaba. Tenía sus preferidos como los del altar de su casa, pero ofrendaba al dios que lo demandara, fuese con su sangre o con la de otros: Tonantzin, la madrecita de todos los dioses; Xochipilli, diosa de las flores; Xolotl, dios de las bestias y demás sabandijas. Las demás muertes de mujeres en manos de Nagual habían sido partes de guerra, y si una virtud había mostrado alguna vez Jaguar, era esa: culto y respeto total a todos los dioses, los propios y los conquistados.

¡Pétalos Rojos!, por fin llegaba a su cabeza el nombre de la princesa huasteca a la que mató: Pétalos Rojos. La susodicha se presentaba muy incómoda para la princesa Acatlán Chichiltic, para la corte y para el imperio en general. De este modo, habíanse conjugado la amistad de mi amo con la noble para borrar del mapa a la princesa huasteca, que era una amenaza para la unidad palaciega, una intrusa entre los nobles tenochcas si conseguía el amor de alguno de los candidatos al trono. La aprobación de la mayoría de la corte para quitarla de en medio era un hecho. Altos mandos, como el director de telpochcallis y calmécacs, Cocomba el Blanco, daban el sí y promovían los deseos de Acatlán: acabar con ella. Resultaba que la linda y noble moza, una belleza esplendorosa, con su mucho dinero se había instalado en las cortes de nuestro señor Ahuizote, y venía desde la Tierra Caliente con solo dos objetivos entre los ojos: hacerse con los amores de Moctezuma o con los de Macuil Malinaltzin, Cinco Yerbas, el que llegara al trono.

Ambos eran jóvenes gallardos, contendientes a la silla imperial y parientes de nuestro emperador. Aunque, para ser sinceros, Moctezuma mostraba mucha más madera de líder, el rey no opinaba lo mismo. Le podía más el corazón que la razón. Tanto Moctezuma como Cinco Yerbas eran sus sobrinos por ser hijos de su hermano Axayácatl. Esa era la versión oficial, sin embargo, se decía que Ahuizote, en venganza por no haber accedido antes que su hermano menor, Axayácatl, al trono, enamoró a la mujer de este y la dejó preñada de Macuil Malinaltzin, Cinco Yerbas. Le urgía a nuestro emperador Ahuizote colocar a alguien en el trono, y su carta más fuerte era su sobrino hijo, ya que del resto de hijos legítimos de todos no se hacía uno y ni juntándolos le llegaban en capacidad a Cinco Yerbas.

Volviendo a la princesa huasteca, esta tenía prendados de la rabiosa mariposa de su entrepierna a ambos jóvenes, a Cinco Yerbas y a Moctezuma, ya que como buena representante de la Tierra Caliente era una profesional en eso de las artes amatorias. Era conocida en garitos, tabernas y fiestas, debido a su baja estatura, como la "chile piquín", chiquita pero picosa. Así que de víbora a víbora la mesa estaba puesta. Acatlán era de las buenas: calladita, sigilosa y muy venenosa. Y para sierpe, sierpe y media.

No le quedaban más huevos al Nagual que acometer la tarea, porque nadie veía bien la instalación de la princesa huasteca en el recinto sagrado. Negarse implicaba muchos riesgos y consecuencias, la posible enemistad de la princesa Acatlán —eso no era moco de guajolote—, además, él estaba de acuerdo: esa mujer era una amenaza para el imperio si se hacía con los amores de cualquiera de los elegibles. De hechicera bruja y oportunista no la bajaban; les había dado toloache a ambos muchachos, y estos la complacían en caprichos y jugadas. Buscaba solo la silla al lado del futuro emperador. Cihuanotzqui, xoxhihua, cihuatlatole les decían, entre otros adjetivos, a aquellas que realizaban embrujos de seducción y enamoramiento.

Entró Jaguar a las habitaciones de la susodicha, previo cohecho de los guardias responsables de la seguridad, con la complicidad de puertas y ventanas aflojadas de manera inexplicable. Sacó del morralillo de piel y deslizó una citlalcoatl, desas culebras verdes y con la piel abigarrada de estrellas, de ponzoña harto mortal. Le dio un golpecillo con el dedo medio en la cabeza para despertarla y enfurecerla; la metió entre las sábanas de Pétalos Rojos, que dormía profundamente. Se despertó de un brinco con el mordisco del animal aún siseando con su lengua viperina. Se arrastró como la misma asesina. A la princesa no le alcanzó para llegar al mango de la puerta por más que se estiró. Y detrás, de pie, Jaguar, observando que su trabajo saliera perfecto. Las carnes se le agarrotaron a la joven y el gaznate se le apretó todito, y se quedó ahí en el suelo como trapo viejo. Vista y no vista. Se le echó tierra al asunto hasta que se enfrió y no se volvió a hablar dello.

Mientras esperaban fuera del agua, Nagual y Brazo Piedra se resguardaban tras de una de las escasas paredes en esa zona, escuchando los caracoles tocados desde lo alto de las pirámides del recinto anunciando la media noche.

El lugar del ataque no era escogido, sino asignado por las circunstancias. Por ahí entraría la barcaza, y no había de otra. Si la montaña no iba a ellos, ellos irían a la montaña, aunque la montaña parecía irse acercando. Nagual Jaguar regresó a la tierra y se borraron sus lucubraciones cuando escuchó a lo lejos el falso ulular de un tecolote. Era la señal de Otumba alertando a todos de la proximidad de sus víctimas, y, de paso, mandando a casa a cualquiera que anduviera fuera. Todo mundo temía el viejo adagio: *Cuando el tecolote canta, el indio muere.* Comenzó a preparar todos los músculos del cuerpo con movimientos rotatorios de muñecas, tobillos y profundas inspiraciones y espiraciones para sacar los malos humores mientras lanzaba una plegaria al cielo, a Xolotl, dios de perros, ajolotes y demás espantables monstruos marinos, no fuera a ser que se cruzara con uno desos animales del chamuco salido de los infiernos, los famosos ahuizotl, y se lo llevara al profundo. Poniéndose de puntas en los pies y agachándose calentaba pantorrillas y piernas, jalando y sacando aire hasta donde el bofe se lo permitía. Sintió entrar en calor y se introdujo al agua al igual que el otro. Metieron las cabezas, cada uno dellos dentro de las calabazas flotantes preparadas. Nagual Jaguar y el que se volvería su eterno enemigo flotaban observando a través del orificio mientras esperaban la aparición de la barcaza para embarazarla con tremenda estacada. Otumba sería el encargado de esa tarea.

A lo lejos, unas lucecitas crecían, eran las teas de la barcaza acercándose. Aunque avanzaban a remo callado, lo hacían rápido, ayudados por la ligera corriente a favor. Si la vista no le fallaba al Jaguar, ¡más de cuatro personas iban ahí!, y pronto lo comprobaría. Cuando, por fin, Otumba consideró la distancia pertinente, abandonó su calabaza para sumergirse y preparar la estacada que frenaría a la embarcación. Mientras, dos de los guardianes en la barcaza pelaban el ojo, muy atentos. Uno dellos sospechó de una calabaza y decidió perforarla con su arco y flecha. Para entonces, su inquilino ya la había deshabitado. La barcaza se detuvo brusca por la estaca, y tiró a sus tripulantes. Estos se recuperaban mientras Brazo Piedra y el subalterno de Otumba aparecieron de la oscuridad de los callejones sin decir agua va. El desconcierto fue mayor cuando descubrieron, ¡cinco personas a bordo en vez de tres! De cinco pronto pasaron a cuatro. El patrón de la embarcación aprovechó la confusión de la caída para irse de la fiesta sin avisar. Los dos atacantes contaban con suficiente experiencia, ya improvisarían, no temían. Abordaron por el frente brincando de la tierra a la barcaza para atraer la atención de los defensores mientras que Nagual por atrás, como nutria, se dispuso a abordar con una velocidad endemoniada seguido unos instantes después por Otumba. Para sorpresa de todos, la cuarta persona era una mujer visiblemente empeyotada que yacía en el suelo como muerta, amarrada. Era la víctima que ofrecerían esos pochtecas a su dios, Yacatecutli. Así lo indicaban los rituales cuando un pochteca regresaba de tierras lejanas. Las nubes embozaron una vez más a la luna y dejaron todo negro como boca de lobo. Comenzaban los brincos. Y comenzaron mal para los de Nagual. El subalterno de Otumba apenas había saltado a la barcaza y era recibido con tremendo macanazo que le partió la chompeta como sandía en día de tianguis, lo que hizo saltar los pedazos por todos lados. El garrote del atacante se atoró en la cabeza partida y medio desgajada, mientras, intentaba zafarlo para no seguir desarmado en la refriega. Cuando por fin lo logró, fue demasiado tarde. Otumba con su larga le rebanó el cuello, vengando así a su compañero de tantas batallas; no le partió la cabeza de manera vulgar y torpe como segundos antes lo había hecho este con su amigo. No, el suyo fue un trabajo limpio. El cuerpo con la cabeza colgando de algunos músculos del cuello comenzó a avanzar sin control lanzando la sangre por el cogote. Los chorros y chisguetes eran iluminados por un rayito de luna aparecido entre las rasgaduras de las nubes. La cabeza terminó de desprenderse desos pedazos de músculo y cayó al suelo entre charcos rojos y viscosos.

El cuerpo empezó a dar un paso, dos, otro para atrás, tres para adelante y, ¡plach!, desapareció en el agua. Los ojos de la cabeza sin dueño se llenaron de pavor y su boca exhaló un grito ahogado, quizá de horror, quizá de rabia, solo él lo sabe y ya no está para contarlo. El agua alrededor se tiñó de rojo. Uno a uno el marcador. Ya nomás quedaban dos; uno, para Nagual y otro, para Otumba. Este, para terminar de quitarse el frío de las aguas, se fue directo a uno de casco con máscara de Yacatecutli. Era el más bajo y, al parecer, el mencionado por el de las escamas naranjas y negras aquella noche del encargo. Les había pedido encarecidamente no hacer mucha sangre sobre él.

Por su parte, Nagual se entretenía a garrotazo limpio con el otro, quien metía la mediana con destreza y velocidad. *Segurito un exguerrero*, pensó Jaguar mientras esquivaba los mazazos por una parte y, por otra, buscaba el ángulo adecuado para clavarle la mocha en el costado por debajo de las costillas, o donde maldita sea cayera. De reojo vio a su compañero Brazo Piedra meterse al agua —se zambulló en el lago tras la mujer amarrada del pie quien había caído de manera inexplicable y, en ese momento, se ahogaba. De no ser por el gigantón, ella no lo contaría a sus nietos—. Esa leve distracción, la de mirar a su amigo, le costó a nuestro compañero un arañazo escandaloso, aunque sin consecuencias, en el hombro y, cuando el otro se disponía a rematarlo, Jaguar se dobló y casi tocó el suelo con las espaldas, intentando esquivar la muerte. Su cuerpo no pudo más, terminó por desplomarse y tocó su lomo la húmeda madera de la barcaza. Ahí lo tenía el oponente, peladito y a la boca, lo despacharía al barrio de abajo sin piedad. Nagual Jaguar vio desde el suelo caer el garrote sobre él como el águila sobre la presa, rodó ágil sobre sí mismo para evitar el golpe mortal, y quien pagó los platos rotos fue una de las cajas custodiadas, caídas con todo el desmadre ahí armado, la azul, tan encarecidamente recomendada por sus pagadores —de la caja negra y delgada ni maldita idea, por ninguna parte aparecía—. Se reventó en pedacitos y del interior salió un objeto apenas visible que se revelaba conforme las nubes avanzaban y la luna alumbraba de nuevo la pista de baile. *Trágame tierra, trágame* cuatro veces, pensó Nagual al reconocer el contenido: el casco de Quetzalcóatl. Mas no había tiempo para pensamientos y lucubraciones, el mazo del guerrero viajaba de nuevo directito a su linda jeta.

La otra víctima, la del casco y máscara de Yacatecutli, soportaba estoico los embates, mazazo por aquí, patada en las pantorrillas por allá y, aunque hábil, era poco jamón para los dos huevos de Otumba quien resultó ser zacachichimeca. En un golpe de suerte, el enmascarado le metió buena tajada en brazo izquierdo y, de no ser por la camisa de piel, se lo hubiera abierto como cuello de cerdo en matanza. Tras la rasgadura apareció historiada la piel del brazo con quemaduras como todos los de esa tribu en señal de lealtad al dios del fuego Huehueteotl. El golpe de suerte no dejó de ser más que eso, la lógica comenzaba a imponerse de nuevo. El de la máscara detuvo un tremendo garrotazo levantando las manos y poniendo entre estas su mediana a manera de escudo. Todo esto iluminado por la luna que volvía a ser protagonista, asomándose metiche, observando y aluzando todo.

Nagual Jaguar, en el suelo, se defendía como demonio. Vio a la víctima de Otumba, el de la máscara de Yacatecutli, levantar los brazos para contener con su arma la del atacante y, en ese momento, también observó cómo la muñeca y codo derecho estaban adornados con un finísimo quetzal machoncatl, adornos de plumería y pedrería de lo más sutil y solo portado por los más ilustres. Elegantísimo huarache recubierto de piel de venado y turquesas incrustadas en el empeine le vestían el pie. Imaginen vuestras majestades cuán exclusivo era lo del quetzal machoncatl que solo los emperadores las calzaban durante su entronización, Ahuizote y El Gran Tlacaelel en sus entierros, príncipes y princesas en fiestas de coronación y eventos de gran significación. Ningún macegual podía portar tal prenda a menos que fuese regalo de un noble acompañado de carta justificante, lo cual obligaba a cualquier habitante bajo el imperio tenochca a prestar ayuda al portador si este hubiese menester. *Trágame tierra, trágame* cuatro veces se lo dijo una vez más; eso no solo no olía bien, apestaba. El casco de Quetzalcóatl, un enmascarado con un quetzal machoncaltl. ¡Madre mía! Los dioses los cogieran confesados, si no... Esos no eran simples comerciantes, era gente de muy pero muy alta alcurnia. Pipiltin entre los pipiltin. Al Jaguar le urgía terminar y evitar, al menos, la muerte del otro, el de la máscara de Yacatecutli en manos de Otumba. Porque en lo que se refería a su contrincante, no se veía muy dispuesto al diálogo. *¿Podría su señoría deponer las armas y sentarnos a platicar y negociar?* ¡Toma! Falló estrellando su garrote con negras y brillosas navajas en el suelo de madera, momento que Nagual aprovechó y sacó el puñal escondido en su brazalete, y lo enterró con toda su fuerza en un abrir y cerrar de ojos en el empeine del pie derecho de su contrincante. Aulló como bestia herida de muerte, mas solo estaba clavado al suelo, no le iba la vida en ello —Jaguar ya no quería matarlo, lo juraba por los dioses, así me lo contó—. Ese clavito en el pie solo fue una distracción, una jugada para ganar tiempo, poco, la verdad, ya que desencajaba de la madera su mazo y volvía al ataque. No le quedó de otra. Mientras su verdugo levantaba ambos brazos con su arma tan alto como era posible para reventarlo, mi amo y señor le daba un llegue con la mocha, de abajo a arriba, de su costado al corazón pasando por los higadillos. Cayó fulminado al agua, sostenido solo por ese pie clavado al suelo de la balsa. Nagual Jaguar zafó su daga y el cuerpo terminó por desaparecer en las aguas rojas.

Volteó para ver cómo se desenvolvía su compañero de trabajo mientras, por otro lado, Brazo Piedra terminaba de subir a la mujer empapada a la balsa. El del casco máscara caía arrodillado al recibir seria herida en la cabeza que lo dejaba atontado, y listo para colgar los huaraches y llegarle al otro barrio. El sanguinario Otumba se preparaba para batearle la cabeza y largarla hasta lo más alto de la pirámide de Huitzilopochtli. Alzaba el arma para tomar vuelo cuando, por atrás, Nagual con certero golpe en el mazo lo desarmó.

—¡Cuilón de mierda! ¿Te has vuelto loco, se te hace agua la canoa, o acaso quieres que el sacerdote use tu piel de disfraz? —chillaba embravecido el otomí.

Con los ojos inyectados de esa rabia que solo se ve a los personajes más sanguinarios, traicioneros y puñeteros que he conocido;

intentó recoger su arma, pero Jaguar se lo impidió. El de la máscara permanecía arrodillado, casi inmóvil, con la cabeza gacha, y se reflejaba un brillo rojizo y húmedo en el lateral de su cara.

—No tienes ni idea en la que nos hemos metido, y sería peor matarlo, presiento —dijo Jaguar respirando con dificultad y con el rostro empapado en sudor por el esfuerzo de la batalla, pero con mucha seguridad y frialdad. Como si viera el futuro.

—Me encargaron matar. Yo cumplo con mi trabajo.

—Pues tu entrega tus cuentas, yo me encargo de las mías; el tercero, este —dijo Nagual volteando a ver al hombre hincado con el casco máscara manchado de sangre—, fue responsabilidad mía y no quise matarlo. Dices eso. Punto.

No le daba lástima al Jaguar aquel hombre arrodillado y enmascarado con la cabeza gacha, no era eso. Era el casco de Quetzalcóatl, era un noble pipiltin de alta alcurnia. Era un presentimiento, si lo mataba, los cimientos del poder se cimbrarían y los suyos también. Era…, quién sabe qué demonios era, ni él podía explicarlo. Hay cosas inexplicables, se sienten o no se sienten. Si mandaba a cuidar alcanfores y cempasúchil al fondo del lago al de la máscara como habían hecho con los otros dos, el asunto ahí acababa, ¡o quién sabe! Aunque algo le avisaba que toda la maldita vida le estaría carcomiendo la curiosidad de no saber cuál era el oscuro fondo de todo eso. Y ya no estaba para más malditos fantasmas. Ya no, a esas alturas de la vida ya no.

La situación se relajó por un momento. La mujer permanecía tirada como trapo mojado, empapada y tiritando. La barcaza se empezó a mover, se había desenganchado de la estaca y comenzaban a navegar.

Acordaron repartir el pequeño tesoro presente en mitades equitativas. Otumba se quedaría con plumas muy finas de quetzales; un libro azul morado con una guacamaya pintada en el centro, y aretes y collares de oro de los zapotecas entre otros tesoros… El casco de Quetzalcóatl lo conservaría Jaguar le gustara o no a Otumba. De la maldita caja negra, larga y delgada ni idea, nunca la vieron en ningún momento de la escaramuza. Defendería el derecho a proteger el casco, del que se sentía merecedor, con la vida misma. Al menos tendría una coartada para justificar sus comportamientos. Además, si el otro se ponía tonto, estaba en desventaja, eran dos contra uno. El malherido de la máscara era asunto agora de Nagual.

—Resbaloso es este mundo, Nagual Jaguar. Y ya nos volveremos a ver —dijo Otumba reservando su última jugada.

Se dio media vuelta para retirarse. Nagual Jaguar no le quitaba la mirada de encima y, aun así, fue diestro el marrullero ese al darse media vuelta y, de no ser por los reflejos de mi amo, media cara le hubiera volado, mas solo un pequeño chirlo se llevó en la jeta. Para asegurarse que Brazo Piedra no se le echara encima, le metió tremenda patada a la mujer mandándola de nuevo al agua. Con Jaguar medio herido y su compañero de nuevo zambullido rescatando a la dama, le fue fácil tomar todo el tesoro. Mas al querer hacerse también con el valioso casco, recibió de Jaguar un recuerdo que le duraría toda la vida: le voló con su arma el dedo meñique de la mano izquierda, igualito como le había pasado a él. Este aulló de dolor, emprendiendo la retirada. Se perdió entre las oscuras callejuelas maldiciendo.

—Resbaloso es este mundo, Nagual Jaguar —gritaba perdiéndose su voz en las penumbras.

Con esa frase presagiaba los azarosos y funestos encuentros que mantendríamos ya de por vida contra Otumba, otomí de la tribu de los zacachichimecas, hombres oscuros de las cavernas contados por miles, maestros del fuego, adoradores de Huehueteotl, en constante trance con sus yerbas mágicas, conjuros y hechizos que los transformaban en los más sanguinarios y suicidas. Casi invencibles, diría yo.

CAPÍTULO V

De cómo Nagual Jaguar salvó la vida de aquel noble llevándolo a los palacios de la Princesa Acatlán y cómo esta lo protegió hasta donde su alta alcurnia se lo permitió. Del origen noble y divino de Acatlán relacionado con los Atlantes de Tula.

Una vez más, Jaguar se encontraba orillado por las circunstancias. Volviendo, sin él quererlo, a bailar las calmadas. La barcaza abandonó la mancha roja del agua conforme avanzaba con los cuatro sobrevivientes de la refriega: Nagual, Brazo Piedra, la mujer empapada, aún inconsciente a pesar de los chapuzones de agua fría, y el enigmático personaje del casco y máscara, hinchado y chorreando sangre por un lateral de la cabeza. Había que hacerse cargo de él rápido. Nagual Jaguar pensó que podrían seguir utilizando ese transporte acuático para alejarse de la escena del crimen, mas el instinto le pedía esconderse entre los callejones, no fuera que Otumba, que estaba cerca del barrio de los del mismo nombre, tuviera conocidos y regresara con refuerzos a rematarlo o por el casco de Quetzalcóatl. Si Brazo Piedra quería hacerse cargo de la dama, era su problema. Él agora sentía la necesidad de salvar el pellejo y la obligación de descubrir todo el pastel, saber quién demonios se ocultaba tras la máscara y todo ese tinglado. Cosa fácil sería arrancar el casco máscara al herido, mas sangraba copiosamente y sus conocimientos de chamanería aprendidos en el calmécac, además de su experiencia como soldado en infinidad de casos parecidos, le recomendaban no quitarlo, porque servía de contención por si hubiera hueso roto en la cabeza o para evitar la acumulación de líquido dentro de la misma. Solo se concretó, con la venia del herido, a hacer dos incisiones con su puñal al lado de la herida para aliviar la presión de sangre y líquidos mezclados, sospecha confirmada por el chorro que salió disparado empapando cuello, hombro y pecho del herido.

—Nagual, yo cuidaré de la mujer y del casco —dijo Brazo Piedra.

—Me importa un quelite lo que hagas con ella. Mas el casco, el casco, amigo, ese es mi seguro de vida. La otra maldita caja ni idea, nunca ha aparecido, a mí no me vengan con tonterías. Si lo pierdes, estoy muerto. Desaparece y protégelo con tu vida si no quieres ver mi cabeza colgando desde el tzompantli; que los dioses te protejan.

El gigantón se golpeó el hombro izquierdo con el puño derecho cerrado, la señal de respeto y obediencia a las Órdenes Águila y Jaguar, recordando no muy viejos tiempos de guerreros. Desapareció en la oscuridad de la acequia montado en la barcaza con la mujer y uno de los legados más importantes de nuestra historia. Y es que no era para menos, Brazo Piedra llevaba ahí uno de los testimonios más importantes de la existencia del dios Quetzalcóatl.

A lo largo de nuestra historia habían aparecido varios testimonios de la existencia del dios. Uno dellos era el casco. Quien pintó y recreó muy bien los sucesos y escenas que confirmaban la existencia del dios Quetzalcóatl —y muchas otras de nuestra historia desos tiempos— fue el Maestro Pintor Acozac. Este artista, contemporáneo del dios, le hizo varios retratos que hasta la fecha han sobrevivido, y en ellos se muestra a Quetzalcóatl en toda su majestuosidad. Pero, más allá de ese pintor, todos, absolutamente todos, provincias, regiones tributarias del imperio azteca, reinos enemigos…, todos, teníamos bien interiorizada la presencia de nuestros dioses, y la Serpiente Emplumada no era para menos. Nos lo enseñaban en las escuelas, lo oíamos y lo veíamos en los cuentacuentos, en todas las pinturas de nuestros templos. Había pirámides dedicadas a Quetzalcóatl con sus grabados en piedra que representaban a víboras con cabezas poderosas, cuadradas, con grandes orificios nasales, sacando esa lengua bífida entre afilados colmillos y con todo el cuerpo cubiertos de piedras de jade verde simulando un reptil emplumado.

Quién no sabía de sus hazañas y demostraciones de poderío desde los totonacos en tierras de Papantla y Cempoala, pasando por las fiestas sin medida en Tollán, hasta su lucha sin cuartel contra Tezcatlipoca y sus aliados que no le aflojaron la marca hasta por allá de la tierra de los de cabeza de pepino. Los mayas ahí desarmaron al dios, le quitaron su casco y espada para debilitarlo, pero se les peló porque se fue por los mares del amanecer. Y para proteger estas armas de poder tan valiosas y mantenerlas lejos de su propietario, el dios Tezcatlipoca, el Negro, decidió dejarlos a resguardo en un lugar sagrado y de poder: el calmécac de Chichen Itzá. También conocido como: La Ciudad de los Brujos del Agua.

Nuestros guardianes de la memoria, ya fuese en forma de libros, de cuentacuentos, de expertos en historia como el Profesor Boca Tarasca, hacían que siempre tuviésemos muy presentes a dioses tan importantes. O como el mismísimo Cocomba que, junto con Tezcatlipoca —no el que le metió la corretiza y desarmó, sino uno dizque pariente directo y gran chamán— armaron y desarmaron signos, números y palabras que darían nacimiento a los famosos cuatro libros de los cuatro puntos cardinales: *Conjuros de Quetzalcóatl*.

Pues esa era la historia contada de volada y en tres patadas que se fue mezclando y tergiversando para convertirse en leyenda. Lo que sí era cierto, y no tenía nada de fantasías, era la situación de Jaguar, solo con ese hombre de la máscara malherido. No se le ocurría ni en sueños regresar a casa, ya que, al igual que una hembra no atrae las amenazas al hogar, Jaguar no quería acercarlos a nuestra guarida donde yo dormía a pierna suelta. He de confesarles que, poco antes del amanecer, terribles pesadillas me despertaron: escarbo y escarbo, dale que te pego, pico y pala, pero eso no tiene fin. Me paro a descansar, a tomar aire y, cuando menos pienso, ya una víbora mazacoata, rechoncha y poderosa como brazo de luchador, me enrolla y jala, metiéndome al hoyo que yo mismo cavo, sin poder gritar porque el aire me falta de tan recio que aprieta la desgraciada. Me despierto tomando una bocanada de aire.

Pero solo eran sueños, mientras que los problemas y amenazas de mi amo sí eran reales, y en ese momento le urgía encontrar un lugar seguro y cercano. La posada del Chamán Canek Anem estaba en Coyoacán, muy lejos como para llevar a cuestas al enmascarado; Teo Mahui no se perdía fiesta alguna y esa noche seguro andaba sacudiendo el esqueleto por lo del Nappuallatolli, *La Palabra de los 80 Días*. Así fue descartando ideas hasta que la única alternativa posible era la princesa Acatlán que, con un poco de suerte, estaría en su palacio. Era el recinto más cercano de alguien que le podía echar una mano. Lo intentaría y si no había suerte, seguiría su peregrinaje.

Inició la huida con el cuerpo a cuestas chorreando sangre. Por momentos, la música de tambores y caracoles se escuchaba lejana. Pertenecía a alguna de las fiestas privadas, ya que públicas o abiertas eran prohibidas en esos días. Con el cuerpo atontado mas no inconsciente del noble a cuestas, huía evitando miradas indiscretas. La mayor parte de su periplo fue envuelto de un silencio sepulcral solo secundado por una tenue vibración a manera de *Ooommmmmmm*. Eran los rezos y meditaciones de los maestros sacerdotes y alumnos del calmécac, iniciados unas horas antes del amanecer con el fin de proteger al imperio de los espíritus chocarreros. Las vibraciones eran magnificadas y continuadas, más allá del recinto sagrado, por los sátrapas de los diferentes barrios y calpullis; se unían a los del calmécac de Tenochtitlán los de otros más pequeños distribuidos por diversos pueblos. Inundaban poco a poco el ambiente con ese sonido de *Ooommmmmmm* que se colaba por callejuelas, acequias, escondrijos, cruzaba puertas y se filtraba en los petates donde la gente dormía para meterse por sus cuerpos hasta calar en sus sueños. Las calles, en esos tiempos angostas y custodiadas a ambos lados por las paredes de las viviendas, eran lo suficientemente elevadas para cubrir a una persona alta, lo que podía ser un arma de doble filo para ladrones, asesinos o víctimas y prófugos. Por el momento, jugaba a favor de Nagual Jaguar. Las nubes volvieron a ser determinantes al embozar la luna y dejar aquello más oscuro que el cuarto inframundo del Mictlán. Nagual hizo acopio de todos sus sentidos y de una destreza aprendida en el calmécac llamada la marcha del poder:

correr en la oscuridad sin tropezar ni lastimarse en forma alguna. Después de cruzar el barrio de los Buhoneros y Tintoreros, llegó impoluto al palacio de la princesa Acatlán a pesar de las múltiples amenazas. Bueno, con el chirlo en la cara y el rasguño sobre el traje de nutria en el hombro.

—¡Nagual, muchos favores te debo, pero cuando decides cobrarte lo haces con creces! ¡Esto nos puede salir muy caro! —renegó la princesa cuando se encontraron.

Recostaron al hombre herido al fondo de un salón rojo y, aunque algo altos sus techos sostenidos con columnas de verde jade, era cálido por los preciosos braseros de barro alimentados con leña de ocote que tenían las tapas con la forma de la cabeza de algún noble y agarraderas con formas de tocado de plumas verdes. Un movimiento de esclavos comenzó por toda la casa trayendo jícaras con agua caliente, mantas de algodón, sanguijuelas y emplastos de hoja de sábila.

La princesa Acatlán Chichiltic era de la más alta alcurnia, descendiente pura de Toltecas, Atlantes de Tula, Tollán, como quieran decirles. Su cuerpo estiloso, femenino, alto y atlético con caderas y nalgas redondeadas y pechos generosos daba fe de ello. Los de esta tribu eran los más altos dentro y fuera del imperio, los que más corrían y atrancaban, a tal grado de llevarse la definición de tlanquacemilhuique, es decir, los que corren un día entero sin cansarse. Además, la princesa Acatlán era de piel clara y cabellera castaña oscura con tintes rojizos si el sol le daba de lleno. Su pelo y la piel testimoniaban aún más su noble descendencia. Por derecho y herencia, le correspondían palacios dentro de Casa Axayácatl. Cabe aclarar aquí que lo del nombre de Casa Axayácatl era figurativo, describía un linaje. Se trataba de una mujer con tanto quilate que en cada fiesta no era raro que aportara cinco, diez o cien esclavos para sacrificio o para goce y placer de los invitados; fiestas de varios días donde toda la realeza comía, bebía y ardía. Hija del gran Ye Olin, Cihuacoatl, consejero supremo del emperador de Texcoco, el gran Nezahualcoyotl, y después del hijo de este, Nezahualpilli. Su familia, además de ser noble entre los nobles, se distinguió por dar a Texcoco, Tenochtitlán, Azcapotzalco y otros reinos grandes políticos y consejeros. Acatlán no solo había sido excepcional, sino que además resultaba la más brillante de la familia tanto entre los hombres como entre las mujeres. Alumna destacada del gran Profesor Boca Tarasca, quien siempre hablaba maravillas de ella como ella de él. Impartía algunas clases en el calmécac de Texcoco; otras, en el de Tenochtitlán y, ocasionalmente, en alguno más como el de Chichen Itzá. Invertía mucho de su tiempo en las cortes, tanto en la Texcocana como en la del imperio central, en labores de consejo. Era, a mucha honra de sus familiares gracias a sus grandes dotes oratorias, de las pocas consejeras dentro del Consejo Azteca, junto con la señora Rapada Preciosa, jefa de la Casa de las Guerreras; la profesora Itzel —directora de estudios en el calmécac de Tenochtitlán y jefa de Acatlán—, y unas cuantas más que se podrían contar con los dedos de mi mano izquierda. En las grandes cerimonias, la princesa podía colocarse a solo tres o cuatro personas de distancia del gran emperador, y en no pocas fiestas se le concedía el honor de hacer el primer corte de costillas de la víctima y exponer el corazón a los cuatro vientos. Gracias a su capacidad para cultivar buenas relaciones conseguía el favor y la aprobación de personajes de peso pesado en imperios como el Tenochca, el Texcocano y el de Azcapotzalco entre otros. Ejemplo de esto era la señora de Tula, real concubina del rey de Texcoco, Nezahualpilli. Esta dama fue mujer famosa y muy respetada por su inteligencia, tan sabia que competía con el rey y con los más eruditos de su reino, además de ser poetisa muy aventajada. Pues esta eminencia tenía en la más alta estima a Acatlán y la invitaba a tertulias, concursos de oratoria, así como de adivinanzas y acertijos.

Y es que estas eran las verdaderas pasiones de la princesa Acatlán: la pintura, la retórica, la astronomía, es decir, las buenas cosas de la gente bien. Sigilosa, ambiciosa y fría. Amaba la oratoria y poesía que había aprendido en el calmécac de Texcoco, la escritura y pintura de los tlacuilos de la escuela de Tenochtitlán, así como la astronomía aprendida a base de ver el cielo nocturno con los mejores maestros estrelleros en la más prestigiosa escuela maya, el calmécac de Chichen Itzá. Un cúmulo de conocimientos y virtudes. Medía muy bien cada uno de sus pasos porque aspiraba a lo más alto del poder. Muchos decían que ocupaba altos puestos gracias a su linaje, mas, como se sabe, el perico es verde en todas partes, y Acatlán, desde muy pequeña, mostró sus dotes de comunicación y de estratega política cuando acompañaba a su padre y a otros altos dignatarios a reuniones donde se celebraban acuerdos políticos de gran envergadura. Y, cuando en comité le preguntaban su opinión, casi siempre acertaba con sus presagios sobre quién caería y quién subiría. Esto le hacía ganar peso entre los grandes. De una de esas negociaciones venía su gran amistad con Nagual Jaguar y Brazo Piedra. El emperador azteca en esos tiempos, Tízoc, mostró, para variar, desidia y cobardía a la hora de imponer su ley y mandó al emperador de Texcoco a negociar con los de Cuetlaxtlan, si la memoria no me falla. Ya de regreso en Tierras Calientes, unos rebeldes chichimecas, junto con otros tarascos, tendieron trágica emboscada y mataron, entre otros muchos, a Ye Olin, su padre. Y aquí es donde entraron en acción mis amigos y se granjearon la amistad de la princesa.

—Corrijo, Nagual, te puede salir a ti muy caro —dijo la princesa entre molesta y nerviosa. No atinaba bien mi amo el estado de ánimo de la mujer, pero presentía que estaba como agua para chocolate según alcanzaba a percibir por sus movimientos—. Si sales vivo de esta, muchos favores me vas a deber.

—Si salgo de esta... —murmuraba Jaguar distraído intentando ver al fondo del salón los movimientos alrededor del herido.

—Límpiate la sangre de la cara y del brazo. Agora mando un criado.

La princesa se retiró hacia donde estaba la víctima. El ruido de gente llegando al salón rojo fue el motivo, iba a recibir a quien se presentara. Minutos antes, al ver ella la importancia del asunto, había despachado a uno de sus más veloces esclavos para que llamara a un médico de su confianza, nada más ni nada menos que al mismísimo Cocomba el Blanco, el director de telpochcallis y calmécacs. Al saber el reclamo de Acatlán acudió a su casa ni tardo ni perezoso, custodiado por sus guardias personales, cuatro teixnololoa mente-cubierta. Su olla de barro a la espalda, llena de bártulos propios de curanderos, delataba su arte: sábila para emplastos, chichicastle para detener hemorragias, chiqueadores, navajas y cuchillos. Era el mejor con el uso del tabaco y del estafiate potenciados con el aderezo mágico de la palabra, es decir, los conjuros y las oraciones.

Nagual tenía las piernas toditas guangas y sentía que de un momento a otro se desplomaría al suelo. Respiró profundo para intentar controlarse. Había gente de mucho lustre y él, el único y presunto culpable, de bajo quilate. De Quauhtemala a Quauhtepeor. Acatlán conversaba con alguien, y Jaguar, por más que se esforzaba y aguzaba la vista, no alcanzaba a verlo. La distancia y la poca luz imposibilitaba la identificación de aquel hombre que parecía mirarlo desde el fondo del otro extremo del salón. Lo único claro para nuestro compañero era un futuro negro. Cocomba se acercó a la víctima y, con la habilidad de sanador que le conferían los años y los conocimientos, manipuló con maestría el caso. Terminó de sajar al lado de la herida con su navaja de obsidiana donde Jaguar había comenzado la incisión. Aplicó chiqueadores de sebo de tlacuache en las sienes para el dolor, y un poco de chichicastle para detener la hemorragia que casi había cedido. Le dio a mascar estafiate para la inflamación. Lo que pudo haber derivado en desgracia no pasó de ser un aparatoso golpe que pronto sanaría. En parte, gracias a la pronta intervención de Nagual quien en el otro extremo del salón se lavaba las heridas. Dos criados le atendían. Uno sostenía la jícara con agua, y el otro, un espejo de obsidiana y mantas de algodón. Mientras se enjuagaba, vio cómo estos ayudantes observaban con curiosidad la puerta de entrada de ese salón por donde comenzaban a llegar soldados imperiales armados hasta los dientes. La cosa iba de verdad en serio.

La princesa iba desde el lado donde estaba el herido hasta donde estaba Nagual Jaguar. Prefería mantener a mi señor lejos de la escena para no complicar las cosas. Le hacía preguntas al Nagual para saber santo y seña de tan diabólico encargo. Él se concretaba a decirle lo que le preguntaba, no quería mentirle, aunque también prefería no contarle toda la verdad con pelos y señales.

—¿Quién te mandó, Jaguar?

—Hombres con máscaras, su majestad.

—¿Te dijeron de qué se trataba?

—De simples y comunes pochtecas con un buen tesoro.

—¿Por qué no lo mataste?

—Vi el casco de Quetzalcóatl y supe que no era moco de guajolote.

—¿Y el otro?, tu amigo.

—Amigo, no. Compañero de trabajo. Un otomí. Se llevó todo el botín.

—¿Tienes idea del alcance de tus acciones? —Nagual movía con ligereza la cabeza de arriba abajo—. ¿Sabes quién llegó con todos esos soldados? —preguntó la princesa Acatlán mientras se sentaba en el sillón abrigada por cojines rojos y blancos, y veía cómo Jaguar aguzaba la vista intentando descubrirlo—. Ni más ni menos, Jaguar, que Cozcaapa.

No había más que decir. De los ciento y pico de hijos del emperador Ahuizote, este era de los legítimos el segundo. El primogénito, aunque no oficial como lo dije antes, era el famoso sobrino hijo Macuil Malinaltzin, Cinco Yerbas. Como sus otros hermanos, Cozcaapa resultaba pedante, prepotente y tan sanguinario como su padre. Pretensas no le faltaban, y como el mejor afrodisíaco es el poder, mujeres a montón sobraban a sus pies. Muchos lo consideraban como serio candidato a la silla imperial en caso de que su *primo hermano* mayor, Cinco Yerbas, no lo hiciera. Y, aunque muy joven, mostraba destreza en el mando de ejércitos, pero nada más. Conquistó bajo las órdenes del capitán General Moctezuma toda la región de Xochicalco, y organizó fiestas desollando a todos los jefes rebeldes desos pueblos. Más que respetado y venerado era temido en la misma línea de su padre. Adorador puro de Huitzilopochtli, esperaba paciente las oportunidades para ir escalando en autoridad y, más que emperador, se soñaba e imaginaba como un gran capitán general, sustituyendo al gran Moctezuma en dicho cargo el día que los dioses lo propiciaran. Ese era su ideal.

—¿Y qué demonios hace aquí Cozcaapa?

—¿No te lo imaginas? —dijo Acatlán irónica mas harto preocupada—. ¡Creo que de esta no te salvas! Usaré toda la influencia que pueda, pero lo veo muy negro.

Él no dudaba de la princesa, y como ella dijo, usaría todas sus argucias para sacarlo de esa. Ella siempre se acordaba de amigos y enemigos, no como otros nobles que olvidaban enseguida y ni le volvían a dirigir la mirada a Nagual Jaguar, Acatlán era agradecida, sabía regresar los favores, es decir, trataba como la trataban. Ese agradecimiento y consideración para mi amo y Brazo Piedra venía de antiguo cuando la princesa contaba trece años. En la emboscada fatídica mencionada antes, además de las desgracias ya sabidas, se llevaron los estandartes de guerra, a la princesa y a su hermano. El designado para desenredar el entuerto, liberarlos y recuperar los estandartes fue Jaguar que escogió, como siempre, a Brazo Piedra para que le ayudara con el trabajito. Y allá fueron, de pueblo en pueblo, de Tuzapan a Tlacolula y a donde los dioses les iluminaran. Preguntaron de forma poco ortodoxa a aquellos con actitudes sospechosas: los que empezaban a llorar sin razón aparente, los que se meaban en el taparrabo sin haberlos tocado ni sometido aún a los interrogatorios, los que comenzaban a vomitar... y demás comportamientos que daban a pensar que podían ocultar algo. Así que comenzaron las torturas: *Brazo, clávale la otra mano, y si no canta, córtale los tompiates*, ordenaba Nagual con el tiempo encima y la tarea de encontrar y rescatar, sobre todo, a la princesa sana y salva. No quedaba de otra más que obedecer. Y cuando tres cantaron la misma canción, *¡Fueron hombres con la piel quemada! ¡Quíteme ese clavo por Huehueteotl, Tlaloc y los dioses que más quiera!,* no quedó duda: zacachichimecas. ¡Vaya que eran latosos los hombres del fuego! Cuando dieron con ellos, chiquita no se la acabaron. Y ahí apareció la princesa, desnuda y a punto de ser violada. Jaguar le aventó su capa para cubrir sus vergüenzas. Cualquiera hubiera pensado que se levantaría y se iría a los brazos de mi señor o algún otro guerrero a llorar, presa del horror. Pues no, señores. En ese momento, les mostró a todos su talante y que los tenía más puestos y más grandes que muchos hombres. Se puso de pie luego luego con esa capa de Nagual y la frente muy en alto, respiró profundo, miró a todos hasta que su mirada se topó con Brazo Piedra, le pidió su garrote y se fue directo sobre sus captores amarrados en el suelo para darles chicharrón. A los tres les destrozó la cabeza hasta hartarse y sacar toda la rabia.

—Vámonos, tengo hambre y ganas de llegar a Tenochtitlán —fue lo único que dijo.

Fue el principio de su fama. *Lo que no se arregla con palabras se hace con la mediana*, solía decir. Aunque raro que ella llegara a esto segundo por su gran lengua, como ya he dicho. De este rescate se beneficiaron Nagual y Brazo Piedra a quienes nunca olvidó. Los invitó algunas veces a fiestas y orgías, intercedió y les salvó el pellejo cuando en alguna bronca se metían, sobre todo Brazo Piedra que no le faltaban por su vicio al patolli y a las mujeres. Le pasaba trabajos al Nagual como guardia personal para ella o para artistas de prestigio bajo su mecenazgo como gladiador rematador en las fiestas, como espía o represor de provincias rebeldes. Cuando quería hacer desaparecer del mapa a indeseables, casi siempre recurría a sus servicios como en el caso de la doncella Pétalos Rojos que, además de buena paga, le dio resguardo al Nagual mientras el asunto se enfriaba, y lo mandó como guardia de pochtecas que se dirigían a tierras mayas.

Entre ellos había una relación más sincera que muchos llamados amigos y a la hora de la verdad… confiaban plenamente el uno al otro. Y si no se decían todas las verdades, al menos no se mentían, y eso ya era mucho para aquellos tiempos que corrían en Tenochtitlán. Dentro de los códigos de Jaguar estaba el no delatar a quien contrataba sus servicios, cobrar la mitad al inicio y la otra a la entrega del trabajo.

—Júrame, Nagual, que no sabes quién te encargo este trabajo.

—Jurar, lo que se llama jurar, su majestad, pues no puedo hacerlo. Lo que sí le digo es que estaba algo oscuro y traían mucha pluma y pintura encima.

Nagual Jaguar odiaba a los soplones, a los cueros que se arrugaban al primer hervor. Y gracias a su condición de guerrero de élite había aprendido a soportar muy bien las torturas. Se le sacaba más fácil sangre a una piedra que una delación a un soldado azteca. Eso lo tenía muy claro Acatlán. Cuando ella había sido la implicada como autora intelectual de encargos al Nagual, este había aguantado candela sin decir ni ¡ay! Otro motivo para reafirmar los lazos de complicidad y ayuda mutua entre el macegual y la noble. Y aunque a mi amo se le hubiese ocurrido delatar a sus empleadores —cosa imposible por sus principios y códigos ya conocidos por ustedes—, sabía que esa no era la solución. Tlacotzin y el sacerdote señor Tacámbaro eran gente de mucho, pero mucho poder, y en un abrir y cerrar de ojos lo aplastarían como a una garrapata gorda. Calladito estaba más guapo, eso lo tenía muy claro. Agora convenía esperar a ver cómo fluía el río y hasta el momento la corriente no podía ser más en contra. Pero ante ninguno se amilanaba mi señor, ya podía estar ahí Cozcaapa o Tlaloc en persona, al Nagual no le temblaba el pulso. Pa'qué tanto brinco estando el suelo tan parejo, lo que tuviera que tronar que tronara. Cuando sí tembló fue con lo acontecido un poco más tarde. Entre las idas y venidas de Acatlán, las cosas iban tomando mal color, y Jaguar lo notaba en la princesa. Se mesaba los cabellos de una manera única cuando estaba nerviosa, paseándose en línea recta de un lado a otro de la habitación como queriendo hundir el suelo.

—Tu víctima se está recuperando muy bien. Sin embargo, el director Cocomba el Blanco recomienda no quitar el casco, está muy apretado con la inflamación. Ya irá cediendo. Por cierto, ¿sabes quién se esconde debajo de ese casco, sabes a quién has estado a punto de matar?

—A un pochteca, ¿no? —acotó irónico mi señor.

—Jaguar, no sé si tienes muy buena o muy mala suerte —dijo la princesa de pie dejando traslucir su hermosa figura debajo de un camisón de fino algodón, con los pezones erectos a pesar de lo cálido de la habitación. Boquiabierta, se cruzaba de brazos con los ojos como platos—. Lo juro por los dioses. De verdad, Nagual, no sé si matarte o ponerte un altar. De verdad que no lo sé. El del casco ha decidido marcharse y el chamán ha dado su consentimiento. Los acompañaré junto con toda la comitiva, sus soldados, mis guardias, mis criados, sus guardias, sus criados... ¡Dioses del Omeyocan! En la que te has metido. Tú te puedes quedar a pasar la noche aquí, si vives para contarlo.

—¿Cómo, si vivo para contarlo? —preguntó sorprendido.

—Quieren verte antes de partir: Cozcapaa, que echa chispas, y tu víctima. No sé qué vaya a pasar, Nagual, no lo sé. Aunque no creo que se quieran cobrar con tu vida, al menos por el momento.

—No lo harán, no se preocupe, su majestad. —Él se sentía muy seguro como si guardara un buen frijol de patolli en el puño.

El frijol se llamaba casco de Quetzalcóatl. Era muy valioso como para perderlo, parte vital de la historia de México Tenochtitlán. Mientras el casco estuviera en su posesión, ninguna persona, mortal o divina osaría a ponerle una mano encima. Cuando llegó a esa sala, el hombre del casco permanecía semiacostado entre cojines rojos y verdes, y a ambos lados, el chamán Cocomba el Blanco y Cozcaapa. Este último lo fulminaba con los ojos.

—¿Cómo está su majestad? Siento lo ocurrido —dijo Jaguar solo agachando la cabeza. No le daba la gana hincar la rodilla en la tierra ante un enmascarado. Se la estaba jugando.

—¿Cómo está su majestad? —dijo fuera de sí Cozcaapa tomando su mediana dispuesto a matarlo—, ¿siente lo ocurrido? ¡Coyón, miserable cuilón!

El intento de ataque fue amagado con un simple gesto del enmascarado. Levantó la mano, y el otro se paró en seco. Fuera quien fuera aquel hombre, era gente de mucho peso, ¡miren que dominar con un gesto a Cozcaapa!, y se decidió a hablar:

—Como puedo ver, sea quien sea usted —dijo el hombre observando el tatuaje en la muñeca que alcanzaba a asomar de Jaguar—, pertenece a la Orden de los Jaguares. Me salvó de la muerte, estaba en las manos del otro y evitó que mi cabeza rodara. Eso lo agradeceré toda la vida.

—Su majestad, no mato por placer —aclaró intentando situar su cabeza ni muy alto ni muy bajo, a la altura del pecho del otro—. Si lo hago es en nombre de nuestro rey y del imperio. O trabajos para sobrevivir, como ha sido este caso.

Esa era una verdad a medias, pero la parte verdadera era tan auténtica como que Tlaloc era el dios de la lluvia, y Yacatecutli, el de los comerciantes. En esos tiempos, soldados desempleados los había por todas partes, y hambre, aún más. Las guerras habían sido una estrategia muy útil durante la sequía bajo el Imperio de Moctezuma Ilhuicamina para hacerse con todos los bienes de los pueblos cautivados, y calmar la ira de los dioses y la necesidad de los mexicanos ambiciosos. Pero Jaguar no había querido enrolarse en esos ejércitos que, bajo el pretexto de amansar el hambre, cometían tropelía y media. Con el tiempo, llegó a una conclusión: era el mismo perro pelón xoloitzcuintle, pero agora disfrazado con pelo y ladrando.

—¿Y dónde está el casco y la espada de Quetzalcóatl? —preguntó Cozcaapa.

—Las preguntas las hago yo —interrumpió autoritario el del casco que también tenía ganas de interrogar al único que se podía interrogar—. Usted se puede quedar con el tesoro que viajaba a bordo, lo que de verdad importa es el casco de Quetzalcóatl y la barcaza donde viajábamos. Guarda un valor sentimental para mí, espero lo comprenda.

Con que eso guardaba la mentada y dichosa caja negra de la misión: la famosa espada de Quetzalcóatl. Pero ¿dónde diablos estaba esa caja? Nagual nunca la había visto, a pesar de ser parte del trabajo encargado, y nunca más la volvería a ver.

¿La barcaza? Pensó para sí mismo Jaguar desconcertado, mas no se atrevía a preguntar mientras su cabeza lucubraba respuestas convincentes para el noble del que ya no dudaba su grandeza, pero seguía sin descubrirse ni presentarse. Del tesoro y su robo por parte del otomí ni hablar, no se atrevía a mencionar nada. Nagual no era de los que le gustaba ser ventajoso, sacar provecho de una situación por el simple hecho de abusar de las circunstancias. No era desos.

—Usted no se preocupe, su majestad —dijo Jaguar intentando no perder clase ni gallardía mientras se acariciaba el pinjante de jade verde claro de la nariz—. Ahorita mismo se la llevo a donde usted mande.

—No creo que usted sea tan torpe y se atreva a escaparse con el casco. Sabe que la fuerza del imperio lo alcanzaría hasta en el Mictlán.

—Con todo respeto, su majestad. Pertenezco a la vigésima cuarta Orden Jaguar a las órdenes de Nuestro Señor Ahuizote bajo el mando, cuando estoy en servicio, de nuestro capitán general Moctezuma Xocoyotzin. Vivo en el barrio de los Cuchilleros al lado del Potzolcalli. —Nagual Jaguar sentía que perdía fuerza en la negociación, mas era menester presentarse con santo y seña a su interlocutor para no levantar sospechas—. Mi rey está por encima de todo y sé lo que ese casco significa para nuestro imperio, su majestad.

—¿Su nombre?

—Mixtli, mejor conocido por Nagual Jaguar, su majestad, así me identifican en nuestros ejércitos los demás guerreros de mi orden.

—¿Cuánta lealtad tiene a su rey, soldado?

—Su majestad —la interrogante sorprendió al Nagual—, usted no está para saberlo, y dicen que elogio en propia boca suena a oprobio, mas la pregunta obliga. He servido no solo a nuestro señor Ahuizote, sino también bajo los imperios de sus hermanos, Axayácatl y Tízoc. Y salvé de la muerte a la princesa Acatlán a manos de otomíes en la famosa emboscada de Cuetlaxtlan, entre otros servicios realizados al imperio México Tenochtitlán, Cem Anáhuac Tlali Yoloco.

—Muy bien, guerrero Jaguar —dijo incorporándose del sillón y rehusando la ayuda de los que lo circundaban, entre ellos Cozcaapa, la princesa Acatlán y el chamán Cocomba el Blanco—. Lo espero mañana en el palacio de Axayácatl, su vida está casi a salvo, solo le falta entregar el casco de Quetzalcóatl y esa barcaza.

—A sus órdenes, su majestad —dijo Jaguar con una leve inclinación de cintura, esta vez mayor. No quería arrodillarse ante el enmascarado a pesar de ya no dudar de su grandeza.

—Le comentaré a mi tío Ahuizote —dijo el de la máscara mientras poníase una capa de piel de oso de mucha calidad ofrecida por Cozcaapa y ya dispuesto a marcharse— que la vida de su sobrino Cinco Yerbas, futuro heredero del imperio de México Tenochtitlán, estuvo a punto de sucumbir a manos de un asesino. Y un hombre llamado Nagual Jaguar lo salvó, anteponiendo sus propios intereses y, además, resguardando y conservando los baluartes del calmécac de Chichen Itzá, que son el tesoro del imperio y el de todos los mexicanos. México Tenochtitlán, Cem Anáhuac Tlali Yoloco.

Cinco Yerbas, el sobrino hijo mayor de Ahuizote y candidato a sucederlo en la silla imperial, hizo la seña de las Órdenes Jaguar y Águila en claro reconocimiento, y quizá de agradecimiento, por qué no. Nagual Jaguar, sintiendo haber salvado los trastes, respondió llevándose el puño derecho al hombro izquierdo.

CAPÍTULO VI

De cómo Ahuizote y Pluma Negra prepararon el terreno para Cinco Yerbas usando a los pochtecas de Ayotlán, de los planes de la princesa Acatlán y los desmanes de Brazo Piedra. De cómo Natán Balam se volvió a cruzar con sus mortíferos amores en la fiesta de Tozoztli.

l día siguiente el portavoz del imperio, Aullido de Coyote, dio la noticia. Un gordo como había pocos entre nuestra gente, con una papada tan prominente que formaba una extensión de la cara, y manos tan regordetas como si fueran tunitas rojas apiladas. Vestía con túnica blanca sostenida por su hombro redondo solo con un nudo, y su voz limpia, diáfana y ligera era escuchada hasta por las tapias. Lo hizo primero en el recinto sagrado de Tenochtitlán. La misma noticia era repetida, detalles más, detalles menos, por él y otros voceros en los lugares claves mandados estratégicamente por Ahuizote, fiel a los consejos de su Cihuacoatl consejero supremo Pluma Negra. Aullido de Coyote solía amarrarse a la espalda un banco de cuatro patas. Llegaba al lugar del discurso, lo desamarraba, comprobaba que las cuatro patas pisaran bien para no tambalear y se subía en él no con poca dificultad, respiración ahogada y cierta torpeza, y comenzaba a dar las nuevas. Su cuerpo resaltaba por la altura sobre esa banca. El volumen y la nívea túnica en medio de cuerpos de piel morena con mil tatuajes, pintadas las pieles, con pinjantes de oro, jade, madera o cualquier otro material por todas partes, y que escuchaban atentos la bella y metálica voz acompañada de gesticulaciones de manos y brazos que imitaban el vaivén de las olas del mar del amanecer: *México Tenochtitlán. Cem Anáhuac Tlali Yoloco. Por órdenes de su majestad y emperador, Ahuizote, Bestia de las Aguas, huey tlatoani de Tenochtitlán, Señor de Mar a Mar, Cabeza de la Triple Alianza, conformada por Tenochtitlán, Texcoco y Tacuba y de todos los pueblos y fuerzas que unen al imperio. Comunica a los súbditos que el valiente príncipe ha traído con éxito los emblemas...* La noticia redactada por Pluma Negra, algo maquillada y dramatizada, decía que Cinco Yerbas, en actitud heroica, había defendido de vulgares ladrones y amigos de lo ajeno a los pochtecas de Ayotlán cuando estos entraban a Tenochtitlán de noche y en barcaza junto con el resto de tripulación, como ya describí con anterioridad. Los pochtecas porteaban muchas cosas valiosas, venían de una misión secreta del más alto calibre y en su camino de regreso habían sido emboscados, sitiados, pero resistían por ser quienes eran y por traer lo que traían; y al final y a mucha honra, por su lanza habíanla ganado. Es bien conocido el discurso que echaron a nuestro huey tlatoani Ahuizote:

> *Señor Nuestro, vive muchos años: aquí en tu presencia hemos puesto el precio, porque tus tíos, los pochteca que estamos aquí, pusimos nuestras cabezas y vidas a riesgo, y trabajamos de noche y de día que, aunque nos llamamos mercaderes y lo parecemos, somos capitanes, espías y soldados que disimuladamente andamos a conquistar, y hemos trabajado y padecido mucho por lograr la misión del calmécac de Chichen Itzá encomendada por nuestro imperio, y por guerra y con mucho trabajo la hemos consumado.*

Resultaba que había una expedición de pochtecas de lo más prestigiosa y poderosa, que, a la vez, sus miembros trabajaban de espías para nuestro imperio. Según contaron los sobrevivientes a nuestro rey, la expedición había partido del imperio hacía unos cuatro años. Sus miembros fingían ser pochtecas que comerciaban y abrían nuevas rutas y demás argucias para camuflar el verdadero objetivo de la misión: traer y proteger, incluso con la vida, esos baluartes, el casco y la espada de Quetzalcóatl. Estas armas habían estado resguardadas con mucho celo en el calmécac sur, el de Chichen Itzá.

106

¿Y para que los traían o movían de allá? A más de uno le picará la curiosidad. Pues es una larga historia, pero trataré de ser conciso y al grano. En nuestro imperio estaban los partidarios del regreso de Quetzalcóatl y los que querían que siguiera dormido. Cierto es que todos le idolatraban, pero unos le amaban, los que anhelaban su regreso, su despertar, la guerra; mientras que los otros, más que amarle, lo temían, y preferían que siguiese planchando la oreja allá donde estuviese. Según nuestros espías, por todo el imperio empezaban a surgir personas, grupos o pueblos que no paraban de invocar a la serpiente emplumada con ritos, sacrificios y conjuros. Entre estos partidarios había gente muy rara, *emisarios de Quetzalcóatl* se les decía. Parecían poseídos, hablaban de forma ininteligible, decían que un brujo de los llamados techiniani les había chupado toditita la sangre dejándolos más secos y blancos que el ojo de un tuerto. Bueno, pues desos había dos rondando la zona de Chichen Itzá y, además, se me había pasado, eran unas chuchas cuereras para la lucha y técnica de combate, eso se decía. Como se imaginarán, el pánico entre todos los altos dirigentes de nuestro imperio que se oponían al regreso de Quetzalcóatl estaba a flor de piel. ¿Y si a estos emisarios se les ocurría robar los baluartes del calmécac de Chichen Itzá? ¡Ni hablar! Después de un consejo de emergencia en el que participaron, no era para menos, Cocomba el Blanco y otros altos dirigentes, se acordó mover los baluartes de este calmécac al de Tenochtitlán. Ahí entran en acción nuestros pochtecas espías con esa misión y más tarde, por desgracia, mi querido Nagual Jaguar.

Pues ya venían de regreso estos enviados con el encargo muy guardadito, y llegando a Ayotlán que les cae el chahuistle. Como era menester, habían mandado antes una comitiva de representantes con regalos, plumas de quetzal, estandartes del imperio de Tenochtitlán como saludo amigable y gesto de buena fe de nuestro emperador, y todos esos protocolos obligados en guerras, expediciones y cosillas así. Pues como mucha rabia nos tenían varios pueblos, los de Ayotlán eran unos desos, no me cabe la más mínima duda que ya estuvieran poseídos por el espíritu de la Serpiente. Hagan de cuenta sus mercedes que les habíamos matado a su mamacita.

Pues allá que van algunos de nuestros representantes, comerciantes de mucho quilate, inclusive con cargos altos en el gobierno. Fueron recibidos en Ayotlán con toda pompa y amabilidad en un salón donde, sin verla ni temerla, fueron encerrados y ahogados con humo de chiles piquines toreados, harto chilosos y bravos —el hedor, contaban los que esperaban el resultado de los saludos protocolarios en lo alto de aquella montaña, llegó hasta allá y se quedó varios días—. No contentos, los malditos de Ayotlán los espetaron por el sieso hasta las tripas para después sacárselas junto con el corazón y los higadillos y rellenarlos de paja para sentarlos, y así durante cuatro años los tuvieron, burlándose de nuestra gente.

De los pochtecas espías sobrevivientes de esa misión y de la encerrona en Ayotlán, uno acompañó a Cinco Yerbas en esa entrada nocturna al imperio, y triste fue su suerte a manos de Nagual Jaguar y Otumba. Cuando estos negociantes regresaban de esas largas jornadas de años, era costumbre que algún mandatario los acompañara a su entrada al imperio. Por regla general, era el comandante en jefe de nuestras tropas, en esos tiempos Moctezuma o su segundo, Tlacotzin. Mas quien determinaba eso era nuestro buen rey y, en esa ocasión, decidió que fuera su querido sobrino hijo Cinco Yerbas quien les hiciera los honores. Acción que, podríamos deducir, les sentó como patada en los huevos al primero y segundo de nuestro ejército. Y no era para menos, porque era una clara declaración de intenciones para empezar a mover los frijoles en el patolli para lucir a su favorito en esa carrera rumbo a la silla imperial y poner piedras en el camino a Moctezuma. Este no era un pelagatos rascatripas cualquiera, su peso en los ejércitos de Tenochtitlán como jefe máximo era cada vez mayor. Y les recuerdo que, casi siempre, el paso previo para la silla imperial era ocupar el cargo de capitán general de nuestras tropas.

Nuestro emperador y su consejero supremo, Pluma Negra, tenían la tirada a pedir de boca. Esos pochtecas con tantos años de sitio y resistencia, que cuidaban el regreso de tesoros tan importantes para el imperio azteca, eran vistos como héroes por todo el pueblo. Estábamos hambrientos de bravos y entrones, de milagros para afrontar esa sequía que nos tenía horrorizados ¿Un presagio funesto más de las amenazas de Quetzalcóatl?

A pesar de ser muchos los comerciantes que accedían al imperio en las noches propicias, según los dioses, los más esperados eran los de esa gesta heroica. Todo mundo hablaba de la hazaña, de haber resistido y aguantado feroces ahí, sitiados, pero nadie sabía lo de la misión secreta, lo del encargo del casco y espada y demás baluartes. Tampoco sabían ni cuándo ni por dónde entrarían. Los rituales mandaban entrar con la luz de la luna y de manera austera para recordarles su humilde origen; solo con las ropas necesarias —con el pelo hasta la cintura, porque una vez que partían prometían no bañarse ni cortarlo hasta su regreso—, algunas armas, joyas de las regiones visitadas y, en este caso, los emblemas de los pueblos conquistados. El casco y la espada fueron jugada estratégica, supongo, de nuestro astuto Pluma Negra para darle más bombo al suceso. Que Cinco Yerbas acompañara la entrada desos pochtecas protegiendo algo tan valioso como el casco y la espada, que fuera atacado por vulgares ladrones y que saliera triunfante lo pondría por los cielos a los ojos del pueblo.

El problema y la tensión por el asunto entre los partidarios del regreso y despertar de Quetzalcóatl y los que querían que siguiera dormido empezaba a ponerse color de hormiga. A cada pueblo conquistado le enseñábamos el culto a Tlaloc, Quetzalcóatl, Tezcatlipoca, Huitzilopochtli, Cihuateteo, Mictlantecuhtli, Chalchiuhtlicue y cientos de dioses más. Y aceptábamos los dellos dentro del vasto panteón de deidades que poseíamos. Pero, aunque los amábamos y respetábamos, con Quetzalcóatl había claras preferencias hacia su regreso o alejamiento, y esto comenzaba a ser muy peligroso.

El emperador mismo —quien en sus inicios fue fiel servidor de Huitzilopochtli y oponente del despertar de Quetzalcóatl— se despachó a gustito con verdaderas matanzas, sacrificios y fiestas para celebrar hasta la más insignificante de las insignificantes nimiedades con tal de animar su regreso. Sacrificios humanos eran necesarios, y muchos. El pretexto perfecto para conquistar pueblos y cautivar gente. Así matábamos presos, nos hacíamos con pueblos enteros, sus mujeres, sus riquezas... Todo en nombre de nuestros dioses y de su sed de sangre, comenzando con Huitzilopochtli, el más sanguinario, así como con la Serpiente Emplumada.

Y aunque Moctezuma mostraba claro amor por la Serpiente Emplumada, su temor era mayor, la quería lejos, dada su educación y formación. Con su segundo de a bordo, Tlacotzin, más o menos sucedía lo mismo.

Hablando de Tlacotzin, tenía algo claro: si subía a la silla imperial Cinco Yerbas, Pluma Negra y demás camarilla lo alentarían para que encendiera más velas para Quetzalcóatl y su despertar. En cambio, si Tlacotzin lograba aupar al gran Moctezuma, con su poder y dada su gran influencia sobre él, estaba seguro que reconduciría los rezos, honores, y todos los favores para adorarlo, pero que se quedaría allá donde estuviese y nunca pisaría tierras ni territorios mexicas. Así de claro: si el emperador era Cinco Yerbas, Quetzalcóatl despertaría; si subía Moctezuma, lo amarían mucho mucho mucho, pero allá en su morada, abrigado con su chipiturco, comiendo un buen pozole y de postre, nieve de leche quemada.

La noticia del ataque a la barcaza corrió con la rapidez del mal del chahuistle. Ahuizote y Pluma Negra habían conseguido, a pesar de casi costarle el pellejo a su sobrino hijo, el efecto deseado: comenzar a promoverlo para la silla imperial. Palabras más, palabras menos, esa era la jugada. Y el autor intelectual, Pluma Negra, escondido detrás del trono, igualito que su padre el Gran Tlacaelel. Toda la idea había sido lucubrada por él; y el sobrino hijo, obediente a los consejos y experiencia del tío padre, de los cuales se vería beneficiado, acató. Pluma Negra quería hacer todo lo posible porque Cinco Yerbas fuera el siguiente en la sucesión al trono; se dice fácil, sin embargo, el camino estaba lleno de piedras, obstáculos, trampas... Y era más fácil tropezar y caer que llegar sano y salvo. La sucesión imperial en nuestras tierras era por herencia del padre al hijo o a algún pariente muy cercano. No olvidemos, nuestros tres últimos emperadores: Axayácatl, Tízoc y Ahuizote eran hermanos, hijos del Gran Tezozomoc.

Decir que casi se infarta nuestro rey Ahuizote cuando se enteró del suceso del asalto y de su sobrino hijo sería poco. No dudó en pedir la cabeza de mi amo, y solo entró en razón cuando Cinco Yerbas defendió a Nagual Jaguar argumentando sus razones: de no ser por él, su cabeza estaría tragando agua en una de las acequias desos barrios de mala muerte. El emperador se tragó el coraje mientras Pluma Negra apoyaba los razonamientos de Cinco Yerbas, y pedía y aconsejaba cordura a su majestad. Cordura y sesos. Convenía sacar la mejor partida de todo eso, como hacía nuestra querida Acatlán entre ires y venires de su palacio a los aposentos de Cinco Yerbas, manteniendo informado a mi amo y señor de los detalles mientras este se paseaba de un lado a otro del salón rojo cuando el dios sol Tonatiuh aún no se había levantado.

La situación era peliaguda, la princesa yendo y viniendo y, al fin, regresó a su palacio para no salir más. Posó su cuerpo en un sillón entre cojines rojos y blancos. Era preciosa, no cabía duda alguna, pese a la tensión de las últimas horas. Nagual Jaguar permanecía de pie, estoico. Mientras, la servidumbre le servía a ella una infusión bien caliente de acónito y alcanfor para atemperarle los nervios. La conocían bien y sabían cómo evitar su nerviosismo y dolores de cabeza cuando situaciones como aquellas la asaltaban. Nagual cedió ante las peticiones de la princesa para que tomara lugar en un banquillo con asiento y respaldo de cuero, mientras el delicioso olor que despedía el té servido en un precioso juego de charola, tacitas y jarra de cerámica negra de Monte Albán inundaba la estancia. La bebida caliente endulzada con miel cristalizada y amarilla le supo a gloria. Lo degustaba mientras veía cómo la mujer estiraba el cuerpo y hacía movimientos circulares de cuello a la vez que se lo masajeaba con una mano y, con la otra, sostenía la bebida caliente. Hablaba con mi señor y, a la vez, echaba un ojito a los niños de teta que el maestro maquillador preparaba y maquillaba para ofrecerlos en las fiestas de Tlaloc. Esperaba obtener los favores de este dios y ver si ya llovía de una maldita vez.

Así sentado Jaguar, con las piernas estiradas y la espalda bien recargada, reflexionaba sobre sus actos. Comprendía que, a pesar de haberle salvado la vida a Cinco Yerbas, por decirlo de alguna manera, no había calculado bien. Mas, ¿quién imaginaba que detrás desos comerciantes se ocultaba cosa tan gorda?

—Aunque no sepas o no quieras decirme quién te mando esta misión, las cosas están más claras que el agua —apuntó la princesa restándole importancia al secretismo de Jaguar—. Los candidatos más elegibles para la silla imperial son Cinco Yerbas y Moctezuma, por ahí van todos los tiros. —Parecía que pensaba en voz alta mientras se ponía de pie y caminaba con parsimonia de un lado a otro de la habitación inmensa, roja y cálida. De reojo miró la obra que el maestro decorador hacía con los bebés. Los pintaba de gris con grecas negras y rojas por todo el cuerpo—. ¿Acaso no están primorosos? —le dijo ella abrazando la tacita negra de té con ambas manos y llevándolas hacia su corazón.

Nagual ojeaba por compromiso la cama donde los chilpayates dormían como benditos, y afirmaba con la cabeza. Le importaban un cacahuate y dos quelites los niños, quería saber más de toda la que había armado.

—Si te das cuenta, Nagual, hay dos personas debajo dellos muy poderosas que ejercen una gran influencia sobre nuestros posibles futuros reyes: por un lado, Pluma Negra, fiel servidor del regreso de Quetzalcóatl, y si ya le lavó la cabeza a nuestro emperador para que la mayoría de sus rezos, ofrendas y fiestas se dirijan a la Serpiente Emplumada, pues poco le costará manejar a Cinco Yerbas.

»Del otro lado, ¿a quién tenemos? A Tlacotzin, tu eterno dolor de cabeza —lo dijo con cierta risa irónica—, y sabemos que, por toda la escuela y educación recibida y todo su pasado, siempre idolatrará a Quetzalcóatl, pero de eso a promover su salida del sueño, jamás. Y Moctezuma más de lo mismo. Acá entre nos, le aterra la simple idea de su regreso.

—Sea lo que sea, majestad, nuestros emperadores serán marionetas manejadas por Pluma Negra o Tlacotzin —apuntó Jaguar.

—¡Exacto! Pero no si yo lo evito —dijo la princesa en voz baja pero inteligible. Miró pensativa el muro rojo del fondo del salón decorado con un cuadro de plumas con más años que el Izta y el Popo: el emperador Axayacatl en la guerra civil contra los de Tlatelolco—. ¡Vieras la mirada que me echó Pluma Negra apenas y llegué acompañando a Cinco Yerbas! Si tuviera dagas, me las habría ya clavado en el corazón. No me traga, al igual que Tlacotzín. Claro, conmigo como esposa de alguno se las verían negras. Sería un estorbo para sus intereses.

Mientras decía esto, se cruzaba de brazos observando a los bebés, pensaba unos segundos y se acercaba de nuevo a ellos. Habían recibido buena dosis de peyote, ni se movían, apenas respiraban si uno los veía un buen rato. Pidió un pincel al maestro decorador, se acercó al bebé más grande, una niña a la que se le notaban las costillas en su cuerpo buboso, y tomó la paleta del pintor que contenía rojo de cinabrio y de grana cochinilla, azul morado de caracoles y amarillo de chicalote. Dejó el pincel, tomó una bolita blanca del huevo de cochinilla y lo aplastó entre sus dedos que se tiñeron de rojo… Lo pensó bien, el amarillo sentaría mejor. Con su lengua humedeció el tallo de la planta, se acercó con cuidado a la criatura y le marcó en la frente tres rayas horizontales amarillas que lucían bien en fondo gris de toda su cara y cuerpo. Repitió la misma operación con el resto de las criaturas. No cabía duda de que el arte lo llevaba en las venas y no desperdiciaba ocasión para expresarlo. Tomó el pincel y se lo ofreció al Nagual para que también se expresara, este hizo un gesto negativo y discreto con la mano. Se rehusaba, no estaba ni para pinturitas ni para escuincles, y que la mujer se lo tomara con tanta parsimonia le ponía de los nervios, a pesar del té de acónito y alcanfor. Aunque hubiese pasado casi toda esa noche bajo cierto resguardo y protección en la casa de la princesa, no había pegado ojo y esto aumentaba su irritabilidad, la cual contenía caminando en círculos y acariciándose con pulgar e índice su pinjante de jade verde de la nariz.

—Su majestad, ¿quién cree que deba tomar la silla imperial?, ¿cuál es el hombre más conveniente a nuestro reino?

—¡Uf, difícil! En teoría el reino está por encima de todo, pero tú y yo sabemos que solo en teoría. Aquí cada uno barre para su casa —dijo mientras pedía una manta a uno de sus esclavos para limpiarse el tinte de las manos.

—Cierto, majestad. Primero yo, después yo y al final yo.

113

—¿Viste qué creído se lo tiene? Cuando te dijo: *Le comentaré a mi tío Ahuizote que la vida de su querido Cinco Yerbas, futuro heredero del imperio de México Tenochtitlán...* ¡Futuro heredero del imperio!, ¡futuro heredero! ¿Quieres conocer a un hombre, Nagual? Dale poder.

—Poder, maldito poder.

—¡Futuro heredero del imperio, ja, ja, ja! Ya lo da por hecho el señorito. Es buena persona, pero no deja de comportarse como un niño. No dudo que más de uno le quiera dar una buena arrastrada, que falta le hace al figurín ese. Yo, por más que lo intento, no puedo. Me alegro de que le haya pasado lo que le pasó, pero no que hubieras acabado con su vida. ¡No! Por la falda de serpientes de Coatlicue, eso sí sería desgracia total.

»Bueno, no nos desviemos. Los otros no se tentaron el corazón y de plano te encargaron que les callaras para siempre. Está claro que los primeros son del bando del regreso de Quetzalcóatl, escenificar un asalto a esos pochtecas y Cinco Yerbas los defendería de malvados como tú, Nagual. Cinco Yerbas quedaría como héroe.

»¿Quizá Pluma Negra hizo el encargo? No sé, lo que sí estoy segura es que él nunca mandaría a enfriarlo. No. Segura. ¿Darle muerte? Pues los contrarios, es decir los de Moctezuma, aunque también estoy segura de que él, Moctezuma, jamás, o al menos agora no se atrevería. Sé que está muy caliente, mas también sé que en estas cosas piensa con la cabeza y no con las tripas.

—¿Tan enfadado cree que está, majestad?

—¿Tan enfadado, Jaguar? ¿Quién hace todas las conquistas, quién ha ampliado todo el imperio en los últimos años? —dijo encendida sin poder ocultar su indignación—. Nuestros ejércitos, dirigidos con maestría por Moctezuma. Todos los dirigentes no tienen más que halagos para nuestro buen y ejemplar capitán general de todos los ejércitos aztecas. ¿Y que de repente se aparezca Cinco Yerbas y se quede con el mando? ¿Tú crees que le haría feliz a Moctezuma?

»A nadie le hace ni tantita gracia estar años vistiendo el mono, y que llegue un advenedizo y se lo baile. Aunque te voy a comentar un secreto y no quiero que salga de aquí. —A tal grado llegaba la confianza de la princesa Acatlán con Nagual—. Moctezuma me comentó que eso de sentarse en la silla imperial no es de su total convicción. Sin embargo, no está dispuesto a que cualquiera tome las riendas del imperio más poderoso del mundo. A que partidarios del regreso de Quetzalcóatl hagan de las suyas y lo traigan de nuevo, solo de pensarlo le deben dar ñañaras y aflojarle la pasta. Pues no, señor.

»Pero, como te digo, él no es capaz de tanto, creo que tiene todo el consejo a su favor. Del que sí me creo cualquier cosa es de su segundo, Tlacotzín, ese infame sí va por todas, no lo dudes en lo más mínimo. O de nuestros sacerdotes que claman esclavos y corazones para los dioses. ¿Te imaginas que empecemos a pedir el regreso de Quetzalcóatl, su despertar? No lo tengo claro ¿Quién estará a favor de que despabile? ¿Nuestros sacerdotes más sanguinarios? Bacalar, Izamal y Tacámbaro. A más de uno se le voltearía el chirrión por el palito.

—¿Fuerzas ajenas al imperio, su majestad? —interrumpió Nagual tratando de desviar la atención de la princesa sobre los tres nombres mencionados.

El salón con sus braseros calientes y la bebida también caliente invitaba al relajamiento y la distensión y, aun así, la piel se le puso toda chinita al Jaguar, y un malestar difícil de ocultar comenzó a invadirle el cuerpo. La simple mención del nombre de señor Tacámbaro, así como la de los otros dos, le ponía enfermo al grado de aflojarle la pasta y los intestinos. Este personaje era el autor intelectual del ataque a Cinco Yerbas, junto con Tlacotzin, aunque no dudaba ni un pelo que los otros dos sacerdotes estuvieran en contubernio. En cierta ocasión y al calor de unos cuantos pulques, Nagual me platicó que no podía evitar imaginarme en la piedra de los sacrificios mientras era despachado por el maldito sátrapa de camisón negro decorado con mariposas verdes, apestoso por tanta sangre pegada. Formando una fila para ser también despachados estaban Flor de Mañana, el Profesor Boca Tarasca, Teo Mahui y demás amigos queridos de Jaguar. Todo como venganza del señor Tacámbaro por incumplir sus órdenes. La fuerza de su dedo era tal que el solo señalar a los malditos era suficiente para convertirse en ofrenda, regalo y alimento de los dioses. Respiraba profundo mi patrón para ahuyentar de la cabeza tan espantosa imagen.

—La jugada está clara —rompió el silencio la princesa—. Próximo emperador: Cinco Yerbas o Moctezuma. Consejero supremo: Pluma Negra o Tlacotzin. Quetzalcóatl sí o Quetzalcóatl no. Sálvese quien pueda y que los dioses repartan suerte. Si hubieras acabado con la vida del hijo, perdón, sobrino, el camino estaba libre para Moctezuma. Agora, gracias a ti, todo se ha ido al garete para los unos y, para los otros, la esperanza sigue viva y se llama Cinco Yerbas. Ya te imaginarás cómo van a redoblar su seguridad, incluso me pondrán mil pretextos para verlo. Lo veo venir, lo veo venir… Pluma Negra usará todo tipo de artimañas para alejarme de él.

—¿Usted a quién prefiere, princesa?

—Si fueras otro, te mandaba directo a sacrificar por pregunta tan atrevida —contestó seria y sobria mas no molesta. Acatlán confiaba en él y la amistad entre ellos daba para eso y mucho más—. Mi corazón obedece a la razón, y en política obliga la razón. Y la razón me dice que Moctezuma es el más apto, mas también me dice que largo es el poder de Ahuizote. —En ese momento uno de los niños despertó y pegó tremendo berrido, lo que exaltó a la princesa—. ¡Chamaco chimino animal del demonio, me vas a despertar a los demás escuincles! —susurró entre molesta y asustada—. Bueno, Nagual Jaguar, sabes que no me puedo permitir que estos desperdicien sus lágrimas. Más tarde en la fiesta que lloren todo lo que quieran, ahí sí, que se vacíen, pero agora no.

»Me voy a cuidarlos. Te deseo mucha suerte. Y yo, si fuera tú —mientras decía esto los esclavos se movilizaban para llevarse al niño que lloraba y evitar así que despertaran a los otros que aún dormían como benditos—, iría agora mismo a llevarle el casco a Cinco Yerbas, así como su dichosa barcaza. Si no quieres ver las fiestas desde el tzompantli.

Aunque la inauguración de las fiestas de huey Tozoztli no sería hasta la noche, no dejarían pasar la oportunidad por alto de lucir a su candidato. Ahuizote no era ni excelente político ni sabía muy bien cultivar las relaciones de este tipo. Primero pegaba y después averiguaba. Sin embargo, era listo y aprendía de los consejos de Pluma Negra. Este sí que era todo un maestro en lo que a relaciones públicas se refería y lo aconsejaba muy bien para sus propios intereses, dicho sea de paso. Dieron a conocer la noticia cantando el suceso por todo el imperio de la Triple Alianza, Tenochtitlán, Texcoco y Tacuba, como lo había hecho Aullido de Coyote y demás voceros, en lugares donde la gente se concentraba como en los mercadillos o en centros de trabajo de la época. El tiro les había salido perfecto, y lo que a punto estuvo de terminar en desgracia agora se podía convertir en el inicio de una brillante carrera de su sobrino hijo Cinco Yerbas para volverse el huey tlatoani de Tenochtitlán. En parte del mensaje de Aullido de Coyote y sus copiantes se pedía a la población que se reuniera al atardecer alrededor del templo de Ehecatl, dios del viento. Una pirámide circular de mucho porte y belleza engalanada con incrustaciones de jade e hilos de algodón recubiertos con fino baño de oro, como si el monumento vistiera faldones que el viento se encargaba de contonear de un lado a otro. Hagan de cuenta un espectáculo de lucecitas si el sol iluminaba los hilos amarillos y brillantes.

El lugar se convirtió en un hervidero de gente cuando el dios sol Tonatiuh se despedía y no se quería ir. Extraña hora para convocar, el atardecer, porque lo normal era su congregación cuando la luna ya iluminaba. La razón obedecía a pura estrategia: por la tarde se presentaría a los pochtecas sobrevivientes de Ayotlán. Recordemos que llevaban retraso de medio día y eran escoltados por Moctezuma y sus soldados. Esa mañana Ahuizote mandó veloces mensajeros para avisar a nuestro capitán general la urgencia de apretar el paso; se les esperaba fervientemente. Nuestro emperador pretendía hacerles un agasajo durante el atardecer a los comerciantes, saludos, aplausos, buenas tardes…, y si los hemos visto, no nos acordamos. A su casa a celebrar. La fiesta grande sería en la noche. Ahí se podría lucir y promocionar a todo trapo a Cinco Yerbas cuando aquello estuviera a reventar, y la gente medio aconejada por los efluvios del pulque y demás licores, así como hierbas y otros menjunjes para animar alma, cuerpo y espíritu e incitar a la diversión y celebración.

Todo y todos estaban preparados para el mitote de la tarde, incluidos los pochtecas que llegaron con la lengua fuera y Moctezuma mordiéndose la suya para evitar decir lo que pensaba. Lo mismo le ordenó a Tlacotzin. Por otra parte, la gente importante de la realeza estaba ya congregada en el palacio de altísimas columnas de Ahuizote, esperando la marcha hacia el templo de Ehecatl. Se podía oír el eco de todos, los murmullos de la gente criticándose los unos a los otros. Los que no estaban en sillas o camas de manos marchaban con séquitos de esclavos que les abanicaban con grandes plumas de quetzales y pavo reales, y les pasaban por encima los mosqueadores. Otros más marchaban con sus fieras, como Mina y Muñeca de Jade que estaban acompañadas por su cachorro de jaguar y lucían sus mejores trapitos rojos y morados, listas para la ocasión y atentas para escaparse a la mejor fiesta que surgiera en el transcurso de la noche. Los múltiples pasadizos secretos y públicos que conectaban templos, pirámides y palacios del recinto sagrado formaban un laberinto tan grande que más de uno se podía perder, y salir en un lugar distante o en una de las tantas grutas subterráneas del cavernoso terreno de México Tenochtitlán. Pues por uno desos pasadizos de los palacios de Ahuizote que salían a la plaza principal, al lado del templo de Quetzalcóatl, apareció Cinco Yerbas con comitiva y rodeado de sus guardias, perfectamente arreglado y repuesto del susto. Lucía el brazo derecho ataviado con el quetzal machoncatl; finos huaraches de piel de venado con turquesas incrustadas en el empeine. Un penacho de plumas azules verdosas de un palmo de largo otorgaba discreción al emplasto, chiqueadores y vendajes en la cabeza puestos por Cocomba el Blanco poco antes en el palacio de la princesa Acatlán. Iba seguido por todo un séquito de nobles que portaban plumas, penachos, camas, sillas, y demás parafernalia de mil colores. Avanzaban por el pasillo formado por los cientos de guardias hasta las escaleras del monumento. La austeridad de ruidos y sonidos solo era adornada por ligeros y graves toques de caracoles. El pueblo no dejaba de observar a fauna tan ataviada de singular manera, a Cinco Yerbas, a sus guardias, a Cozcapaa, a los pochtecas venidos de Ayotlán —eran muchos como para subirlos a todos a la pirámide. Además, quitarían protagonismo al elegido del emperador, por lo que se escogió a uno. Que el resto esperara abajo, se les haría un rápido reconocimiento y ya.

Todo tipo de vendedores se acercaba para ofrecer sus mercancías tanto a los habitantes de los transportes como a los de a pie, y la Teotihuacana no perdía la oportunidad del negocio. Era común instalar pequeños puestos ambulantes con refrescos y piscolabis como acociles o chapulines, grillos colorados y bien crujientitos con sal y limón, al igual que frutas riquísimas, servidos en cucuruchos de papel amate o de hoja de plátano, que eran la delicia de chicos y grandes; ocasionales bodegones de puntapié para amansar la tripa por unas cuantas almendras de cacao. Ella había puesto una tabla sostenida en sus extremos por cajas encimadas y que hacía la función de barra para descanso del codo de los clientes, soporte de las cazuelas de barro con rico y refrescante tejate con su espuma de cacao rebosante y que resbalaba por las paredes de barro de los contenedores. Yo le ayudé a cargar todos los bártulos y cuanta cosa se requiriera.

Creo que poco he hablado de Flor de Mañana. Venía de Acolman, el lugar donde tuerce el agua, el lugar del mercado de los perros; pueblo muy cercano a la ciudad de los dioses: Teotihuacán. Había llegado muy joven a probar ciudad y suerte a Tenochtitlán. Una chaparrita petacona con trasero redondito y perfecto, con un movimiento de caderas que a más de un hombre le torció el pescuezo a su paso. Ese trajín de bote, más su belleza y el resto de las curvas bien proporcionadas, terminaron abriéndole un lugar como ahuianime, danzante en la Casa de las Guerreras. Mientras la frescura y la lozanía de la juventud le permitieron, ocupó un puesto estelar entre las danzantes. En ese lugar conoció a Nagual Jaguar, él servía como guerrero y ella era su ahuianime, mas no su puta, que así comienzan los malentendidos. Ahí fue donde se enamoró perdidamente de mi amo que era atractivo no solo por dominar las artes de la lucha y la guerra, sino además por ser un gentil hombre con las damas, y tejer filigranas en la cama, según el boca a boca de varias damas, algunas de las cuales se llegaron a agarrar del chongo por sus amores y favores. Justo en esos tiempos, a Nagual Jaguar se le atravesó la madre de su hijo cuya sombría historia, aunque sea por encima, ya conocemos. Cuentan, porque yo no estuve ahí para dar fe, que Flor de Mañana se casó por despecho con el primero que pasó, o sea Ameyal el Olmeca, venido de la tierra de los cabezas cuadradas también a probar fortuna, y juntos montaron el Potzolcalli.

Donde fuego hubo, cenizas quedan, dice el refrán, y estas, sabemos bien, vuelven a arder con un mínimo resoplido. Y yo creo que algo así pasaba entre mi amo y esa bella mujer, porque yo, aunque escuincle, no era tarugo, y era ver cómo Jaguar le hablaba cerquita y aquellos pezones montados sobre los frondosos pechos se erizaban y ni el huipil que los cubría era capaz de acallarlos. A más de uno volvían loco cuando pasaba el trapo por las mesas o se agachaba para recoger los tarros de pulque de los comensales sentados en sus petates en el suelo, ponía enfermo hasta al más frío. Claro que todo esto en ausencia de Ameyal. Y muy pronto comprendí que, cuando él salía de compras, al chico rato Jaguar o ella misma me ordenaba cualquier mandado. Más de una vez me encontré al marido rindiendo culto a algún dios en el recinto sagrado, comprando tortolitas en Tlatelolco, o en el barrio de Coyoacán intercambiando cacao por aromáticas y colorantes como epazote, vainilla y achiote para condimentar las cazuelas, o por mágicas como toloache y otras más. Yo evitaba su encuentro cuando sabía o intuía que en el Potzolcalli se cocinaba algo más que guajolote, huitlacoche o rana en salsa borracha.

Cuando nuestro elegible alzó la mano para saludar a la respetable audiencia, el estruendo de los presentes no se hizo esperar. Sin embargo, el gesto con el que se echó a todos y todas al morral fue cuando pasó el estandarte de Ayotlán pidiendo fuerte ovación. Y para rematar, como Pluma Negra había dictado el guion, le acercaron grandes canastos con pétalos de petunias, orquídeas y magnolias de todos los colores, y comenzaron a lanzarlos a la concurrencia. Eso fue el no va más. Yo estaba detrás de la barra sirviendo tejate, y en ese momento todo se paralizó. Las miradas apuntaban hacia arriba viendo al príncipe y esa lluvia multicolor de pétalos. A mi lado, los hermosos senos de la Teotihuacana temblaban con sus aplausos mientras se enjugaba las lágrimas de la emoción, y a mí, del tarro servido se me chorreaba el tejate.

—Vamos a tener un buen emperador, sin duda alguna —pensaba en voz alta la mujer, como seguro pensaría el resto de la gente, sin saber ella la que se estaba cocinando, y mucho menos imaginarse que unos de los metidos en el ajo era cliente de la barra y los fogones de su fonda.

Las mujeres no desmayaron más por decoro que por desdoro. Era hábil nuestro Consejero Supremo Pluma Negra, quien sabía la fuerza emocional de una buena lluvia de pétalos. Quiero decirles algo sobre el gran amor de nuestro pueblo hacia las flores: era el más amante y el mejor cultivador de las mismas. Xochimilco, ciudad de las flores con su deidad Xochipilli, se encargaba de proveer, tapizar y decorar el imperio con pétalos de todas las formas y tamaños. Buganvilias, astromelias, jacintos, claveles, margaritas y girasoles inundaban el ambiente de olores y colores.

¡Cantemos, oh príncipes,
demos placer al que da la vida!
Preciosamente está el canto florido.
¡Oh, llegaron las flores,
las flores en primavera!
Bañadas de sol están las múltiples flores.
¡Son tu corazón, tu cuerpo, oh, dador de la vida!
¿Quién no anhela tus flores, oh, dador de la vida?
En las manos están del que alberga los muertos:
Crecen, abren corolas; se marchitan las flores:
Bañadas están de sol las múltiples flores:
¡son tu corazón, tu cuerpo, oh, dador de vida!

Para ese momento aquello era ya un avispero, y yo vi todo de cerca. La flor y nata del imperio y demás poblados cercanos no desperdiciaba la oportunidad de dejarse caer por el recinto sagrado en busca de entretenimiento y aventura. Ríos de gente por las avenidas de Iztapalapa, Coyoacán, Tacuba y Tepeyac avanzaban hacía la gran fiesta que en el ombligo de México se preparaba. Era un espectáculo ver tantas y tan variadas sillas y literas de manos intentando entrar al centro del imperio en medio de toda esa multitud. Unas cubiertas, otras dejaban mostrar el contenido cuando uno de sus integrantes corría las cortinillas para comprar chapulines, tejate o cualquier otra bebida o bocadillo, y dejaba descubrir en su interior cuatro o cinco personas desnudas y en posiciones comprometidas, montando verdaderas orgías. Imaginarán la de esclavos abajo y a los lados para soportar el peso, ajetreo y vaivén dentro desos transportes de sexo y diversión pura.

Duró poco la presentación de Cinco Yerbas, en la noche ya se luciría a fondo. Mientras, el espectáculo seguía y unos gladiadores amenizaban la fiesta. La costumbre era amarrar a un esclavo a una piedra circular, cautivo de algún pueblo enemigo, al cual le daban como armas un palo de madera con flores por navajas y una rodela de papel para defenderse, con lo que su muerte estaba asegurada, salvo honrosas excepciones, ya que se enfrentaba a cuatro atacantes.

Entre guerrero despachado y guerrero repuesto transcurría un tiempo: desatarlo de la piedra, arrastrarlo para llevárselo, limpiar la sangre, amarrar al nuevo, etcétera. La gente aprovechaba para intercambiar los últimos chismes, comprar chapulines, tortillas de maíz rellenas de frijoles, refrescos fríos… Tlachiqueros con sus ollas de barro rojo a la espalda servían pulque frío. Flor y Ameyal despachaban el tejate mientras yo les pasaba los tarros. La Teotihuacana me dio descanso cuando la clientela amainó, y esto me permitió dar una vuelta para orearme un poquito. Nuestro local ambulante estaba a unos cuantos pasos del templo de las Siete Serpientes. El templo de Quetzalcóatl y la fuente del mismo nombre nos cubrían las espaldas mientras de frente y a nuestra izquierda nos regocijábamos la vista con el Templo Mayor. Decidí ir a echar un ojo y marché hacia el sur por la avenida del Templo Mayor, la más grande y ancha por mucho. Atravesé todo el recinto sagrado de norte a sur. No avancé ni treinta pasos, porque el gentío entorpecía el caminar, cuando una mujer delante de mí con un tocado tan alto como un hombre encima de otro me impedía ver delante la larga fila de literas de manos que desfilaban en sentido contrario, es decir, hacia el Templo Mayor. Querían y buscaban estar en medio del ajo, presumirse ante todo mundo. En ese momento, uno desos transportes, grandísimo, con un verdadero jolgorio encima a todo trapo y con la gente arremolinada a su alrededor llamó mi atención. Era animado con dos maromeros avanzando entre machincuepas y contorsiones, así como por músicos ambulantes pagados tocando caracoles, flautas y tambores. Alcanzaba a distinguir un hombre y mujeres desnudas dentro bailando para él, y todos los mirones alrededor de esa cama celebrando los movimientos de las preciosas y voluptuosas danzantes, ¡unos verdaderos cueros! Mi curiosidad se convirtió en sorpresa cuando vi que, ¡el hombre era Brazo Piedra! Recostado y besando a una de las mujeres y, a su vez, la mujer abrazaba uno de sus potentes brazos. Él con la otra mano tomaba T's de cobre —un tipo de moneda utilizada en esos tiempos— y las aventaba al público que se arremolinaba y tiraba al suelo por ellas —como monos detrás de las jaulas cuando se les avienta comida—. Mientras, los músicos hacían verdaderas peripecias para no tropezar con ellos. El amigo de Nagual me vio y me hizo la seña para que me acercara y me subiera. Al principio yo avanzaba tímido, pero no sé cómo un aire de valor y alegría me invadió el cuerpo, y me abalancé sobre esa litera. Visiblemente aconejado por el pulque, Brazo Piedra reía a pierna suelta con ojos chispeantes y alegres, y mientras una mujer le acercaba su sexo a la boca, y él bebía sus jugos, con la mano derecha amasaba los turgentes senos de otra y con la izquierda lanzaba unas cuantas T's de cobre. También lanzaba frijoles saltarines y trucados. Y como sabemos que dadas hasta las puñaladas...

—¡Aviéntalas, Natán, hazlas rendir, chamaquito! —me dijo mientras él nadaba entre piernas, tetas y nalgas morenas que lo envolvían, confundiéndose sus carcajadas con las coquetas risas de las mujeres ante todas las travesuras que el gigante les hacía.

Yo fui obediente, y tan rápido comencé como el gusto me duró. Nos acercábamos de nuevo a donde yo había comenzado mi periplo, pero agora encima de esa cama, y a lo lejos divisaba de nuevo el puesto de Flor. La mujer hablaba con un hombre con la espalda tatuada con una serpiente: mi amo. Me entro frío de solo imaginar lo que me podría decir si me encontraba en medio de tremenda orgía, ni me lo pensé. Y ahí voy de nuevo para abajo, me olía que algo no andaba bien por la mirada que le echaba Flor a él y al pequeño penacho pendiente de su cabeza. Si hubiese visto a mi amo primero de frente, quizá no lo hubiese reconocido. Una franja roja de grana de cochinilla atravesaba su cara de manera horizontal, con una anchura de la nariz hasta por encima de los ojos y rayas blancas que le disfrazaban bien la cara. También deduje que, como buen guerrero cazador, había estado agazapado observándonos desde antes que comenzara el espectáculo de Cinco Yerbas. Era mucha coincidencia la ausencia de Ameyal en ese momento. Seguro que ella, al percatarse de la movida, había mandado a su esposo a comprar mantas, a ver si los guajolotes estaban dando de mamar a sus crías, al Potzolcalli a ver que el agua no se quemara… Yo qué sé. Era medio tonto el hombre, las cosas como son.

Llegué donde él se encontraba. Difícil resultaba reconocer al Jaguar con ese maquillaje y penacho que cumplía su función de perfecto disfraz. Su semblante, serio como su mirada. Si no moviera los ojos y permaneciera inmóvil más de uno hubiese pensado que se trataba de un muñeco. Sin embargo, no paraba de observar a todos lados en busca de algo. No me libré del interrogatorio tampoco La Teotihuacana se salvó: que si no habían preguntado por él, que si no se habían aparecido por la casa, que si no había visto a su amigo, Brasa Vaho, el calpullec. Puras negativas recibió de mi parte, excepto cuando me preguntó por Brazo Piedra. Consideré de lo más normal decirle que andaba de juerga, lanzando T's de cobre y, mientras unos las recogían del suelo, él se revolcaba con mujerzuelas en una litera de manos.

—¿T's de cobre, mujerzuelas, litera de manos?, ¿dónde? —La gravedad de su rostro lo decía todo.

Supe que yo había tirado el moco al atole cuando la mirada se le tornó negra como el chapopote, desas miradas oscuras suyas cuando algo o alguien le hacía salir de sus casillas. Le señalé por dónde iba nuestro amigo, y les juro, señorías, que lo hubiera seguido de no ser por esa otra litera, más discreta, más galana y cubierta con colores imperiales, que se cruzó en mi camino de forma inesperada, como pasa con las cosas del destino. Hasta ahí todo hubiera sido normal, pero el corazón casi se me para cuando vi que una mano asomaba con uñas pintadas de morado, y tras la cortinilla azul apareció, ¡ándale! Sentí que todo comenzaba a darme vueltas. Desde el interior y tras aquellas telas traslúcidas, sus ocupantes calificaban toda la fauna de afuera. La sensación que voy a describir estoy seguro que vuestras majestades alguna vez la han sentido en la vida, de no ser así significa que nunca han estado enamorados. Y, con todo respeto, ¡pobrecitos de ustedes!, ¡no han vivido! Hablo de ese sentimiento cuando ven a la persona amada. Primero, sienten que el corazón se les va a salir, como si hubieran visto un puma en medio de la selva; segundo, no saben si correr, gritar, desmayarse o directamente calzonearse. Y aunque se murieran de miedo y nervios y tuvieran el poder de desaparecer a esa criaturita culpable de sus insomnios, saben que no se atreverán. Saben que van a morir en sus garras e, inevitablemente, avanzan de forma voluntaria hacía su destino.

—¡Volvemos a encontrarnos! Mira, Mina, nuestro amiguito —dijo Muñeca de Jade a su inseparable amiga que aparecía terminando de abrir la cortinilla. Para variar, vestida de rojo, con una peluca roja y lacia, cortada como si fuese un casco—. Nagual, Nagual Balam, Natán Jaguar, algo así, ¿no?

—No, majestad, Natán Balam, para servirle a usted y a los dioses —dije yo mientras tocaba la rodilla con el suelo y besaba la tierra tomada con mi temblorosa mano—. Nagual Jaguar es mi tío —le refresqué yo la cabeza de nuestro encuentro en su palacio a la despistada y descuidada mujer de párpados delineados con líneas moradas. ¡Qué preciosas eran ambas, verdad de Tlaloc!

La siguiente escena nunca la olvidaré. Un brusco movimiento en la otra cortinilla descubrió una cara grande y masculina con dos atributos principales, una boca apretando los labios cuarteados y ojos semicerrados aguzando la mirada, Un hombre con el rostro pintado de azul continuado por la capa del mismo color, y una pluma en la cabeza igual. Las uñas afiladas pintadas de negro apretaban la cortinilla y solo le faltaban las plumas del mismo color, graznar y salir volando. Ladeaba la cabeza arrugando la nariz de un lado a otro, al igual que los animales cuando estudian a la presa que está a su merced lista para ser devorada. Entre curiosidad, sorpresa y odio definiría su mirada. Por todas las circunstancias, era de suponer que guardaba parentesco con alguna de mis musas o con las dos. Un hombre mucho mayor que ellas, frisando los cincuenta, en la misma litera. Sin embargo, en ese momento no caí en la cuenta. El mundo a mi alrededor se silenció y un frío recorrió mi cuerpo, lo digo porque las caras de asombro y canguelo de mis amadas Mina y Muñeca de Jade, que instantes antes se divertían con sus esclavos y esclavas también, se congelaron al verme. Supe que había vuelto a tirar el moco en el atole. Dos errores en dos suspiros. Para la historia. Deduje el semblante de mi cara por las palabras que este personaje me dirigió:

—¡Quieto, escuincle, no pasa nada! Con que esas tenemos, tu tío. ¿Y dónde está mi adorable Nagual Jaguar? No te preocupes, no es nada grave —dijo el hombre de la pluma azul en la cabeza.

Dicen que el único animal que cae dos veces en la misma trampa es el hombre, yo no iba a caer una tercera. Le indiqué la dirección contraria, estirando el índice de mi derecha. Para restar importancia al asunto y darle un aire de naturalidad, le comenté que había ido a casa de unos desos brujos de Coyoacán. Ni tardo ni perezoso se desembarazó del transporte con un pequeño salto y se dirigió hacia el sur. La multitud, cosa extraña, se abría a su paso para después cerrarse, tragándoselo. Y así desapareció, rumbo a la larga avenida de Iztapalapa, escoltada a ambos lados por las aguas del lago de Tenochtitlán, para después tomar la dirección hacia el lugar de los coyotes. Mis amadas doncellas y yo nos quedamos con una cara que parecía un poema hasta que Muñeca de Jade, por fin, se decidió y, al chasquido de sus dedos, los esclavos se volvieron a poner en marcha. Y aunque yo me quedé en la más absoluta soledad e incertidumbre, no perdí el tiempo para ir a prevenir a mi amo y contarle ese sentimiento de peligro transmitido por ese encuentro. Muy pronto descubriría que mis corazonadas no estaban erradas.

CAPÍTULO VII

De las fiestas, bailes y sacrificios hechas para lucir y
promover a Cinco Yerbas. Y de cómo les tendieron una trampa a
Nagual Jaguar y a Natán Balam para ajustarles las cuentas.

Más de uno pensaría que la fiesta había acabado con el aconte-
cimiento del presunto pariente de mis queridas Mina Citlali
y Muñeca de Jade, el que se largó como demonio enchilado
a la búsqueda de mi amo en la dirección contraria, según mis instrucciones, y por razones aún desconocidas para mí en aquellos momentos. Nada más lejos de la realidad. El baile apenas comenzaba,
y al Nagual, a sus amigos y a mí nos tocaba bailar con la más fea.

Y hablando de danzas y bailes, esa misma noche celebraríamos
una de las tantas fiestas maravillosas llenas de colores, cantos, sacrificios y demás cosas muy hermosas y dignas de ver para creer,
celebradas por mi pueblo en honor a nuestros dioses. El calendario
azteca o mexica constaba de dieciocho meses de veinte días más cinco aciagos para completar trescientos sesenta y cinco. En cada mes
teníamos fiestas para alabar a las diferentes deidades de nuestro panteón, y el pasado había sido la del Desollamiento de Hombres. Los
sacerdotes, ministros o sátrapas vestían las pieles de las víctimas a
manera de guante hasta la llegada de la siguiente celebración en busca y espera de algún favor por parte de las divinidades. Apestaban
y hedían, como es de suponer, a perro muerto. Entre esos estaba el
señor Tacámbaro.

Nuestro querido emperador no desperdició la oportunidad de lucirse, por consejo de Pluma Negra, en uno de los eventos más importantes donde se invitaba a los gobernantes de las provincias más poderosas; cada dios en forma de estatua de piedra o de papel amate y sus representantes estaban allí esos días. De todos los rincones del Anáhuac confluían grandes señores de las distintas provincias sojuzgadas y de otras que estaban en el ojo de mira de los gobernantes de México Tenochtitlán. El gobierno aprovechaba tan magnífica ocasión para hacer propaganda y ostentar poder en su máxima expresión. Muchos esclavos cautivos y otros ofrecidos como tributo por los señores antes mencionados eran subidos a lo alto de la pirámide de Tlaloc y Hutzilopochtli para sacarles el corazón y decapitarlos, aventando los cuerpos escaleras abajo. En la base estaban los trampeadores, hombres con redes gigantes, muy duchos para atrapar las cabezas que bajaban a una velocidad endemoniada. Había también tamborileros, danzantes y maromeros que, junto con los aplausos o abucheos del respetable, celebraban o no la suerte y eficacia de cada trampeador.

Muchas mujeres con sus bebés se acercaban a los grandes pebeteros de piedra gris donde las cabezas, en medio del humo del copal y otros inciensos, eran depositadas. Untaban unas gotas de sangre en sus dedos, y los pasaban por la frente de las criaturas. Ya saben, eso de pan y circo para el pueblo siempre ha funcionado. Y aunque poca gracia les causaba a los importantes invitados de Ahuizote, dicha representación era mano de santo. Aguantaban la sonrisa y mantenían el tipo, porque sabían muy bien la suerte que sus pueblos sufrirían si se rebelaban o no accedían a las peticiones de Nuestro Señor. Era la muy sutil manera del rey para decir a todos esos gerifaltes *Aquí nomás mis chicharrones truenan.*

Esa fiesta, la del Desollamiento de Hombres, se había celebrado el mes anterior, y en cada fiesta, detalles más detalles menos, la cosa era así. En ese momento en el que yo me había encontrado con Mina y Muñeca de Jade entraba la primavera, y la celebración correspondiente era la de huey Tozoztli que festejaríamos con cánticos, bebidas, hierbas y baile. Mejor ocasión imposible para Ahuizote y sus planes de promoción de su sobrino hijo. Este se había engalanado y presentado con mucha pluma verde, poderoso penacho de plumas de quetzal y el cuerpo pintado con escamas también verdes y azules, simulando al ofidio. Lucía imponente Cinco Yerbas, las cosas como son. Honrábamos al dios Cinteotl, dios del maíz, nada más ni nada menos que el principal sustento de nuestra gente, por lo tanto, la fiesta no era moco de Guajolote. Todo el pueblo llevaba y aportaba sus mazorquitas, las depositaba en las entradas del imperio en gigantescos cestos de mimbre, se preparaban y las ofrendaban a los dioses. Los chamanes entraban en trance con humito y peyote. Algunos sátrapas, así como pipiltin y maceguales, ayunaban por varios días. Los diableros desenmascaraban y combatían a aquellos que, sin saberlo, iban poseídos por espíritus chocarreros. Las reinas se emperifollaban con sus mejores galas. El rey regalaba ropas y joyas nuevas a sus amantes. La realeza que tenía perros o tlacuaches los adornaban con orejeras, brazaletes, collares y cadenas. Algunos se colgaban víboras amarillas y negras, bien gordas, como si fueran abrigos, y los que no querían llevar estas sabandijas reales las traían tatuadas sobre el cráneo rapado, descendían por la oreja, reptaban por el cachete y abrían las fauces en la comisura de los labios. Otros llevaban micos y guacamayos rojos, verdes y azules colgados a sus hombros. Los tlachiqueros, zapateros, panaderos y cualquiera que algo vendiera se bañaban y perfumaban. A los niños, los peinaban y les ponían los pelos tiesos y como puerco espín con baba de nopal. Les hacían dibujitos muy bonitos en la cara con achiote, huevos rojos de grana cochinilla o con el amarillo de la planta del chicalote; también los perfumaban con romero y vainilla. Las putas mascaban chicle para que les oliera bonito la boca y usaban sus mejores vestidos para enseñar sus piernas con tatuajes galanos y elegantes, y los gentiles se marcaban, sangraban o pintaban, y se aromatizaban con espliego. Todo era una explosión de colores y olores.

Ensangrentábamos las espadañas y otras plantas puestas en las puertas de nuestras casas con el líquido de nuestras orejas y canillas punzadas. La gente de mucho lustre y costilla, además de espadañas, adornaba las casas y agasajaban a los dioses que tenían en sus altares con mucha y muy bonita flor y cuadros hechos por artistas con frijoles, maíz y granos multicolores. Además de todo género de semillas, ofrecíamos niños, muchos de los cuales habían sido comprados a sus madrecitas desde el inicio de año y, de ahí en adelante, se tributaban mes a mes y fiesta a fiesta. Ese era el motivo por el cual la princesa Acatlán estaba tan ocupada con el arreglo de tanto chamaco: planeaba ofrecerlos esa noche. Con estos sacrificios y festejos, esperábamos regocijar a los dioses y provocar muchas aguas, que, como bien sabían sus majestades, estábamos escasos de las mismas. Así que la demanda de escuincles había crecido y nuestra querida doncella no se quería quedar atrás.

Esa tarde el Rey Ahuizote solo había dado una probadita al pueblo, un entrante por decirlo de alguna manera, el banquete de lujo se serviría esa noche. Mientras más paseara a su sobrino hijo, mayores eran las posibilidades de convertirlo en su sucesor. El detallito acontecido esa tarde, cuando unas horas antes de celebrar la gran fiesta huey Tozoztli, Cinco Yerbas había sido subido a la pirámide de Quetzalcóatl, decía mucho. En vez de comenzar los rituales en las de Tlaloc y Huitzilopochtli, como mandaban los cánones, el monarca prefirió la de la Serpiente Emplumada. Quedaba claro que nuestro señor cada vez se inclinaba más por su regreso. Hablando de mirar, Moctezuma había mandado a su segundo, Tlacotzin, quedarse abajo y mezclarse entre el populacho disfrazado apropiadamente. Observaba a la luz de la luna todos y cada uno de los movimientos en la plaza: los guerreros águila apostados a cada lado de las pirámides; los guerreros jaguar cuidando todo el recorrido de la realeza; los chamanes en lo alto del lugar de sacrificio; los músicos y sus caracoles. Se podían oír teponastles de piel humana bien estirada que, al golpear de las manos del tamborero, retumbaba como rugir de caverna. También flautas de hueso de fémur y demás instrumentos musicales dispuestos a ofrecer el mejor de sus conciertos. Echaba ojo el subalterno de Moctezuma, parado desde la calle de la Serpiente Emplumada, muy cerca de la fuente de Quetzalcóatl. La luna se reflejaba en ese hermoso monumento. Se agachó y se dispuso a beber un poco de agua entre sus manos mientras pasaba el tiempo mirando cómo otros bailaban el chango que él y su jefe habían vestido. Observaba cómo se movían los frijoles del patolli para así poder jugar los suyos. Ya habría tiempo de venganza.

El sonido de los caracoles indicaba el fin de las pachangas, al menos las del interior de las literas y otros transportes que habíanse aparcado para juntarse y echar las cortinillas montando tremendo congal y jolgorio en su interior. Estaban tan pegadas que se podía ir de una a otra sin poner pie en el suelo, y así se intercambiaban esclavos y esclavas para darle variedad al momento. Mal no la estaban pasando por las tremendas risotadas y palabrotas que se escuchaban.

Comenzó la cerimonia y todo el acto protocolario. El sonido de flautas anunciaba la salida de los primeros esclavos seguidos de sátrapas sacrificadores y los sumos sacerdotes, entre los que se encontraban Bacalar, Izamal y señor Tacámbaro que estaban en primera fila con sus camisones negros de piel con mariposas verdes dibujadas. La comitiva real pasaba frente a la Casa de la Culebra, al lado del panteón de las cihuateteo —fuertemente custodiado por guerreros águila debido a los últimos robos— más de veinte brazos izquierdos de mujeres muertas en parto o durante el embarazo, muy codiciados por los brujos de magia negra, habían sido extraídos de las tumbas de sus jardines para traficar en los mercados—. Mientras, el Ciego se colaba entre las multitudes sacando algunas almendras de cacao por voluntad propia de los oyentes a través de rezos y mendicaciones, o por engaño, metiéndoles tremendos dedos en los morralitos. El largo cortejo que encabezaba la realeza marchaba lento sobre la avenida del Templo Mayor. Esta nacía en la calzada de Tepeyac nada más encruzando el puente de Los Niños Ahogados, ese que yo atravesaba constantemente cuando Flor de Mañana me mandaba del Potzolcalli a entregar platillos calientes a los pipiltin de los palacios del recinto y lugares donde se discutían asuntos de estado, tributos, propiedades y fregaderas así. Con pompa y parsimonia y al ritmo de golpes de tambor espaciados, avanzaban las literas de manos y transportes más suntuosos, todos abiertos para hipnotizar y deslumbrar al pueblo. El corredor se abría ancho y bien resguardado por soldados del ejército a quienes Moctezuma tiempo antes había pasado revista y pedido máxima seguridad y disciplina, ante todo. Nuestro capitán general era un profesional. Sus soldados lucían envueltos en trajes de leopardo, fauces y quijadas de osos a manera de cascos, hombreras de quijadas humanas que bajaban hasta los codos y resguardaban los poderosos brazos. No necesitaban atemorizar, la simple armadura ya lo hacía.

Al sonido de las flautas le siguió el de los tambores anunciando la salida de los niños debidamente arreglados para la ocasión. Apareció entonces la Princesa Acatlán. Ofrecía seis bebés maquillados en gris como su futuro, aquellos a los que Jaguar les hizo el feo y no quiso pintar. Lucían primorosos, la servidumbre de la noble mujer los había aderezado con piedras preciosas, plumas muy ricas, mantas y cotaras muy labradas. Poníanles para esas ocasiones alas de papel como ángeles y, en medio de las mejillas, habían pegado unas rodajitas blancas, y habían quedado bien bonitos los chilpayates. Otros tantos iban más atrás y, si podían, aportaban su chilpayate para el dios de la lluvia, Tlaloc. Viajaban muy contentas las criaturas hasta que, por debajo de las literas y escondidos, unos hombres les pellizcaron las piernas y les picaron las nalgas. Esto provocó sus chillidos, y el regocijo no se hacía esperar entre los presentes. *Si lloran los chamacos, asegurados están los chubascos*, algo así decíamos. Nada mejor para contrarrestar la sequía que nos azotaba que las lágrimas de niños. Y cuando las primeras lágrimas salieron desos pequeños cuerpos, la alegría se contagió, de boca en boca se corría la noticia para los de atrás que no alcanzaban a ver ni oír lo que sucedía. Ese llanto era señal de llover muy presto. La princesa Acatlán, altiva, caminaba rumbo al lugar de sacrificio, luciendo su cuerpo hermoso y delgado cubierto con un bello vestido de algodón blanco muy fino y vaporoso.

Pero lo más interesante de la fiesta fue ver a nuestro querido Cinco Yerbas que, para sorpresa de los más avispados, salió ataviado con plumas de quetzal verde azulado en clara alusión al dios que ya se imaginan. Sus detractores observaban todo muy callados, entre ellos Tlacotzin. En vez de comenzar los rituales en las pirámides de

Tlaloc y Huitzilopochtli, como mandaban los cánones, el monarca prefirió la de la Serpiente Emplumada.

Ya formada y encaminada la comitiva se dirigió a la gran pirámide en cuya punta reposaban los templos de Tlaloc y nuestro dios de la guerra, Huitzilopochtli, ambos escupiendo humo de los sahumerios que se quemaban dentro. El delicioso olor a copal descendía lento como una nube disipando, aunque fuera de forma discreta, el olor a vísceras y sangre seca. Todo mundo sacaba sus mejores trapos, la Teotihuacana con su huipil de mariposas rojas de la tierra de los huastecos, guapísima, me había regalado un taparrabos blanco con murciélagos y un frasquito de barro con baba de nopal para erizarme los pelos de mi cresta. En lo alto de la pirámide, ya ni se diga. Que si máscaras rojas de dragón tan grandes como dos cabezas juntas, que si cuerpos pintados todos en amarillo, que si culebras de papel gigantes con muchos hombres dentro danzando y culebreando de un lado a otro.

Abajo la cosa no era tan graciosa para los esclavos, conscientes de su cercana muerte de forma, por demás, infausta, y aunque habían recibido buena dosis de ololihuqui, el repeluco quizá cortaba los efectos relajantes. Mujeres preciosamente ataviadas y bajo los efectos de esta y otras yerbas ofrendaban danzas, hipnotizadas y con los ojos perdidos o de plano como huevo cocido, ante las aterrorizadas miradas de los que iban a morir. Más adelante, decenas de mujeres con sus jícaras llenas de pintura se mojaban las manos para acariciar los cuerpos desos desgraciados que terminaban más grises que las rocas de las canteras de Xaltocan. Y así, unos amarrados y otros arrastrados por los pelos del colodrillo subían al promontorio entre gritos, lágrimas, tambores, risas, caracoles y orines por no mencionar cosas más execrables. Las mujeres y demás danzantes en ningún momento descansaban, estaban en trance, daban grandes brincos lanzando cánticos, gritos pequeños y sonidos con la fuerza de la boca del estómago que hacían temblar al más empeyotado.

Los caracoles volvieron a sonar. Indicaban la última parte, la presentación de Cinco Yerbas y, a continuación, la fiesta. La gente celebró esos caracoles que sonaban desde lo alto del Templo

Mayor. Fueron seguidos por otros en Tlacopan, Popotlan, Tenayuca, Huitzilopochco, Coyoacán, Texcoco, Azcapotzalco y muchos pueblos distantes pero hermanados y unidos por el imperio. Despedían al dios sol Tonatiuh y daban la bienvenida a la diosa Luna Meztli. Las sombras de las pirámides alejaban todo vestigio de luz. Velas, teas y antorchas colgadas de los muros, en los caminos, flotando en el lago… iluminaban el recinto. Era común ver, ora fuese nobles. ora fuesen plebeyos, a todos mezclados. La bondadosa primavera traía aires cálidos que hacían a la noche, si no caliente, al menos confortable mientras la gente se refrescaba con tejates, pulques y otros refrescos. Los puestos oficiales de venta, como el de Flor de Mañana, habían sido retirados y solo restaban los permitidos por el gobierno para despachar gratis infusión de Ololihuqui, así como otros menjunjes relajantes y alucinantes. Todo el mundo recibía su ración y, para cuando empezaran los cánticos, la gente estaba alegre, desinhibida, logrando así fácil y rápido contacto con los dioses. Los nobles que decidían andar a pie caminaban rodeados de sus esclavos, y estos les sacudían las moscas de encima con mosqueadores hechos de muchas tiras delgadas y largas de papel amate.

Yo me fui colando entre la gente, porque me gustaba estar lo más cerca posible de la base de las escalinatas de la pirámide del Templo Mayor. Les juro por mi madrecita linda que lo que allí presencié era de gran asombro: cabezas degolladas bajaban a todo trapo entre los chorros de sangre aún fresca y chisporroteante que salía del pescuezo cortado mientras los bailarines, contorsionistas y maromeros a los pies de las escaleras montaban su espectáculo de machincuepas, contorsiones y vueltas de estrella. Esos artistas se mezclaban con los trampeadores, y estos últimos, muy atentos, no despegaban ojo a lo alto de la pirámide sin perder concentración para atrapar las chompetas rodantes. Dicen que, en alguna ocasión, más de una llegó a dar de lleno en algún bailarín dejándolo listo y servido para el otro barrio, tal era la velocidad. Y yo, en primera fila con mi cresta de pelos tiesos y mi taparrabos blanco brillante y con relucientes murciélagos, comiendo una segunda bolsa de chapulines doraditos que la Teotihuacana me había comprado, esperaba la hora de los cánticos.

Las imágenes y sonidos vienen a mi memoria, y la piel se me pone toda chinita y me entran las ganas de llorar. Teníamos cientos de himnos, rezos y cánticos, y esa noche, precisamente, cantaríamos uno de mis preferidos: *Lloro, me aflijo cuando recuerdo*. Todo mundo abrazado de los hombros, en pleno trance. Los esclavos en lo alto cantando también, si es que a alguno le sobraba ánimo.

El espectáculo de esa noche fue apuntalado con la presentación de Cinco Yerbas, todo engalanado como ya dije: plumas, penachos, tatuajes y demás joyas verdes y azules. Era tal la altura del Templo Mayor que las gentes allá arriba parecían niños de ocho años, y nuestro príncipe no era la excepción. Su saludo fue recibido con gran ovación. A continuación, mostró el casco y la poderosa espada, capaz de cortar las cabezas de tres hombres formados si era bien utilizada por un guerrero fuerte. La plebe, así como la nobleza que observaba aposentada desde sus literas, explotó en júbilo, gritos y aplausos. Se preguntarán sobre la muy mencionada y nunca vista espada de Quetzalcóatl. Pues, dentro de la mala suerte de Nagual Jaguar hubo esa chispita de esperanza y fortuna capaz de iluminarlo para salvarle el pellejo, como le había sucedido en incontables ocasiones. Resultaba ser que Cinco Yerbas, en su entrada esa noche desgraciada en barcaza, improvisó. Había tenido la buena idea de sacarla de su larga caja negra, tiró el contenedor, y la espada la amarró a la panza del transporte con el fin de protegerla de ladrones. No lo había hecho así con el casco ya que este, por su forma esférica dentro de esa caja cuadrada, entorpecía mucho el avance de la embarcación. Así que decidió resguardar la espada, así como algunas piezas de oro y T's de cobre en ese lugar. Si ustedes recuerdan, el príncipe hizo mucho hincapié al Jaguar para que le devolviera dicha barcaza además del casco, y mi amo, que era hombre de mucha palabra, regresó todo orgulloso ambas cosas sin saber lo de la espada y su escondite. El noble, al recobrar ese transporte, se fue directo a revisar el fondo del mismo, pero ni espada ni oros ni T's de cobre ni la maldita madre de Brazo Piedra —recordada en ese momento embarazoso por Nagual—. Ya se imaginarán de dónde había sacado el gigantón el dinero, además de la parte de su botín, para el jolgorio que había montado y al cual yo tuve acceso aunque fuese por unos instantes. Mi patrón ofreció sus disculpas y prometió encontrar al culpable y traer de regreso tan preciados tesoros. Localizó al antedicho esa tarde después de mis indicaciones. Cuando Jaguar lo vio en esa litera mitad congal y mitad orgía, la sangre se le subió a la cabeza, pero no se le veía por la franja de pintura roja que le cubría. Decidió no hacer un escándalo, se acercó a Brazo Piedra y le dijo unas cuantas cosas al oído en medio de todo el barullo de los teponastles y flautas de los músicos contratados. Supongo que serían cosas muy graves, porque el pedo medio se le bajó y la fiesta se acabó. Se fueron directamente a su casa por la espada y por lo que quedaba de su parte del botín después de la juerga. Ya había gastado algunas T's de cobre, las lanzadas como gran rey esa tarde, y las usadas como pago para las putas contratadas. Lo que se presentaba como muy funesto terminó siendo una bendición, porque Cinco Yerbas, ante el solo hecho de imaginar la desaparición de la espada, se ponía a temblar y le daban los siete males. Por eso, cuando vio aparecer tras de las gigantescas puertas del palacio de Ahuizote al Nagual y a su compañero con la espada, respiró y se sentó.

—Debería mandar a matarlos por esto, pero no cabe duda de que los dioses están con ustedes: me salvaron, recuperaron los tesoros... No quiero echarme encima a Yacatecutli, Quetzalcóatl o Huitzilopochtli —fue lo que dijo el noble como tiempo después me contaba entre risas Brazo Piedra.

Incluso algunos canutos de oro les regaló en agradecimiento por todo lo acontecido, y Brazo Piedra, feliz, se regresó para revivir la fiesta. Pero ese detalle fue lo de menos, lo más importante estaría por venir más tarde.

En esas estaba Cinco Yerbas, mostrando el casco y la espada de Quetzalcóatl a todo su pueblo, pinchándose las orejas, cortándose las pantorrillas, sacrificando uno de los niños de la princesa Acatlán que, orgullosa, sacaba pecho. El toque de maestro y genio de Pluma Negra, a través de Ahuizote, en el manejo de las masas se hicieron presentes acto seguido: ¡Cinco Yerbas llevaría la batuta del cántico! Ese fue el broche de oro. Cuando esa noche los hombres con antorchas hicieron la señal, cantores, coros y músicos con tambores de todos los tamaños se prepararon. Cuatro pirámides del recinto eran los escenarios para la música. Los cantantes allá en lo alto, dando la espalda al respetable, hacían chocar sus voces contra esas inmensas plataformas hechas de concha de mar con las que el sonido atronaba bien recio y harto lejos del imperio hasta Coyoacán, hasta el cerro del Tepeyac, hasta la tierra de Azcapotzalco, incluso Tultitlán. Las voces de los cuatro sonaban parejas, uniformes, cantaban bajo la vara del príncipe cuya voz resaltaba sobre las demás por esa bocina de caracol que magnificaba el sonido como nunca antes se había escuchado.

Y todos abajo, ya con el equilibrio medio incierto, los ojos algo cuatropeados y el alma y el espíritu francamente relajados, nos fuimos abrazando de los hombros y formando una inmensa telaraña humana cuyos ligeros movimientos de vaivén simulaban un mar calmo y trémulo. Y Jaguar, que también había bebido ololihuqui, permanecía muy atento. Una cosa es empeyotado, y otra, atarugado; un guerrero rapado quachic controlaba eso y más. Observaba toda la movida agarrado a otros hombres morenos, oculto tras esa franja roja horizontal con rayas blancas en la cara, volteaba con frecuencia a los lados y a atrás, el enemigo podría aparecer en cualquier momento. Esbirros mandados por aquellos a los que no había hecho el trabajo. Pero el resto de los mortales permanecíamos ajenos a las preocupaciones y precauciones de mi señor, y nos dedicábamos a la fiesta, a responder al unísono: ¡Cantemos, gocemos, todos nos vamos y desaparecemos en su casa! Los tambores, caracoles y demás instrumentos callaban. Solo uno muy en el fondo apenas se escuchaba y, en medio del silencio y el delicado ulular de la gente, volvían a aparecer las potentes voces de los cuatro cantantes:

Lloro, me aflijo cuando recuerdo:
dejaremos las bellas flores, los bellos cantos.
¡Cantemos, gocemos,
todos nos vamos y desaparecemos en su casa!
¿No lo piensan así nuestros amigos?

Sufre su corazón y se atormenta.
¡No dos veces se nace,
no dos veces se es niño!
¡Sea un breve momento al lado dellos!
¡Nunca más seré otra vez,
nunca más gozaré dellos, nunca más los veré!
¿Dónde es, corazón mío, el sitio de mi vida?
¿Dónde es mi verdadera casa?
¿Do está mi mansión precisa?
¡Yo sufro aquí en la tierra!
¡Cantemos, gocemos!
¡Todos nos vamos y desaparecemos en su casa!

Retachaban los cantos contra los plafones de conchas marinas, y los seguíamos con un *¡Uuuuhhhh! ¡Uuuuhhhh!* Así dos veces y, a la tercera, cuando Cinco Yerbas con su penacho de plumas verdes, el resto de los cantores y todo público entonaba ¡Cantemos, gocemos, todos nos vamos y desaparecemos en su casa!, un poderoso grito de ¡Cantemos! acompañado de una explosión de tambores, caracoles y lanzafuegos allá en la cima de las pirámides iluminó el cielo con las llamas que escupían de sus bocas.

De repente, las bailarinas que allá en lo alto habían danzado de forma hipnótica rompieron con brincos y movimientos que invitaban hasta a un palo a moverse; tengo la plena, total y absoluta certeza que no hubo ojos que no las estuviesen contemplando cuando se empezaron a iluminar todas de verde. Sí, lo he dicho bien, se empezaron a iluminar todas de verde. Sus cuerpos, poco a poco, se iban llenando de un verde brillante, centelleaban, brillaban, fulgían, refulgían, titilaban… Me faltan las palabras para decir cómo sus cuerpos eran luces verdes en movimiento. Con el tiempo aprendí el truco, y ya lo contaré en su momento, que agora no estamos para eso.

Era el espectáculo más maravilloso como jamás he vuelto a ver ni nadie en este mundo lo hará, por sangre de todos los dioses. La multitud se soltó brincando con las manos en alto hasta arriba de peyote, ololiuqui, hierba del diablo, humito y demás alucinantes para elevarnos y contactar con los dioses. Ululaban los cuatro cantantes, y todos los seguíamos con el mismo sonido. Yo dancé y dancé y dancé, y mis brazos imitaron al águila de las montañas de las tierras sagradas, y bailé muy bonito, y estoy seguro que los dioses se fijaron y por eso tuve tanta suerte salvando el pellejo.

La fiesta duró hasta la mañana siguiente como casi todas las que hacíamos en recintos públicos para nuestros dioses. Mucha gente, aún con los efectos de lo ingerido, deambulaba por el recinto como muertos vivientes. Los guardias hacían rondines para evitar abusos, sobre todo con aquellos dormidos en el suelo que se recuperaban de la resaca. Nagual Jaguar se había borrado poco después de los cánticos de la noche, dejándome encargado y durmiendo con la Teotihuacana. Así pasaron dos días, y había que ser medio tarado para no deducir que algo gordo pasaba con mi señor. Cuando una desas mañanas desperté en el Potzolcalli y fui a nuestra casa, a unos pasos al entrar creí verlo durmiendo al lado del hoyo acuático, ese del que ya les platiqué y que usábamos para escapar. Sin embargo, la sorpresa fue mayor cuando, al acercarme a observar, lo único que había entre las mantas era un bulto de trapos con forma humana; por atrás sentí su Mocha fría apuntando a mi nuca.

—Los maestros atacan usando el engaño y la fuerza del contrario —dijo a mi espalda mientras retiraba su arma.

Su voz se escuchaba baja y más rasposa que de costumbre por el cansancio y las noches en vela para prevenir cualquier ataque por sorpresa. Así era mi mentor, abría las puertas, pero era decisión de uno entrar o no, como él me lo recordaba.

Muchas batallas suyas y de otros guerreros quachic había yo escuchado. Las más increíbles eran las relatadas por Teo Mahui, un genio sin él saberlo, en el arte de encantar contando sus aventuras, como las de los juegos de tlachco que ya comenté. Hasta el Profesor Boca Tarasca le tenía mucha envidia.

Una historia que me asombró fue aquella de la batalla donde le chamuscaron el ojo a esa estrella del juego de pelota. En esa refriega habían participado con él mi padre, el escupe fuegos Brasa Vaho y

Jaguar, entre otros. En esa aventura esos hombres demostraron su talante. Teo Mahui se rascaba la cicatriz del ojo y se despejaba el pelo mientras ordenaba en su cabeza el relato. Pedía aretes, anillos, collares, brazaletes y lo que quisiera la gente de alrededor prestar para representar la batalla de Otompan donde, por accidente, Brasa Vaho le había apagado con sus fuegos una de las dos lámparas a Teo. Ahí perdió el ojo, pero lo agradeció al ver la suerte de los demás que estaban muertos y chamuscados. *Se me pasó el tueste*, solía decir el escupe fuegos. La contienda que describía era el primer encargo importante para Moctezuma como capitán general de los ejércitos aztecas. Teo Mahui se desempeñaba como simple lanza dardos y hondero de tino endemoniado cuando él ni soñaba el futuro que le esperaba. Así son las malditas cosas del destino que destina fortuna al que no la merece y desgracia al que fortuna busca; y, sin embargo, conviene tomar las riendas de nuestro destino porque muchas veces esto puede más que el destino mismo.

En esas estaba explicando Teo Mahui cuando se sacó su bezote de ámbar del labio inferior —con tremendo zancudo inmortalizado en su interior— para simular el cerro donde Moctezuma, recién estrenado capitán general, observaba tomando un buen chocolate quitado de toda pena la batalla ganada con facilidad en Otompan. Hasta delante de nuestros ejércitos, como siempre, los inútiles, bastardos y traidores otomíes que eran carne de cañón, siempre iban en la delantera abriendo campo. Después, les seguían flechadores, escupe fuegos como Brasa Vaho que echaban pa'atrás hasta a los más chichos. Y casi al final —solo seguidos por los rematadores y amarradores— las fuerzas de élite, entre ellos Jaguar. Pues en plena refriega y mientras Moctezuma, Tlacotzin y demás altos mandos miraban la escaramuza al norte y dirigían los movimientos, un grupo de aztecas por el este les daba duro a los de Otompan y se entretenía de lo lindo cortando cabezas, clavando puñales y amarrando cautivos para ofrecerlos a nuestros dioses. En lo alto del cerro, Tlacotzin llamó la atención de nuestro capitán para que mirara lo que pasaba, *¡Chiminos animales del demonio!*, maldecía Moctezuma que no daba crédito: los otomíes que habían contratado para combatir con el ejército azteca habíanles volteado la tortilla y agora los atacaban y los sitiaban. Entre los sitiados estaban Teo Mahui y mi padre; Brazo Piedra había alcanzado a escapar. Nagual Jaguar y demás soldados de élite, que aún no habían entrado en acción, observaron el patio y voltearon a ver a nuestro capitán general que les hizo una seña para que aguantaran la sonrisa. El jefe llamó a tres mensajeros tan rápidos como el viento con instrucciones precisas para los lanzafuegos de allá abajo que platicaban con los guerreros águila sentados en sus rodelas mientras esperaban instrucciones: Quemar a todos los traidores que rodeaban a nuestros hombres, que se cocieran en su salsa. Dejarlos en el comal hasta que se volvieran totopos ¡Achicharrar a su madre! De lo perdido, lo encontrado.

Nuestra gente en el centro del infierno —dijo Teo Mahui poniendo anillos y aretes sobre la mesa—, alrededor, esos malditos —puso un brazalete rodeando los anillos—. Entonces, la idea era esparcir paja alrededor dellos —desmigó un pedazo de tortilla amarilla de maíz— rodearlos y chamuscarlos con los escupe fuego —concluyó Teo con un collar de coral rojo que abrazaba brazalete y anillos—. Sálvese quien pueda, señores. Entre el calor, los gritos y el olor a chamuscado nuestros hombres, no muchos, aguantaban el tipo como podían. Algunos, en el suelo arrastrándose medio ahogados por el humo. Hagan de cuenta el infierno. Eso ardía como el mismísimo Mictlán —explicó Teo ante la atenta mirada de todo el mundo mientras daba un trago al pulque para empapar el gaznate y se bajaba el copete pa' tapar el ojo chamuscado—. En un grupo separado de tres que aún resistíamos de pie me encontraba yo. Pero esos móndrigos desgraciados iban a muerte, ni pa'los dioses ni pa'los chamucos, o todos coludos o todos rabones, cuchillazo va, macanazo viene. ¿Y qué creen que dijo el cabrón de Nagual Jaguar que se había calzado una capa de oso pardo empapada en agua? Le gritaba a Brasa Vaho entre todo ese mitote hirviendo *Achichárralos, compadrito, achichárralos. Achicharra a estos hijos de su cuilona madre.* Ardió el infierno, un calor como nunca he sentido en la cara me consumió entre los gritos. Ni quien entrara ni quien saliera. Pues lo último que recuerdo: una capa parda en medio de las llamas, y Nagual apareciendo entre ese infierno tirándonos al suelo y cubriéndonos con su cuerpo, y la manta de piel mojada haciéndonos el quite a todos, dejando a los malditos otomíes como chicharroncitos: doraditos y crujientitos. Ese era Nagual Jaguar.

***

Dicen que el teporingo —un tipo de conejo de las faldas del volcán Popocatépetl— siempre salta cuando estás comiendo camote. Pues así nos pasó al Jaguar y a un servidor. Recién salidos del Potzolcalli caminábamos sin prisa bajo la luna llena con su cicatriz en forma de conejo. Era muy brillante en ese anochecer y aluzaba bien los jardines flotantes del lago reflejándose en sus aguas. Mi señor había prometido llevarme esa noche a escuchar un cuentacuentos al otro lado del recinto sagrado. El viejo manco, con taparrabos y mil collares de conchas, corales y vidrios de colores blancos, rojos y negros contó, al calor de una fogata, la historia del tlacuache y el fuego. Su cola pelona obedecía a haber recuperado el fuego robado por la iguana. Usó su cola como antorcha para prestado pedirlo al señor de los cielos y devolverlo a los hombres. Desde entonces, los tlacuaches llevan el rabo pelón. Terminada la función, nos dirigimos a nuestra casa, no sin antes comer un delicioso camote de los varios vendedores ambulantes de comida que se instalaban alrededor esperando la salida del público hambriento. Mi pancita me pedía un camotito bien calientito, y Nagual me compró uno bañado en miel con su granito de vainilla recién salido de la olla de barro envuelto entre trapos y vapores. Lo comíamos quitados de toda pena y, cuando atravesábamos el barrio de los del Tabaco por una calle estrecha, larga y de altas tapias, dos pesadas redes desde las azoteas de las casas fueron aventadas para inmovilizarnos. Al fondo del pasillo, una sombra humana se hizo presente, y Nagual supo con quién se topaba al ver cenizas rojas incandescentes en su boca. Así fue como conocí a Otumba, su risa estridente y el inconfundible olor del humo de su pipa. Una presentación poco amable y agradable.

144

—Resbaloso es este mundo, Jaguar, a cualquiera le puede caer el chahuistle y hoy te ha tocado a ti —dijo impávido mientras se acercaba a nosotros lento, sintiéndose amo y señor de la situación, con esa franja negra de la mitad de la cara para arriba. Se puso en cuclillas y nos escupió el humo de lo que fumaba en su pipita de barro de Cholula y, a continuación, soltó su risita estridente que ponía los nervios y pelos como escarpias hasta al más paciflorino.

Mi amo se revolcaba dentro de la red intentando de forma inútil zafarse. Como las iguanas amarradas y colgadas de la cola que venden en los tianguis. A continuación, dijo unas palabras a mi amo que fueron mano de santo, dejó de zangolotearse. Se acercó recargando su mediana puntiaguda y afilada en mi cabeza.

—Más te vale que te serenes Nagual, si no te reviento al escuincle de un buen mazazo y se lo carga la tiznada —dijo el otomí con todo el tiempo del mundo—. Tengo órdenes, para mi desgracia, de no matarte. Con gusto lo haría, pero ten por seguro que nunca te olvidaré, siempre que me vea la mano estarás en mi mente para maldecir tu estampa, y no descansaré hasta que mueras. —Y enseñó la mano izquierda con cuatro dedos y vendada—. Por hoy, solo vengo a dejarte un mensajito, ya arreglaremos cuentas tú y yo, así que escucha bien.

Resultaba que los clientes de Nagual y de Otumba, aquellos que pedían el cuello de los pochtecas —el señor Tacámbaro, Tlacotzin y el del antifaz de plumas azules— estaban como agua para chocolate. Habían tomado preso a Brasa Vaho con el pretexto del impago de impuestos por parte de Nagual. Justo como se lo había predicho días antes su amigo, regente del barrio y tapadera de sus morosidades. Si no se presentaba luego luego Jaguar, la cabeza de su amigo estaría pronto viendo el Templo Mayor de forma permanente. El hombre de la pipa le dio una buena calada a la misma, el olor a yerba del diablo, que yo ya bien conocía, llegó hasta mis narices. Las cenizas volvieron a arder y se dirigió al Jaguar mirándolo con curiosidad morbosa de asesino, y le echó el humo en toda la cara. Sabía que él sería un lindo gatito mientras yo estuviera en sus redes, nunca mejor dicho.

—Nagual Jaguar, debes reportarte agora mismo en el tzompantli, solo, sin trucos. Te estarán esperando, con tu amigo. Sé que te portarás bien, me llevo a tu achichincle como garantía. —En ese momento tronó los dedos, y apareció otro hombre que me cargó como si fuera yo un bulto de frijoles y me llevó.

Otumba marchó hacia el recinto sagrado, y Nagual se revolcaba en su red para escapar e ir a cumplir una cita con el destino, y tratar de salvar su pellejo y el de los demás amigos implicados o salpicados, como quieran verlo. Recuerdo que días antes Jaguar me había obligado a mantener limpio de raíces nuestro hoyo acuático de escape por si las moscas. Regaba cristalitos finos en puertas y ventanas de la casa para detectar si alguien entraba, tensaba finos hilos invisibles de pared a pared conectados a sonajas y demás trampas por el estilo. ¡Y nos vienen a agarrar comiendo camote!

Para estas alturas supongo que tendrán bien clarito lo del tzompantli, el muro con cráneos incrustados. Aunque el nuestro no era el único, sí el más imponente. Los había por todas las ciudades del imperio. Basamentos con estacas verticales y cabezas atravesadas de arriba abajo, como pincho con los trozos de carne ensartados que ponemos al fuego; o de izquierda a derecha en palos horizontales, como los ábacos, con los pelos pintados de gris o azul y hechos pegotes. Las nubes de moscas revoloteaban picando y chupeteando la sangre seca y costrosa, con las cuencas de los ojos vacías por culpa de cuervos y zopilotes. Algunas caras mostraban expresión de terror, tenían las bocas cerradas o abiertas y chorreaban gusanos. Otros muros no estaban hechos de estacas y tenían cabezas incrustadas. Y todas saludando al Templo Mayor, donde había subido Cinco Yerbas la tarde de la fiesta de huey Tozoztli, y al estadio del tlachco. Ahí llevaban las cabezas de los esclavos sacrificados que caían rodando de las pirámides.

Todo pintaba que la de mi amo y señor pronto sería un adorno más en el famoso y temido tzompantli.

CAPÍTULO VIII

De cómo acudieron Natán Balam y Brazo Piedra para rescatar a sus amigos, de la acción heroica y valiente de Natán Balam y de cómo Tacámbaro maldijo al Nagual, echándoles a Otumba para que acabara con sus vidas.

En lo que a mí respecta, fui llevado a cuestas como saco de frijoles. Alcanzaba a ojear todo de cabeza mientras era sacado del barrio de los del Tabaco en medio de callejuelas cada vez más anchas hasta llegar a la calle mayor que conectaba con la calzada principal, es decir, la de Iztapalapa, y de allí marchamos hacia Coyoacán, el lugar de los brujos, magos, adivinos, tlacuilos y demás gente cultivada. Veía, siempre bocabajo, cómo me alejaba del recinto sagrado. Mi cargador, más callado que un muerto, no atravesaba palabra ninguna conmigo mientras yo buscaba la manera de sacarle la sopa: su nombre, dónde me llevaba, por qué trabajaba con esa gentuza… Nada, no aflojaba prenda. No tenía idea ni de dónde íbamos ni qué harían conmigo. Aunque, por otra parte, me invadía un presentimiento: el tipo ese no me haría daño. Mi cabeza estaba ocupada en mi amo. Él sí me preocupaba. Ya el mero hecho de citar a alguien por la noche en las entrañas del tzompantli daba muy mala espina, no era lugar para que se le invitara a nadie a una cena romántica con velas. Muy negras pintaban las cosas y mi imaginario solo barruntaba cuándo me dejarían y cómo me escaparía. En esas estaba cuando mi transporte de súbito tomó hacia la derecha para meterme en vecindades desconocidas para mí, ya que yo era relativamente nuevo en el imperio y me faltaban aún mucha tierra apisonada por patear.

Paredes de piedra roja de tezontle y otras pintadas en azul maya comenzaron a ser más frecuentes en medio de calles anchas y bien engalanadas y, poco a poco, se estrechaban alargando las sombras. Avanzábamos y las paredes parecían más pequeñas aún por la cantidad de dibujos presentes en ellas: serpientes, quetzales y jaguares. Tlaloc y demás dioses muy bien pintados las adornaban, trabajo de profesionales. De dichas tapias, pendían muchas antorchas y muchos adoratorios de piedra con teas y flores. Sin duda alguna, un barrio de pipiltin de mucha costilla. ¿Pero dónde estaban los guardianes —propios de los predios nobles— de dos en dos y sus rondines nocturnos con sus capas color marrón y sus pequeñas antorchas? Como si la tierra se los hubiese tragado. ¿Y los xoloitzcuintles? No se oían sus gruñidos. Quiero aclarar que estos xolos, como Chocán, el perrito de la Teotihuacana, no ladraban, solo mordían con sus dientes de agujas, y del dolor, ni platico. En ese momento se me ocurrió comenzar a gritar. ¡No lo hubiera hecho! Me cayó un garrotazo por la espalda, y su talón me lo encajó en el ojo dejándomelo como de guacamaya. Mano de santo contra mí. Dejé de pensar ocurrencias y me resigné a mi suerte para pronto descubrir que sería lanzado a un basurero. Fue hasta entonces que no conocí la voz de aquel individuo.

—Mira, escuincle mocoso, hoy te perdonamos la vida, pero pa' la próxima te reventamos toda tu madre. Ojito con quién te juntas. —A continuación, me dejó caer y sentí cómo una lluvia de patadas me perforaba el estómago, y me partía la cara y la boca. Sentí el sabor dulzón de la sangre resbalando por mi labio.

Sabía el qué, pero no el cómo. Debía desembarazarme de aquella enredadera de mecate tan pronto como fuera posible para salir corriendo a pedir ayuda a Brazo Piedra o cualquiera de nuestros amigos. Zafarme no fue tan fácil como lo esperaba, y el sudor de mi cara se empezaba a confundir con las primeras lágrimas de desesperación ante la inútil batalla a muerte contra esos móndrigos lazos. Decidí respirar profundo y concentrarme. Justo en ese momento, la imagen de mi amo apareció en mi cabeza pronunciando uno de sus sabios consejos: *La paciencia, Natán, es una de las siete fuerzas de todo guerrero quachic.* Después de ese pensamiento, respiré hondo, busqué la cola y la cabeza de ese entramado y pude resolver el lío.

Con el corazón saltando y las piernas temblando llegué a nuestra casa con la boca hinchada y el labio partido. Había cruzado media Tenochtitlán, incluido el recinto sagrado que quedaba a mis espaldas, y, de frente a la izquierda, vi mi amado barrio de los Cuchilleros. Los dolores de todas las patadas recibidas desparecieron ante mi urgencia por salvar a mi amo. Abrí la puerta de un golpe dispuesto a armarme hasta los dientes: largas, medianas, mochas, hondas, puñales ocultos entre los petates y todo lo que sirviera para mandar al otro mundo a quien se me atravesara. Tenía las cosas muy claras y yo estaba hecho una fiera. El segundo paso era visitar la casa de Brazo Piedra —no seríamos muchos, pero sí bien machos.

La casa de nuestro amigo se afincaba muy cerca de la nuestra y en el mismo barrio. Ahí estaba el muy libertino, durmiendo la mona, desnudo, bocabajo y entre tres cuerpos morenos de escándalo. Evité ser brusco al intentar despertarlo, porque lucía aún muy perjudicado por los estragos de la fiesta, planchaba la oreja como lirón y babeaba como nopal. Viendo que el horno no estaba para bollos, mandé al carajo la paciencia y, con tres tremendas cachetadas guajoloteras que hubieran despertado a un muerto, lo reavivé. ¡Vaya si lo desperté!, me agarró del gaznate estrangulándome, aún entre dormido y aconejado por los excesos de pulque. Comenzaba a faltarme el aire cuando me reconoció y me aventó llevándose las manos a la cabeza, y yo, como muñeco de trapo, rodé harto lejos. De verdad que no he visto otro monstruo con tanta fuerza, más tosco que un bocadillo de chayote y nopal con espinas en una fiesta de niños. Sin embargo, el dolor de la resaca lo dominaba y el gigantón se revolvía sin dejar de llevarse las manos a la cabeza.

—¡Me revienta la tatema, Natán, córtamela, por tu mamacita linda!

—Brazo, se van a quebrar al Jaguar, lo tienen en el tzompantli junto con Brasa Vaho.

149

La cruda se le bajó con esas palabras y con ella los espíritus del agua de las verdes matas se le espantaron. Escuchó mi explicación mientras se vestía, tomó unas de mis armas más dos hachas y las amarró a una banda de cuero a sus espaldas. No dejó de revolverse los cabellos mientras se armaba. Dejamos a las damas de la vida alegre aún dormidas y desnudas, y en otra habitación vi a una mujer a la que yo no conocía, era la esclava de la barcaza. No había tiempo para detalles, así que nos lanzamos recio y sin paradas. Cruzamos una vez más el puente de Los Niños Ahogados, la avenida del Templo Mayor y llegamos a la inmensa fuente de Quetzalcóatl. Ahí nos cubrimos con su alta base. Este monumento —que traía agua fresca y limpia del cerro del Chapultepec—. labrado en piedra verde brillante con vetas negras, era de verdad hermoso y fue un regalo del rey Nezahualcoyotl de Texcoco para el emperador azteca Chimalpopoca. Era muy adecuado para nuestros intereses: un lugar de escondite para esperar la hora del ataque. Ahí estuvimos Brazo Piedra y yo observando a los guardias apostados en las gigantescas puertas del tzompantli. Observar, esperar, atacar como dictaban los cánones de todo buen guerrero. Aguardábamos en silencio como lo hacía Nagual en ese gran salón en las entrañas del muro de las calaveras y malamente iluminado.

Debajo de esa fortaleza, una serie de muchos subterráneos la conformaban, pero solo existía una prioridad para nosotros: llegar a mi amo, ya que se estaba jugando la vida. Ya he comentado sobre el entramado de pasadizos, cavernas, grutas existentes y demás recovecos y laberintos en todo este territorio, incluido el recinto sagrado y sus pirámides, edificios y palacios.

Un rato antes, mientras yo despertaba a Brazo Piedra, Jaguar había llegado al tzompantli por su propio pie obligado por las circunstancias. Dos guardianes custodiaban la entrada y, después de hacerle la rigurosa revisión, fue conducido al siguiente nivel. Tuvo que despedirse de su brazalete y, por tanto, de su daga. Se fajó bien su maxtlatl a la cintura y comenzó a bajar un sinnúmero de escaleras que lo conducían al profundo, escoltado solo por un guardia. El eco de sus pasos y el ruido de murmullos y lamentaciones de los que estaban siendo torturados por los servicios de espionaje del imperio servían de decoración al lugar. Llegó vigilado hasta una sala donde apenas pudo distinguir, por la poca luz, a un hombre sentado en una silla y atado de manos y pies al fondo de la larga estancia. Podía vislumbrar el color rojo de la cabeza y la cara: era su amigo Brasa Vaho y, detrás de él, un verdugo con una charrasca bien puntiaguda acariciándole el cuello. Nagual Jaguar decidió esperar, no le quedaba de otra.

La austeridad del salón de altas paredes grises fue adornada con el sonido de una piedra gigante arrastrada. El ruido era el clásico de los grandes monolitos cuando son frotados uno contra otro: metálico, cada vez más audible y fuerte, parecía venir del suelo. Al lado de Brasa Vaho, amarrado a esa silla, el suelo comenzó a iluminarse y cualquiera con menos talante que Jaguar hubiese pensado que chamucos, chumpios y demás diablos subían de alguno de los nueve infiernos. Efectivamente, dos demonios emergían lentamente hasta ponerse al nivel del suelo. El primero en aparecer fue el hombre de la máscara y capa de plumas verdes azuladas, uñas negras y afiladas, con el pelo cano y crespo. Portaba en la mano derecha una pequeña tea de sebo gris oscuro a juego con sus garras. Mientras más lo observaba mi señor, más se convencía de que era uno desos que se las dan de pavo real y ni a zopilote llegaban, y si estaba ahí, era por tener mucha costilla para pagar un puesto, mas no por abolengo. Su actitud sumisa la primera ocasión con el hombre de las escamas pintadas en la cara y con el sacerdote señor Tacámbaro le delataban. El de las escamas naranjas —con el que habíanse entrevistado primero Nagual Jaguar y Otumba, y que exigía poca sangre—, como era de suponer, no estaba. Nagual también notó la ausencia de Tlacotzin quien había participado en la segunda entrevista, y que nunca abrió el pico, en la que pedían matar a Cinco Yerbas. Este último pensamiento tambaleó en su cabeza al ver en una esquina oscura la silueta de un hombre sentado. ¿Acaso sería él o sería un sicario contratado para quebrarlo y mandarlo de una maldita vez y por todas al infierno? Si fuese Tlacotzin, qué necesidad de esconderse, ya lo había visto Jaguar en la ocasión del día del encargo, y se conocían de antiguo, no sonaba muy lógico. El otro que acompañaba al de uñas negras y capa azul más que demonio era el mismo señor de los infiernos, y miraba fijamente a Nagual Jaguar. Esta vez ya no apestaba a perro muerto, la piel del desgraciado desollado en turno del mes pasado era eso, pasado. Lucía camisón negro con mariposas verdes. Su purificación había sido llevada a cabo dos días antes durante la famosa fiesta. La cara pintada de negro hacía aún más insondables y profundos sus ojos sin brillo alguno: el sacerdote Tacámbaro.

Era difícil mantenerle la mirada. Perforaba y metía miedo hasta el último de los huesos, y provocaba escalofríos difíciles de contener y disimular. Y, sin embargo, Nagual evitaba arrugarse y le aguantaba la vista. Si algo había aprendido, era a combatir el frío con más frío. Si su mirada hubiera dado la más mínima muestra de flaqueza o temor en ese mismo momento, el sacrificador de personas lo hubiera fundido con el rayo de sus ojos. Después de un tiempo que parecía interminable y durante el cual el hombre de la máscara y capa de plumas verde azuladas comenzaba a inquietarse con movimientos ligeros de los pies y cambiándose de una mano a otra la tea de sebo negro, el sacerdote rompió el silencio.

—La furia de Hutzilopochtli caerá sobre Nagual Jaguar, y ningún xolo se ofrecerá para ayudarlo a cruzar el río del Mictlán —emergió la voz desde el fondo de su larguísima figura como si saliera de ultratumba

Harto conocida era esa estrategia para Jaguar: intimidar a los enemigos —y vaya que ese lo hacía bien— o a cualquiera al que se le quisiera sacar la sopa espantándolos con castigos por parte de nuestros dioses. El señor Tacámbaro ya podía ir guardando sus fuegos para otros infiernillos que ahí con Nagual no iban a arder tan fácilmente. Mi amo era, ni más ni menos, un soldado quachic, y cuando estos entraban en trance, la única forma de ponerlos de rodillas era cortándoles las piernas.

—Los dioses son justos y yo respeto y venero a Quetzalcóatl, Tlaloc, Hutzilopochtli… y el resto de nuestros dioses por igual. Ellos sabrán juzgarme.

—Ellos le juzgarán allá, pero acá lo haremos nosotros.

Nagual Jaguar sabía muy bien que la mejor defensa era el ataque, pero más le valía tantearles bien el agua a los elotes, porque el cogote de su amigo estaba en juego. Había que velar las armas hasta que llegara el momento adecuado. Sin embargo, había un punto débil y esperaba que no lo atacaran por ahí: yo. Mi amo no sabía qué era de mí y en ese flanco le podían buscar las cosquillas y darle duro, por lo que la situación no dejaba de ser un combate, ciertamente, muy desigual.

—¿Acaso tiene usted idea —dijo el de la capa azul mirándose las uñas negras— de las consecuencias de sus desafortunados actos?

—Supongo que... —tomó la pregunta desprevenido al Jaguar que buscaba la salida más correcta— no lo sé, me olía muy mal y a mí me podría haber salido más cara la tortilla que la carne.

—¿Más cara la tortilla que la carne? —preguntó el sacerdote entre irritado y asombrado—. Usted no tiene ni la más mínima idea de lo que se está cocinando. Debió concentrarse en su trabajo. Como su compañero, que cumplió de manera eficiente y hubiera terminado la faena de no haber sido por usted.

Al Jaguar eso de *concentrarse en su trabajo* no le sentaba muy bien. Como si acaso fuese un matarife rascatripas que despachara a diestra y siniestra sin criterio ni oficio. Un empeyotado sin sesos desos que no piensan y que solo viven de a tanto el garrotazo y la puñalada como, al parecer, era su compañero de baile de aquella noche. Él no, él era todo un profesional. Su trabajo, así como las recomendaciones de sus empleadores eran su mejor carta de presentación.

—Discúlpeme, su señoría, pero tengo ciertos principios que quizás usted jamás comprendería. Entre ellos el no matar a niños, mujeres, desvalidos y negocios donde las cosas están turbias o me quieren engañar como si fuese yo un imbécil, como es el caso que nos compete ¿Qué hacía el casco de Quetzalcóatl ahí? Esas son palabras mayores.

—Eso a usted no le interesaba. Se debería haber concretado a terminar el trabajo. Punto —dijo el otro, exacerbado—. ¿Sabe quién era el hombre a quien se negó usted a matar?

Aunque pareciera una pregunta de perogrullo, tenía su trasfondo. Saber cuántos y quiénes habíanse enterado del negocio era una prioridad para ellos. Comenzaron con preguntas sobre Acatlán. Qué chiles en esa salsa eran suyos. Por qué Cinco Yerbas había sido curado en casa de la princesa. Qué había sido de Brazo Piedra esa noche. En conclusión, quién más sabía deso aparte de los implicados. Qué hacer, se preguntaba Jaguar. Agora comprendía lo que ellos querían, o decía que nadie sabía nada o que le había contado todo a alguien. Si escogía la primera, con toda tranquilidad podrían acabar con él y asunto arreglado, nadie sabe, nadie supo. Decidido, la segunda opción era una mejor arma, una mentira a todas luces. Comprobado estaba, él no sabía cantar, era uno de sus códigos de guerrero viejo. Comenzaba el baile.

—¿Que si lo sabe alguien? —preguntó asombrado Jaguar—. Pues nada más todo Tenochtitlán. Cem Anáhuac Tlali Yoloco.

—Nos referimos a los detalles.

—¿A qué se refieren por detalles? —Jaguar comenzaba a meterse en zona de chayotes con muchas espinas. Si no iba con cuidado, podría salir muy mal herido.

—A nosotros —contestó el señor Tacámbaro, clavando una mirada fría en el insolente.

Nagual Jaguar estaba curtido en mil batallas, pero era de carne y hueso, imposible evitar el canguelo que le subía por el cuerpo, pero sabía que se combatía con determinación y valentía. Se cruzaba de brazos para ocultar el temblor y escalofrío que le producía ese siniestro personaje.

—Si nos dejan libres, les juro por Tlaloc, Huitzilopochtli y Yacatecuhtli que yo olvidaré este asunto. Además, pienso devolverles su dinero, a excepción de dos canutos de oro por las molestias, el tiempo perdido, los riesgos asumidos y por querer verme la cara. Quién sabe, quizás el día de mañana vuelvan a solicitar mis servicios.

—Usted no hará más servicios para nosotros ni para nadie, señor —murmuró Tacámbaro. Las palabras le salían de la boca como arañas patonas que bajaban por su larguísimo cuerpo, se deslizaban por el suelo y se dirigían al Jaguar para subirse por sus huaraches hasta sentir este el repeluco da las patas cuando husmean por la piel antes de clavar los dientes—. ¿Sabe las implicaciones de su acto? No era la muerte de una persona, es la supervivencia del imperio de Tenochtitlán.

Era cierta la observación de Tacámbaro. Si Cinco Yerbas subía al trono, comenzaría su preferencia hacia Quetzalcóatl y su regreso. Ya lo había demostrado en la fiesta cuando decidió subir primero a la pirámide de la Serpiente dejando en segundo término la de nuestro señor Huitzilopochtli. Hacer primar al dios de las plumas venía fatal, pero era lo que había. Por otra parte, servir al dios de la guerra, a pesar de la crueldad de sus acciones, reportaba muchos beneficios: tierras para nuestros nobles; esclavas para la limpieza de nuestros hogares y otros servicios; joyas para adornar nuestros cuerpos; mano de obra para seguir construyendo las pirámides de nuestro imperio... Todo eso había sido lucubrado hacía muchos años por el Gran Tlacaelel, bautizándolas con el nombre de Guerras Floridas.

Pero a algunos eso de matar tanto esclavo no les agradaba, lo digo por los de Texcoco, cuya ciudad era donde se hablaba el mejor náhuatl y estaba uno de los calmécacs más potentes junto con los de Tenochtitlán, Chichen Itzá y Tzintzuntzan—Acatlán había dado clase en la mayoría dellos—. Allí en Texcoco se rendía gran culto a Quetzalcóatl, y a más de un alto dirigente le quitaba el sueño la simple idea de pensar que este dios regresase y pusiese todo patas pa'arriba. ¿Y si cambiaba todas las leyes, y si ponía a reinar algún mequetrefe, rascuache, pelafustán...? ¿De qué viviríamos?, ¿cómo creceríamos? Pero en el fondo, lo que más le preocupaba al señor Tacámbaro —y no se atrevía a decirlo abiertamente— era otra cosa.

—Acaso su majestad —preguntó Nagual entrecerrando los ojos, intentando ver en la lejanía y profundidad la persona de ese matarife—. ¿No será que lo que a usted de verdad le preocupa es que Quetzalcóatl regrese y le ponga las cuentas claras, que se le acabe el trabajo?

¡Bueno, no lo hubiera dicho mi amo! Como si le hubieran puesto un chile de árbol en la cola al sacerdote. Se esponjó todito, saltó como granizo de albarda y dio tremendo manotazo en la mesa. Sus ojos se incendiaron y no hacían más que perforar los de Jaguar. Entonces lo señaló con el dedo para empezar a escupir espumarajos por la boca pronosticando cosas no muy buenas.

—No tiene idea de lo que dice y la furia de los dioses caerá sobre usted, téngalo por seguro.

—Su señoría, estoy seguro de algo. Si desvié el macanazo de mi compañero y evité la muerte de ese noble, fue por designio de los dioses, quizá Quetzalcóatl me ayudó. Nuestros dioses desean que así sea y, por lo tanto...

—Por lo tanto, por lo tanto... Yo, Tacámbaro —interrumpió el sacerdote fuera de sí abriendo sus manos formando una cruz humana gigante—, te maldigo a ti, Nagual Jaguar, y a todos los tuyos y a los hijos de tus hijos. Cuando pases por el tzompantli, las cabezas clavadas en las estacas abrirán los ojos diciéndote *Te estaremos esperando para tomarte un pulque bien frío* y la estridente risa de todas juntas será la canción de cuna para arrullar a tus chilpayates. Que te amarren del pescuezo a un árbol ahuehuete para que te avienten frijoles trucados del patolli como alimento, y recibas un baño hirviente de orines cada mañana, y te quites las manchas de la angustia, la tristeza y el oprobio con jabón de cagada de borracho.

»Que cualquier amante que te cojas, al decirle *Te quiero corazón*, la boca se te achicharre. Y, al levantarle las enaguas, descubras que es la Coatlicue con su falda de serpientes, y estas te abracen hasta inmovilizarte y asfixiarte, y veas cómo Quetzalcóatl y sus hombres y sus venados violan a tu mujer y a tus hijas y a las hijas de tus hijas, y que en sus verijas críen entre pus y sanguaza nidos de víboras y serpientes mazacuatas.

»Y, cuando llegue el tiempo de guerra, que lo único que cautives sean hombres tan cuilones, tan cobardes y tan poca cosa que se pongan a llorar en la piedra del sacrificio y que te supliquen que no dejes de ser su amante ante los oídos incrédulos de sacerdotes y emperadores. Que tu cuchillo se convierta en un plátano cuando intentes clavarlo, y tu garrote se vuelva contra ti dándote de mamporrazos en las nalgas para diversión de tus enemigos.

Al terminar su perorata de espumarajos, arañas y maldiciones, dio un gran suspiro y abandonó esa sala.

—Vámonos, déjalo —ordenó al verdugo detrás de la silla de Brasa Vaho.

El otro hombre que había permanecido durante todo el juicio sentado y expectante, supuestamente Tlacotzin, también se fue siguiendo al sacerdote.

Nagual Jaguar solo pensaba por dónde le saldrían los esbirros de Tacámbaro para darle cuello a él y a Brasa Vaho. Sin embargo, nadie apareció. Desamarró a su amigo rápidamente y se disponían a salir cuando vieron cenizas incandescentes en el centro de la entrada oscura, acompañadas de una risa ya conocida. Se cumplían las sospechas de mi amo y confirmaba que su apuesta de cubrirse las espaldas diciendo que alguien más sabía los detalles del encargo no había funcionado. Igual los ejecutarían. Lo peor era que ni un maldito puñal para defenderse. Apareció el hombre de la pipa y, detrás, dos más.

Poco antes, mientras se celebraba el juicio allá abajo, nosotros arriba, escondidos en el borde de la fuente de Quetzalcóatl, estuvimos tanteando el terreno hasta que a Brazo Piedra se le iluminó el cacumen y me comentó su plan.

—¡Ten mucho cuidado, Natán, ponte muy abusado, estos tipos no se andan con chiquitas! Espera mi señal cuando esté en el portón por arriba dellos.

Decidió rodear el tzompantli con mucho sigilo y, una vez en la parte trasera, trepó por una barda de tres metros para subir a su base. Se deslizó entre estacas verticales decoradas con cráneos clavados uno encima de otro, y alcanzó la parte frontal, justo arriba de los guardias, sin que estos se percataran de su presencia. Me hizo una seña agitando mano y brazo para entrar en acción. Tomé aire, pedí a los dioses que me protegieran y escondí bien mi puñal. Me acerqué para pedir limosna fingiendo ser un invidente, como lo había aprendido de mi maestro el Ciego. Puse los ojos de huevo cocido y miré al cielo, igualito que los malditos ciegos. Estiré la mano prediciendo y augurando estrellas fugaces esa noche. Imbécil dese guardián, levantó la mirada al cielo con la boca abierta cual retrasado mental mientras yo sacaba mi agudo tecpatl y le acariciaba toditito el cogote de derecha a izquierda, como me indicó mi compañero. El inmenso nerviosismo que me rodeaba desapareció en ese momento y dio paso a sentimientos de seguridad, placer y grandeza —mucho tempo después comprendí que en ese momento yo abandonaba los últimos vestigios de mi niñez—. Luego luego comenzó a maldecir cosas incomprensibles, avanzó hacia mí mientras se ahogaba en su sangre que brotaba a borbotones y la fuerza le abandonaba. Estrelló toda la jeta contra el piso y sonó bien meco.

—¡Chimino escuincle animal del demonio! —dijo el otro lanzándose recio hacia mí.

—Cébalo, cébalo, diablo panzón —rezaba yo de puro miedo viendo cómo se me venía encima sin saber el inocente guardia que del cielo le caería muy pronto, no una estrella fugaz ni ninguno de los dioses del Omeyocan, sino un ángel de ciento veinte kilos.

Brazo Piedra le puso las rodillas en la espalda justo cuando el desgraciado iba a gritar, y le sacó todo el aire. De todos modos, el gigantón no quiso correr riesgos. Le tapó la boca con la diestra, y con la siniestra lo agarró de las greñas del colodrillo y, muy quedito, con lentitud para no hacer ruido, le fue torciendo la cabeza poco a poco mientras sus patitas se le zangoloteaban todititas y los huesos del cuello le crujían. Quedó con la boca abierta en la espalda, y viendo de frente al cielo estrellado y a su verdugo. Arrastramos los cuerpos por los pies y con sus manos estiradas para esconderlos dentro de la fortaleza del tzompantli. Fuimos a la búsqueda de mi amo sin saber que, allá abajo, tres hombres los cercaban, dispuestos a acabar de una vez por todas con ellos. Eran unas escaleras al infierno en círculos. Apretamos aún más el paso cuando el olor a tabaco curado de fuego y ololihuqui me rozó la nariz, y un eco apenas audible de una risa chillona llegó a mis oídos. Estaba dispuesto a morir en el intento, y conmigo, Brazo Piedra.

—Usemos las sillas, déjame a los dos del brazalete de cuero. Tú encárgate del de la pipa, y que los dioses repartan suerte —dijo Brasa Vaho a su amigo mientras agarraban dos de las sillas ahí presentes.

Eso de que los dioses repartieran suerte estaba bien como una declaración de buenas y soñadoras intenciones ¿Cuáles eran las posibilidades de tres contra dos cuando los primeros iban forrados hasta los dientes y los otros solo con unas mugrosas sillas? Los planes de Brasa Vaho se vinieron abajo enseguida, porque los atacantes iniciales fueron precisamente los del brazalete de cuero, así lo ordenó el de la pipa que parecía llevar la voz cantante. Poco les duraron las sillas, a los primeros macanazos salieron por los aires, y lo único bueno de todo eso, si algo bueno se podía sacar, eran dos estacas picudas resultantes de las patas rotas, al menos amagaban un poco a los atacantes; poca vida les quedaba a nuestros amigos.

Cierto que eran guerreros de élite, pero los otros no eran mancos ni cojos y, además, iban armados. Nagual Jaguar y su amigo se pusieron espalda con espalda esperando los macanazos mortales. En estos casos, aprendí tiempo después, la única opción es esperar el golpe, intentar esquivarlo y, en ese momento, atacar, y ya los dioses dirán. Si el arma es pesada, cuenta el ofendido con unos segundos, tras esquivar la embestida, para contratacar mientras el agresor recupera su posición. Eso hizo Jaguar, le metió golpe certero en el costado a su verdugo cuando estaba de espaldas. Este recuperó la posición y lanzó su arma como pudo al cuello de Nagual, volvió a fallar, y mi amo arremetió de nuevo y le asestó un tremendo golpe en la nuca que le hizo perder el equilibrio. Al mismo tiempo, Brasa Vaho intentó algo similar, pero corrió con menos suerte. En un ligero descuido sintió cómo por atrás le rajaban la espalda de lado a lado, era el de la pipa. Cayó malherido al suelo y quedó a pedir de boca para su enemigo. A mi amo le aplicaron más de lo mismo, pero la herida fue mucho menos grave y solo en un costado. A pesar de lo escandaloso de la tajada por el charco de sangre formado, no era de cuidado. El que sí tenía los segundos contados era Brasa Vaho, malherido y en el suelo esperaba el golpe de gracia de su atacante. Y ese hubiera sido su fin de no ser por un hacha voladora que se incrustó en el lomo del hombre dispuesto a acabar con su vida. Brazo Piedra había llegado a tiempo para lanzar su arma y acertar mortalmente.

Ya solo quedaba el de la pipa y su ayudante. Brasa Vaho, aunque había salvado la vida, no estaba para ponerse en pie y mucho menos para combates. Yo lancé la mediana y la mocha a mi amo que ni tardo ni perezoso las tomó, empapado en sudor mezclado con la sangre que le chorreaba. Brazo Piedra se fue sobre uno, y dejó al de la pipa para Jaguar que estudiaba la mejor manera de apuñalarle, y el otro hacía más de lo mismo. Pivotaban sobre uno de sus pies sin dejar de mirarse ambos

Yo estaba a unos metros de mi amo, a la expectativa y con el corazón en la garganta.

—De esta no te escapas, Nagual. Mucho se te ha perdonado la vida y gente como tú sobra.

—El que va a sobrar es otro.

En ese momento puedo decirles que conocí a la muerte. Recuerdo agora el rostro de ese hombre y su pipa, y el cuero aún se me pone todo chinito. Tras la franja de pintura negra los ojos se le llenaron de ira. El centro negro se agrandó tanto que cualquier contorno blanco desapareció. La parte del rostro comprendida entre ojos y nariz se volvió un espacio negro infinito y profundo. Por fin, se decidió a atacar.

El asombro de lo que presencié desplazó todo indicio de miedo en mi persona. He visto muy buenos guerreros, pero como Jaguar y ese maniático de la franja negra jamás. Se revolcaban por momentos con la velocidad de los felinos para separarse, jalar aire y volver a tomar posiciones.

—Dime tu nombre para escribirlo en tu tumba, no te lo mereces, pero reconozco a un buen contendiente.

—Me gusta tu humor, Jaguar, pero no te preocupes por saberlo. Yo sé el tuyo y con eso basta, porque cuando cave tu hoyo y vea tu lápida escupiré sobre ella.

Se oían los gemidos del hombre con el hacha clavada en la espalda al lado de Brasa Vaho que se recuperaba lentamente intentando ponerse en pie. En ese momento se oyó un chillido terrible, era la víctima de Brazo Piedra, el gigante le clavaba su arma del estómago hacia arriba levantándolo y poniéndole los ojos en blanco. El hombre de la pipa alcanzó a ver de reojo la escena y, al ver que la tortilla se había volteado en su contra, se replanteó la estrategia. Hizo una finta de ataque para echar hacia atrás a mi amo, y poder así escapar por la puerta a sus espaldas. Eso sí, no le perdió la mirada hasta el último momento. Por fin escapó, no sé ni cómo y todavía me lo pregunto, pero antes sacó de la mano o de donde fuera un puñal que viajó a toda velocidad sobre la humanidad de mi patrón —aún puedo recordar su zumbido pasando a mi lado con una velocidad endemoniada—. Este lo esquivó tirándose al suelo para evitarlo. Brazo Piedra fue incapaz de burlarlo, y se fue a albergar en su pierna derecha.

—Resbaloso es este mundo, Jaguar. —Su voz y su risa eran el único testimonio restante de su presencia en ese lugar, cada vez más lejanas y entre ecos, se perdía en los laberintos—. No te olvides, me llamo Otumba, otomí de la tribu de los zacachichimecas. Ya te acordarás de mi nombre cuando te achicharre entre mis fuegos. —Sonaba la risa tan chillona y aguda que ponía los pelos de punta y los nervios a punto de explotar.

Nagual Jaguar volteó con la punta de su huarache a uno de los dos sicarios tirados en el suelo, el del hacha en el espinazo, que se quejaba de forma apenas audible mientras la sangre le salía por la boca.

—¿Se acuerdan de él? —preguntó a sus dos amigos.

Estos, mal heridos y sangrantes como Jaguar y apenas sosteniéndose en pie, hacían un esfuerzo para saber de dónde era esa cara. Tenía la frente sumida, cabeza apepinada y el cuerpo lleno de tatuajes en colores verdes y azules tan característicos de la tierra de los hombres de las estrellas. Era más maya que la reina roja de Pakal, al igual que el otro abatido poco antes por Brazo Piedra, ya totalmente tieso, con el abdomen abierto y un charco de sangre en el suelo.

—Es de los cocomes, de Cobá, si no mal recuerdo, quizá de la misma tribu de los que se tronaron a Tetlanexnex —dijo Brasa Vaho con tono dubitativo.

—Sí, yo lo recuerdo bien, hizo varios trabajitos para Moctezuma y Tlacotzin allá en el valle de los pantanos, pero no eran cocomes, sino itzaes, que pa'l caso es lo mismo —apuntó Brazo Piedra.

—Cierto. Uno nunca sabe para quién trabaja.

—Sí es, nunca sabemos para quien chimina maldita suerte trabajamos.

Sentenciaba Nagual tocando mi cabeza, acariciándome suave y, quiero creer, con cierta ternura y alivio.

CAPÍTULO IX

*De todos los regalos y halagos que recibió Natán Balam por su valor en el
tzompantli, entre ellos unas invitaciones para una fiesta del amor en casa de
nobles y de todo lo sucedido en esos días, incluidas las pesquisas de Jaguar.*

Después de la aventurita del tzompantli, que cambió mi vida,
hubo una leve calma, desas anteriores a los temblores. Sin yo
saberlo ni intuirlo, fue un descanso para tomar aire y enfrentarnos de nuevo a una serie de acontecimientos, sucedidos tan rápidos en el tiempo que apenas pude darme cuenta cómo mi vida había
cambiado para siempre. Agora estaba comprometido con Nagual
y sus amigos, Flor de Mañana, el Potzolcalli, Tenochtitlán... y todos aquellos lugares y personas. Me sentía como los voladores de
Papantla amarrados del tobillo a una soga mientras van descendiendo con los brazos abiertos en círculos desde lo alto del palo, con sus
disfraces de pájaros imitando quetzales, águilas, tecolotes y demás
bellas aves. Si soltaran ese mecate de las gargantas de sus tobillos,
caerían sin más remedio hasta el suelo y se estrellarían de frente con
la muerte. Así me sentía yo, irremediablemente atado y con vértigo,
pero muy a gustito y con una vida llena de sorpresas.

Me creía el rey del mundo, huey entre los hueyes, invencible,
vamos, como se siente casi cualquier chamaquito de mi edad. Todos
estos sentimientos se reforzaban con el bonche de regalos y halagos
recibidos en cuanto se supo de mi hazaña. Poco faltaba para ser casi
considerado un héroe entre toda la camarilla de los allegados a mi

amo, a quien no le hacía mucha gracia tanto festejo. Él consideraba la ecuanimidad, templanza tirando hacia la seriedad virtudes a conservar en las duras y en las maduras. Sin embargo, su amigo, y también ya el mío, Brazo Piedra —testigo en primera fila cuando lo del degüello del guardián—, se encargaba de contar pelos y señales de mi proeza sin dejar de magnificar y exagerar las cosas ante bocas, ojos y oídos atónitos y atentos. Narraba y elogiaba mi frialdad y efectividad a la hora de pasarle el cuchillo al colega ese, y cómo había aguantado la sonrisa y el tipo en todo momento. Yo no dejaba de ver con cierto aire de normalidad mi mentada hazaña. Mas si nos ponemos serios y críticos, eso no era moco de guajolote. Que un escuincle de mi edad rebanara el cuello a alguien como yo lo hice tenía su aquel. Toda esta bola de elogios me mantenía en una nube frívola que yo no alcanzaba a ver, y dicen que, si uno quiere conocer de verdad a un hombre, la mejor prueba es el poder, y yo, con cinco minutos de elogios de pacotilla por unos cuantos gatos, ya estaba hasta el decimotercer cielo del Omeyocan. Recibí, además, importantes regalos más propios de hombre que de escuincle: un puñal bien bonito cortesía de Brazo Piedra, que Jaguar no terminó de ver con buenos ojos y le valió al gigante un regaño a escondidas; unos pases que la princesa Acatlán dio al Profesor Boca Tarasca, y este, a su vez, los ofreció a algunos de la caterva de crápulas del Potzolcalli, incluido un servidor, diversión asegurada, y entradas al estadio de la Cazuela Negra que Teo Mahui prometió para el partido ya próximo de los Jaguares Negros de México contra los Bacabs Mayas.

El clásico y esperado juego ya aparecía a la vuelta de la esquina. Los jugadores con cabeza de pepino del equipo contrario, así como toda la comitiva y parafernalia, habían pisado suelo tenochca y estaban a un suspiro de llegar.

Pero quizá el regalo más significativo, aunque en el momento no lo vi así, fue el obsequiado por Nagual: un bezote de ámbar con hormigas rojas inmortalizadas en su interior que sería la envidia de más de uno de mis compañeros de clase en el telpochcalli.

Dicen que todo tiene una razón de ser, y el puñal que me había regalado Brazo Piedra no escapaba a esa máxima. Al Jaguar no le gustaba mi afición a sus artes. Prefería verme encajando los codos en la mesa, revelando el significado de los libros sagrados de los destinos y demás tareas. Sin embargo, cosa chistosa, ese precioso puñal de obsidiana roja del cerro de Zináparo, con vetas negras y empuñadura de carey en forma de guerrero águila, me salvó la vida. Fue allá en tierra de forasteros cuando acompañaba a Nagual Jaguar. Una tribu de salvajes, todos pintados en rojo con una franja blanca bajando de la frente al cuello. Allí sobre uno desos dejé clavado mi puñal salvando mi vida y la de mi compañero de clase y de batalla, Kin Yunuen, chico de familia de gran abolengo maya y que nunca olvidó mi favor.

De las entradas para la fiesta del amor de la princesa Acatlán hablaré enseguida, y del obsequio de Teo Mahui lo dejamos para más adelante, no tiene desperdicio. Les platicaba sobre el regalo de mi amo, un bezote de ámbar con hormigas en su interior que aún conservo y, con él, su gran sabiduría. Nagual Jaguar no elogiaba mi acción, deso estoy seguro, pero tampoco la reprobaba porque el valor, al fin y al cabo, es una virtud universal. Al ser él parco y pichicato en palabras, la forma de agradecer o reconocer las cosas era con acciones, actitudes o detalles. Era práctica común que, por buenos comportamientos, me premiara llevándome con los cuentacuentos o al barrio de los artistas mayas para que me hicieran un pequeño tatuaje, orificio o escarificación en la piel —dolían estas últimas que no quedaban ganas de volver a rajarse el pellejo para meterse tinta, pero el orgullo de ser la envidia de los demás chamaquitos de la edad lo envalentonaba a uno para volver a pasar por la navaja al rojo vivo—. Me compraba no pocas veces alguna nieve. Valían corazón y sangre, traídas directamente del Popocatépetl: de chile, de chico zapote, tejocote, capulín, ciruela, endulzadas con miel o aromatizadas con vainilla, y de otros mil sabores y colores. Pero en esa ocasión decidió premiarme con ese bezote.

Cuando uno entra a un colegio telpochcalli recibe un bezote de ámbar —los de oro solo están reservados para los pipiltin que asisten al calmécac— y se coloca en el labio inferior, previa horadación, indicando así su asistencia a una escuela. Esto ya era un sinónimo de sabiduría. Ese era el mensaje de Jaguar: las artes proveen más y mejor que las armas; y cuando veía cómo se me despegaban a veces los pies de la tierra, usaba sus métodos para bajarme, y muchas de sus acciones eran encaminadas a recordarme mi origen, a apreciar y valorar el trabajo fuerte y constante. Yo pensaba que, después de semejante proeza, todos me besarían los pies y fue, al contrario, mi amo y señor me cargó más la mano. Si había que ir por leña, ración doble; si limpiar la casa, hasta que brillara... Seguía manteniendo libre y claro el túnel acuático religiosamente, haciendo mandados y entregando comidas ordenadas por La Teotihuacana y, sobre todo, seguía pegado a esa banca de la fonda estudiando para mi ineludible y próximo ingreso al telpochcalli. Escribía ante la atenta mirada de Flor de Mañana o cualquiera de los amigos de Nagual. Yo mojaba los pinceles sobre los cacitos de barro llenos de azul maya, rojo grana de cochinilla... y los arrastraba sobre el papel hasta que dibujaba las figuras del venado, del perro, la lagartija, la caña... a la perfección. El Profesor Boca Tarasca se daba una vuelta de vez en cuando por la fonda para refrescar el gaznate con un curadito de guayaba o mamey, o para acallar las tripas con unos buenos tacos de huitlacoche, de nopalitos con pedacitos de carne de xoloitzcuintle, liebre, pato, rana y demás exquisiteces de la cocina del Potzolcalli. Y el maestro observaba mi desempeño en la escritura, y empinaba el tarro mientras se limpiaba con el dorso de la mano. Echaba un ojo a mis tareas, corregía, premiaba según lo ameritase mi esfuerzo, y me castigaba con colleja en la nuca que sonaba meco si la falta era grande. Después le metía una mordida a su taco y otro trago al tarro para que resbalara.

Y mientras yo permanecía sentado a esa banca, Nagual no se despegaba de su capa. Hiciese frío o calor no dejaba de vestirla. Usaba la de algodón blanco, más vaporosa y ligera. La primavera había hecho su aparición y con ella la temperatura si no caliente, al menos daba la oportunidad de llevar a la mayoría de los hombres que así lo deseaban el torso desnudo. Sin embargo, Jaguar no se permitía esta licencia, debajo de la capa llevaba tanta obsidiana como la habida en los talleres de la sierra de las navajas. Sabía por propia experiencia que en cualquier momento le podían poner un cuatro y dejarlo más frío que los alientos de los dioses del volcán Popocatépetl. Mi amo se meneaba más que un puma dentro de una jaula. Decía que la mejor manera de mantenerse vivo era estar activo, porque así la huesuda no nos podría agarrar. Recolectaba información para saber por dónde le podía llegar la puñalada, y si no se lo veía caminando entre los campos de flores de Xochimilco —mejor conocidos como chinampas— donde sus varios contactos alguna pista le podrían proporcionar, se montaba en una barcaza inmensa para transportar piedra desde Xaltocan para interrogar a sus tripulantes. Para mitigar el hambre y seguir, saltaba a una cocina flotante —esas lanchitas que abundaban en nuestros lagos y vendían comida—, compraba un taco de frijoles, de flor de cempasúchil o de maíz, y vámonos recio, a seguir sus interrogatorios. Andaba en los tianguis, ya fuera el de Tlatelolco platicando en alguna fonda improvisada o dispendio de pulque; ya fuera en el de Acolman con amigas vendedoras de amor que le daban buena y valiosa información; o en el de Azcapotzalco, donde los esclavos eran capaces de soltar los secretos más increíbles con tal de obtener su libertad. También se desplazaba al barrio de Coyoacán donde más de un nigromántico le leía los frijoles o el humo del tabaco y demás hierbas sobre el agua. Malos pronósticos le auguraban, se debía andar con cuidado y mucho ojo.

Así estábamos esos días, con un ojo al gato y otro al garabato, mientras Tenochtitlán ardía en fiestas de las cuales se aprovechaban Pluma Negra y Ahuizote para promover a Cinco Yerbas hacia el trono. Al margen de nosotros, la ciudad era una explosión de flores, de cantos, caracolas y tambores que adornaban y acompañaban espectáculos tan lucidos como los juegos de pelota tlachco y los sacrificios gladiatorios. De ambos los había por todas las provincias, pero sin duda alguna los de Tenochtitlán no tenían comparación. Había concluido el Nappuallatolli —la reunión celebrada cada ochenta días donde los políticos de las distintas provincias entregaban cuentas al imperio—, y los dirigentes, después de extenuantes discursos, juntas interminables y prometedores acuerdos, estaban ansiosos por volver a sus casas o por ponerse gises y ahogados en las fiestas y asistir a juegos, orgías y sacrificios celebrados por el gobierno para agasajar a los miles de invitados venidos de todos los rincones del reino.

En dichas fechas hubo de lo primero, lo segundo y lo tercero. Y nuestro rey Ahuizote y su esposa principal, la reina Primavera Amanecer, eran aficionados a unos y otros. A Pluma Negra no le gustaban mucho, pero obedecía el designio popular y mandaba comprar o cautivar esclavos para ofrecer espectáculo constante durante las celebraciones. Nuestro fiero emperador gustaba lo mismo de la guerra que de la pelea cuerpo a cuerpo. Siempre pedía jóvenes guerreros del calmécac para quitarse el frío, y ni para eso le servían. Se hablaban maravillas de él: fuerza, fiereza y rapidez capaz de aniquilar a los más pintados. Un gran combatiente como lo debería ser todo emperador que se preciara de serlo y, aunque los años le hubiesen ablandado y atemperado la bravía, aún le quedaban los recuerdos de los viejos tiempos y lo celebraba en sus reuniones con unos cuantos esclavos sobre la piedra gladiatoria. La voz popular habla del sacrificio de ochenta mil esclavos para agasajar a Ahuizote, cosa que es a todas luces un despropósito. Esas cifras son más falsas que la ceguera del Ciego. Cierto que fueron fiestas por todo lo alto, de Temascaltitlán a Mixiuhcan, de Teuhtollan a Tlachtonco, de Mexicaltzingo a Iztacalco. Y así, en cada pueblo. A algunos esclavitos los mataban en su honor aquí; a unas doncellas, por allá; a niños, por acá, y a desollados, acullá. Y, para culminar con broche de oro, unos cuantos miles, quizá dos o tres mil, en la gran México Tenochtitlán Cem Anáhuac Tlali Yoloco, pero nada de ochenta mil sacrificados.

Sería mendaz de mi parte presumir de conocer el punto de inflexión que hizo cambiar a Ahuizote de ideología, es decir, ser partidario del regreso de Quetzalcóatl en vez de permitir su ininterrumpido sueño. Quizá, tal vez, posiblemente… Pero las cosas son así y por algo suceden. En esos tiempos las autoridades ya tenían reportes de nuestros espías infiltrados por todas partes, tanto en tierras de la triple alianza como provincias independientes, así como en territorios enemigos: profesores en calmécacs, guerreros y guardianes, jugadores o entrenadores de tlachco, consejeros de señoríos, zapotecas que pasaban perfectamente por olmecas, mayas con acentos múltiples que cambiaban de náhuatl a tarasco para regresar a su lengua natal con total naturalidad, comerciantes, traficantes, torturadores, simples vendedoras por las que nadie daría ni un cacahuate, traductores políglotas, putas o señoras regentas de casas de citas, políticos, simples sirvientes en casas de poderosos... Como podrán ver, uno no podía fiarse ni de su sombra. Todos coincidían en ver señales claras del regreso de Quetzalcóatl: provincias cada vez más rebeldes; reuniones más que sospechosas en casas de ricos; compras millonarias e inexplicables de armas; materiales y contrabando de mercancías valiosas y peligrosas; gente rara con comportamientos raros como ya lo mencioné, y asaltos a calmécacs e instituciones que resguardaban documentos, legajos y demás cosas clave para la independencia y preservación del imperio.

Las juntas de consejos se ponían color de hormiga. Participaba gente como el huey tlatoani Ahuizote, Pluma Negra, Acatlán, Cocomba el Blanco, Moctezuma, Tlacotzin, señor Tacámbaro, Bacalar, la directora Itzel... Y muchas autoridades y sabios venidos de todas partes: los de los reinos mayas, los hombres murciélago de los zapotecas, cholultecas... ¡Bueno!, incluso gente de la liga de Mayapán y representantes de la tribu del Sac Aktún... Con eso lo digo todo, así de hirviente y gordo estaba el problema. Eran verdaderas trifulcas, disquisiciones, testimonios de espías, peroratas, discursos, exposición de mapas de las zonas calientes... Quetzalcóatl sí, Quetzalcóatl no.

Los augurios designaban días aciagos, pero preocuparse de lo que no ha sido, es y será siempre cosa baladí y de necios. Lo mejor era gozar —y bien que lo hacíamos ejecutando a unos cuantos en esas piedras gladiatorias—. Algunos ricos en sus fiestas se lucían comprando dos, tres o más esclavos para animar un poco el mitote. Recuerdo uno o dos combates muy famosos por la bravura de los condenados, yo tuve el privilegio de gozarlos personalmente y desde las primeras filas.

Uno fue durante el tiempo de nuestro señor Ahuizote. Si la memoria no me traiciona, la pelea del esclavo sin pies sucedió durante esa época, la de nuestra aventura. Una imagen puebla mi mente y me hace afirmar la contemporaneidad de ese suceso con el nuestro: Ahuizote sentado en su trono, y a su vera Chan Can Tun observando el espectáculo. Charlaba el rey y negociaba acuerdos con el Halach Uinic quien gobernaba a los cocomes y, además, era el embajador oficial del equipo de tlachco de los Bacabs Mayas que venían de camino hacia Tenochtitlán para enfrentar a los Jaguares Negros. El rey y Halach Uinic acordaban la apertura de nuevas rutas comerciales, y el intercambio de grana cochinilla por plumas de quetzal; dagas, coconas y cuchillos bien afilados por cristales para verles las fauces a pulgas y hormigas; mujeres por esclavos; casamientos; sacrificios y demás trueques. El público en la plaza clamaba sangre. El primero de los esclavos fue para, como no podía ser de otra manera, Cinco Yerbas. El sobrino hijo del emperador reventó el garrote entre mejilla y quijada y le dejó esta última colgando. Se mantenía el desgraciado en pie, pero inútil ante el grito eufórico de los asistentes que al unísono clamaban *Cuello, cuello*. El príncipe no se lo pensó dos veces, macizó el garrote y, apretando los dientes, le rebanó el pescuezo, la cabeza cayó y el cuerpo del esclavo se convirtió en una fuente roja que caminaba con desconcierto. El cuerpo inerte y sin cabeza fue arrastrado por dos mecates amarrados a los tobillos y seguido por los limpiadores que aventaban aserrín y cubrían la estela roja para evitar así resbalamientos con los siguientes gladiadores. Si se les podía decir gladiadores a esos verdugos. Como Cinco Yerbas estaba calientito, pidió el segundo y fue más de lo mismo; decidió retirarse entre el aplauso del respetable y las miradas aborregadas de las mujeres. Entre macanazo va y cabeza rueda pasaron otros dos o tres mientras Ahuizote aprovechaba para cerrar los negocios.

El último en subir a la piedra fue ese que les digo, el esclavo sin pies. Uno de nuestros soldados, muy alto y medio ciego —su nombre se ha evaporado de mi memoria— lo había cautivado en una guerra, tampoco recuerdo contra quién. Lo agarró desprevenido y por atrás, y le rasuró con la mediana ambos tobillos, dejando los huaraches con los pies hasta la altura de los tobillos sembrados en el lodo. El cautivado resultó ser un guerrero de élite. El soldado de la gesta fue ascendido inmediatamente por orden directa de Ahuizote, de simple soldado raso a tequíua por haber cautivado a guerrero tan valioso. Eso se llama suerte de principiante. Mucha suerte. Sin embargo, aunque el sin pies fuera un gran guerrero, cosa que todo el mundo sabía porque al ser cargado por otro guerrero hacia la piedra gladiatoria habíanle dejado conservar sus insignias, y la bandera de plumas azules de quetzal lucida en la espalda lo avalaba, no despertaba ninguna expectativa. Si a uno entero se lo cargaba la huesuda en un suspiro, un mutilado, ni hablar. Pues, ¡qué equivocados estábamos todos! En menos de lo que canta un gallo, el sin pies ya se había despachado a dos muy buenos combatientes aztecas. La conmoción era general, y el silencio cayó como loza gigante de granito entre la masa. Incluso Ahuizote se mostraba algo serio. Se suponía que sus gladiadores estaban ahí para hacer una demostración de fuerza. Que un tullido extranjero diez uñas viniera a dar clases a Tenochtitlán irritaba e incomodaba un poco a nuestro rey, que veía la sonrisa ligera y burlona de su invitado. Él hacía lo posible para seguir distrayéndolo y dejando el combate en segundo plano.

Comentaría no sé qué cosas para quitar hierro a la humillación acaecida en sus hombres y trataría de desviar la atención del maya. Nuestro emperador perdió la paciencia cuando el sin pies se despachó al tercero y al cuarto en menos de un suspiro, y dejó a toda la gente de la plaza boquiabierta. Sin poder ocultar la ira en los ojos ante tal humillación, no se lo pensó dos veces. Se levantó de su asiento con su inmenso penacho de plumas verdes de guacamayo y alzó la mano. Cualquier ruido se extinguió como las llamas con el agua. Uno de sus tantos achichincles le sostuvo la corona de plumas, se desabrochó el pectoral de placas de armadillo y dejó al descubierto el pecho moreno, poderoso y musculoso, y de los nada despreciables brazos retiró los cuartetos de quijadas humanas a manera de hombreras y enlazadas con fuerte cuero. Se desembarazó de la capa, bajó de su estrado y fue directo y con rostro serio ante el esclavo; este se atrevió a mirarlo a los ojos. Todos estábamos arrodillados hasta que nuestro señor dio la voz y nos alzamos evitando su mirada, mas sin dejar de ver el escenario. Hizo los saludos de cortesía, a lo que el esclavo respondió:

—Un placer morir en manos del señor del imperio más poderoso desde el mar del amanecer al del anochecer —pudimos escuchar de la fuerte y jadeante voz del gladiador.

Visto y no visto. No sabría decirles si se dejó matar o era tal la magnificencia de nuestro señor Ahuizote en estas artes. Total. Llegó, hizo un cruce de manos, le dobló el brazo, se pasó a su espalda en un santiamén y le tronó el garguero, todo en uno. Más o menos como Brazo Piedra con el guardián del tzompantli. Que los dioses te acompañen en tu viaje, fiero guerrero. Algo así dijo nuestro emperador.

Se bajó para dirigirse de nuevo al sillón imperial y seguir negociando. Todo fue una explosión de júbilo y admiración a nuestro emperador, que acrecentaba aún más su fama de fiero combatiente. Las caracolas comenzaron a tocar para animar el ambiente, acompañadas de los tambores de piel de venado, pecarí o humana, sostenidos entre las piernas de los músicos, quienes las tamboreaban estrellando las palmas de las manos como si en eso les fuera la vida. Sin embargo, sobre esa lucha de Ahuizote no se ha escrito mucho. Poco quedó en el amate de las muchas batallas del fiero emperador. En cuanto se hizo con el mando, para distinguirse de su cobarde hermano Tizoc, retomó las provincias que este había perdido y amplió el imperio después de varios años de sequía. Tampoco se hablará de los más de cuarenta pueblos sometidos bajo su mandato ni de los rebeldes sofocados que años antes habíanse emancipado. Al sur, nuestro imperio bajo su mando, llegó a abrazar a Cihuatlán y demás provincias que nos proveían de jitomates, mangos, cocos, sandías y aguacates. Y todas las tierras del soconusco. Coixtlahuacas y otros estados de los mixtecos y zapotecos, entre muchos otros, se nos rindieron a los pies.

Nos dirigimos esa noche Nagual, yo y demás camarilla a la celebración del amor, más conocidas como Mitote Tlazohtlaliztli, realizadas durante dichos días para dar la bienvenida a la primavera. Miles de personas se desplazaban a los distintos mitotes ofrecidos por todos los rincones del imperio. Como hormigas en caravana, avanzaban a los lugares de reunión. Yo nunca antes había estado en un evento así donde se combinaba todo: amor, lujo, comida y bebida, diversión, sexo, mujeres hermosas, corcovados, deformes, gente con los más estrambóticos peinados y los más bellos tatuajes y disfraces. Todo ello entre espectáculos de fuegos y malabares. No vayan a creer que todo era rezo, religión y sacrificios, también sabíamos divertirnos, y para eso estaban juergas como esas. Raro era quien no asistiera a una de estas reuniones donde no faltaba la buena música y con ella el baile, cada uno a la medida de sus posibilidades. Todo mundo la celebraba, tanto el pobre como el rico, el obrero como el escribiente, el rey como el lacayo, tlachiqueros como amantecas, en chozas de paja o en palacios de cantera y piedras y maderas finas y elegantes. Eran festejos de lo más variopinto. Los chamanes entraban en trance con humito y peyote; algunos sátrapas sacerdotes, así como pipiltin y maceguales, ayunaban varios días hasta la llegada de ese evento; las reinas se empeyotaban; los huastecos adornaban y pintaban sus miembros, y las purépechas, rapadas de pies a cabeza, solo con pelo en las pestañas, colgaban pinjantes de sus senos y de sus coños que abrían sus labios y dejaban visible la perla rosa de la zona imberbe. Y el emperador paseaba a sus cientos de amantes y les permitía acostarse con cuanto hombre, esclavo o quimera quisieran. Y todo el mundo soñaba despierto, bebía, fumaba y cogía. Cogía la reina y cogía el rey, y no cogía precisamente ella con él. No faltaban pócimas y mejunjes, así como hierbas en tremendos totomoxtles fumados y rolados en grupos pequeños o grandes. Los chismes se esparcían a una velocidad endemoniada, así como rumores, traiciones y las últimas bromas a la realeza o a cualquier personaje público que se pusiera a tiro para ser la comidilla durante las siguientes semanas en los mercados, tianguis, fondas, fuentes y demás lugares públicos. Fiestas donde una noche de sexo se convertía en amor eterno, y otras tantas eran de si te he visto, no me acuerdo.

Y claro, a más costilla del anfitrión mayores eran las sorpresas y, por esos tiempos, las mejores eran las organizadas por Dzul —el amigo de Jaguar, de los baños de vapor temascal— muy cerca del mercado de Tlatelolco. Otras bacanales que no desmerecían y cada vez cobraban más fama y prestigio eran la del peñón de los baños a cargo de un olmeca, la del barrio de los Amanteca y la de Coyoli, rumbo a Xochimilco. Nosotros nos apuntamos a la auspiciada por la princesa Acatlán, y organizada toda por Dzul desde el alquiler del lugar pasando por músicos, esclavos sexuales, amantes incondicionales, servidumbre, espectáculos, bocadillos y lo que se necesitase para hacer desa noche un momento inolvidable, que a los invitados les faltase vida para contarla, dando prestigio así al pagador. Se llegaba apenas tomar la avenida del Tepeyac, saliendo del recinto, se pasaba el puente de Los Niños Ahogados y, después, el desmontable del tecolote, y nomás encruzando este a la izquierda era el lugar de reunión. Sobre esa avenida del Tepeyac, rodeados por las aguas del lago, acompañaba yo al Nagual y sus amigos: el Profesor Boca Tarasca, el Ciego, Teo Mahui, incluso, cosa rara y excepcional, El Chamán se nos pegó, decía que ganas no le faltaban de mover el esqueleto y sacudirse la polilla.

Hablando de bailar, mover y sacudir, en pleno camino entre todo ese gentío empezó una gritadera, y a apartarse todo el mundo del camino. Y, en medio, una víbora coralillo bien colorada con anillos negros. No era raro que algún cargador transportase, sin él saberlo, en los guacales de madera que cargaba a la espalda alguno destos bichos ponzoñosos traídos de las afueras. Viajaban de polizones para aterrizar en plena ciudad, y causaban, como esa vez, el pánico. Todo mundo se quedó de piedra, excepto yo que me acerqué al animal con cautela, pero seguro.

—Natán, ¿estás loco?, ¡aléjate! —me dijo Teo Mahui.

—Tranquilo, Teo, a mí me hacen los mandados las culebras —le dije mientras me flexionaba hacia ella, agachado, con movimientos rítmicos e hipnóticos de mi mano.

Se hizo un silencio total, y en un abrir y cerrar de ojos yo ya la tenía bien agarrada de la cabeza entre los dedos índice y medio. Se acercó Nagual que sacó su cuchillo, y yo la expuse para que la degollase. No me pregunten cómo aprendí esa habilidad, solo me acuerdo de que, por allá en Xicalango, yo ya me movía como pez en el agua entre mazacoatas así y más venenosas.

—Chamaco cabrón, eres una cajita de sorpresas —dijo el Ciego mostrando sus dientes centelleantes.

Seguimos caminado y, mientras más nos acercábamos, el murmullo se comenzaba a convertir en verdadero ruido. Eran los gritos de los vendedores que lo copaban todo alrededor del palacio alquilado por Dzul. Vendían todo tipo de tonterías y baratija desde juguetitos de madera con forma de falos hasta aceites perfumados, bules para lavativas de bebidas embriagantes, dijes y colgantes. No faltaba el puesto de pulque bien frío o los fumaderos de hierbas poderosas para entrar ya bien entonados.

Los había quienes arribaban en sus sillas o literas de manos o, como nosotros, a pie. Y mientras hacíamos la cola, el Chamán discutía con el Profesor los mejores remedios para el cansancio y el vigor sexual.

—Nada como unos buenos huevos de guajolota recogidos a media noche y con luna llena, en baño de asiento y absorbidos por donde le platiqué, Profesor.

—Cierto, pero eso creo que es mejor para los que se han secado de tanto huile huile. Para la potencia, nada mejor que un poderoso chocolate con un poco de chile.

La princesa, en la puerta como buena anfitriona, daba la bienvenida a todos. Lucía bellísima con un vestido largo y rojo de algodón delgado que dejaba entrever su hermoso cuerpo, y como único adorno un collar de corales rojos con dientes muy blancos de niños pequeños entre los turgentes pechos, aretes también rojos y a juego con sus párpados. No necesitaba más. Como que, no queriendo la cosa, cuidaba cada detalle en tan magno evento, porque nunca faltaba la esperanza de que apareciera el emperador con su séquito de amantes o con la oficial, y una buena o mala fiesta determinaban muchas veces suerte o desgracia de por vida para el convidante. Aunque a la princesa ni maldita falta le hacía. Se encontraba a la entrada de la puerta con un enano corcovado montado en una especie de cajón de madera, como guacal, a las espaldas de un hombre fortachón que le servía de transporte. El hombrecillo andaba falto de estatura, pero sobrado de memoria, conocía todos y cada uno de los nombres de los mandamases y muchos otros que asistían a eventos. Alquilaba sus servicios de memoria prodigiosa, vivía como rey, de fiesta en fiesta, haciendo amigos por aquí y por allá, memorizando todos y cada uno de los nombres de los asistentes, de sus acompañantes, hijos, negocios y demás. Le soplaba a la princesa el nombre, vida y obra del invitado para no errar y, además, quedar bien.

Mientras llegábamos a la entrada, yo no dejaba de admirar la invitación que me acreditaba. Ahí se veía el quilate a espuertas: finísimas tiras de piel de tres dedos de ancho y una palma de largo, cada una con el retrato de la noble al lado de una caña, en alusión a su nombre, y la huella de su dedo abajo. Al Profesor Boca Tarasca no le había costado mucho trabajo conseguir unas cuantas, ya que fue la noble quien se las ofreció. Si Nagual se las hubiera pedido, también se las habría concedido, estoy seguro, mas mi amo en esas cosas era discreto, guardaba las distancias y acudía a este tipo de personas solo en caso extremo como lo fue aquel día con Cinco Yerbas. Eso sí, Jaguar no dejaría pasar la oportunidad de asistir para seguir escuchando los dimes, chismes y diretes que rolaban por el ambiente, y así ver el tamaño del sapo para medir bien la pedrada.

—Mi sobrino, majestad.

—Natán Balam, su majestad —dije tocando el suelo con la rodilla y la mano para después besar esta—. Para servir a los dioses y a usted.

—Hijo de uno de nuestros soldados desaparecidos en combate contra los zacachichimecas, su majestad —resaltó el Profesor Boca Tarasca.

—Natán Balam —dijo recorriendo con rápida ojeada mi cuerpo de arriba abajo y una ligera sonrisa—, diviértete.

Muchos años después comprendí que el éxito de las fiestas de Dzul estaba en la música y en los elíxires servidos. Era llegar y ser recibido por bellezas de preciosas chichis descubiertas con las aureolas pintadas en blanco y los pezones en rojo, con pronunciadas curvas para descarrilar a más de uno; así como hombres gigantes, toltecas sin duda alguna, labrados en oscuras maderas a juego con sus blancos y relucientes taparrabos que cubrían sus virtudes y disparaban las fantasías de unos y otras. Ofrecían en bandejas de barro rojo y brillante de Cholula bebida de frutas fermenta- das —como lo hacen quetzales, guacamayas, pericos, cotorras y lo- ros en las copas de los árboles poniéndose muy alegres, incróspitos y parlanchines—, que si uno se descuidaba se ponía una guarapeta de perder equilibrio y habla. La música de ritmos suaves y ligeros daba la bienvenida; y entre bocadillo, trago y chascarrillo con los amigos de Nagual, las melodías y los cantos se le iban metiendo a uno por todo el cuerpo al igual que los efluvios de los brebajes y los humos de lo que bebían y fumaban. Sin apenas uno sentirlo, la cadencia de suaves tambores y caracoles poco a poco aumentaba. Al cabo de unas horas, no habría quien no estuviera moviendo la osamenta con los pies bien apoyados en el suelo de mica o tierra húmeda.

Está de sobra decir que con tal hatajo de disolutos la diversión, risa y público estaba garantizado. Se tocaban varios temas en mi grupo y en muchos otros de los presentes: las apuestas por quién sería el nuevo emperador, la falta de trabajo y el aumento de la se- quía, así como el partido de los Jaguares Negros contra los Bacabs en el estadio de La Cazuela Negra. Sin embargo, el tema candente era Cinco Yerbas y el asalto a los pochtecas —ante lo cual Nagual conservaba el pico de cera y las orejas de coyote—. Lucubraba más de uno sobre autores físicos e intelectuales del fallido mag- nicidio.

—Seguro que son otomíes o tlaxcaltecas los muy hidepu… Que los encuentren y los cuelguen de los tompiates —dijo furioso Olontet, el comerciante de huaraches de suela de hule y organizador de los equipos de animación de los Jaguares Negros. Tenía tirria de sobra a los asaltantes de caminos porque en sus tres intentos por dar el paso de simple zapatero a pochteca, estos le desplumaron deján- dole solo el taparrabo como pertenencia.

—Yo jamás habría matado a nuestro príncipe, le levanto el teso- ro y nunca más me vuelven a ver el polvo —apuntó el Ciego tras sus gafas oscuras y con sonrisa irónica que mostraba dos dientes de oro reluciente a juego con el rostro tostado.

Reían todos los reunidos con sus tarros de pulque entre los que se encontraba el señor Siete Conejo, padre de Temilotzin, este último fue un valiente capitán, héroe de nuestros ejércitos y poeta muy importante en la época destos acontecimientos.

¡Esfuérzate!
Entrégate en la guerra.
Tlacatecatl, Temilotzin
¡Han huido los de Quetzalcóatl!

En la fiesta estaba también el gordo pintor Acozac, además de genio y maestro en el arte de los tlacuilos, era hocicón y echador. Después del tercer alipuz, los párpados se le cerraban delante de los ojos ya medio cuatropeados, pero el ánimo le permanecía intacto y se le aflojaba la boca y papada de sapo para opinar y dar sus teorías sobre los pulques de Tula. Los mejores, según él porque empedaban y pedorreaban poco, y la cruda del siguiente día apenas se sentía y sin provocar dolores de cabeza. Nadie le discutió al respecto, y viendo que ninguno picaba ni entraba al juego, trocó hábil de tema para mencionar sus fundadas sospechas sobre el origen tlaxcalteca de los asaltantes de Cinco Yerbas y los pochtecas. Y ahí sí, todo mundo se enzarzó en sabrosa discusión. Uno, no recuerdo quién, terciaba para presumir de tener contactos entre los de la tierra de las tortillas, y metía las manos al fuego diciendo que sí, que los pinches tlaxcaltecas estaban tras de todo eso porque se preparaba una conspiración seria contra la Triple Alianza —Tenochtitlán, Texcoco y Tacuba— y habíanse aliado con los de caras con grecas, es decir, los de Michoacán, y otras tantas tribus disconformes por los tributos sofocantes del imperio. El cambio en el rostro de relajado y alegre a serio de todos los que estábamos comprobaba una de dos: o que era un buscapiés del echador metiendo aguja para sacar hilo, o que de verdad la cosa iba en serio, siendo esto último muy probable. Pero rápido se les olvidó y callaron la boca cuando dos sirvientes pasaron ofreciendo bocadillos para todos los gustos: tortillitas rellenas de frijoles —que hoy les dicen sopecitos— y untadas con distintos manjares, carne de guajolote o venado, guacamole, huitlacoche, huevecillos de mosco de la laguna llamados ahuautle, vainitas de huauzontle y otras exquisiteces.

El ritmo ya se les había metido en los huesos. Toda la tropa golpeaba la suela del huarache contra el suelo al ritmo de la música, cada vez más buena y con ritmo más rápido y pegajoso. El Ciego de plano ya movía el bote y empezaba a bailar como trompo chillador. A lo lejos se empezaba a organizar la danza de la culebra, la mayoría de los jovencitos de mi edad se agarraban de las cinturas, tanto hombres como mujeres, y comenzaban a dar vueltas por el recinto. Nagual Jaguar, sin embargo, no perdía la pose y permanecía serio y quieto dentro de su capa de algodón a pesar del buen clima y de que todos los hombres andaban con el torso desnudo o con camisas ligeras y muy bonitas. Observaba e intercambiaba miradas con el Profesor Boca Tarasca, y ambos afirmaban con la cabeza hasta que mi amo se acercó al Profesor que estaba a mi lado, y le dijo de forma discreta como no queriendo la cosa:

—Tienen pinta de gente a sueldo.

—¿Van contra ti, Nagual? Yo me he portado bien y últimamente ando con buena estrella y proyectos importantes y del agrado del emperador —dijo el Profesor echando una mirada desafiante a dos tipos en el otro extremo del salón. Estos fingieron indiferencia cuando sintieron la vista perforadora del temachtiani Boca Tarasca.

—Puede ser, no lo sé.

—Pues yo te hago fuerte, ya sabes. A mí me dicen ranita y yo salto, solo pásame una mocha, una mediana o algo, y vamos y los mandamos a cuidar alcanfores y cempasuchil a esos hijos de xuchi lachi.

—Tranquilo, Profesor, sé que cuento con usted; veamos cómo se va moviendo el agua.

La fiesta comenzaba a desmadrarse un poco, la gente se desinhibía. Unos, para evitar la resaca y no caer en combate, se metían con bules, poderosos enemas de pulque e infusiones de hierbas para seguir volando sin estrellarse; a otros, se les hacía agua la canoa y les gustaba el atole con popote. Huastecos y purépechas con sus pinjantes colgando por todo el cuerpo comenzaban a buscar clientes;

maricones, lesbianas, quimeras, ambidiestros de ida y venida, floripondios, bugambilios, orquídeas y lilos prometían los placeres más eróticos. Debo admitir que, a pesar de lo bien que me estaba desenvolviendo con tan pocos días en ese nuevo universo y de actos tan heroicos como el del tzompantli, relacionarme con chicos de mi edad me resultaba complicado y vergonzoso. Más fácil me era degollar a un guardia que acercarme a chamaquitos o chamaquitas como los que ahí estaban bailando la danza de la culebra. Simplemente no me atrevía y no lo hubiera hecho de no haber sido porque una voz femenina gritó: ¡Natán!

Cuando oí mi nombre, una emoción recorrió mi cuerpo, como si un oleaje dentro de mi sangre subiera desde los pies y se agolpara en mi corazón. Cuando localicé en esa serpiente humana, que corría y se trompicaba por todo el salón, a mis amadas Mina y Muñeca de Jade, estas se voltearon al verme. Siguieron sin soltarse de las cinturas y riéndose felices. Supongo que puse cara de estúpido sin saber qué hacer. El Ciego con sus vidrios oscuros se acercó y me quitó mi tarro de tejate de las manos.

—Ataca, escuincle, con un poco de suerte nos sacas de pobres. Ahí vienen, enchúfate entre las dos y a las dos, y no aflojes. Usted diga que sí a todo, no se me achicopale aunque se llene de chilpayates —dijo el Ciego aventándome por la espalda.

No lo dudé y me abrieron espacio entre ellas. Aferrado a la cintura de Muñeca de Jade sin poder dejar de ver cómo le temblaban las firmes nalgas, yo no estaba dispuesto a detenerme. Ya podrían plantar la pirámide de Cholula, me la llevaba por delante con tal de seguir oliendo el delicioso perfume frutal que salía de sus cabellos. La culebra que formábamos se estiraba toda y se volvía a contraer. Los cuerpos de mis musas me emparedaban, y yo por atrás sentía los pechos firmes de Mina apretados contra mi espalda y por el frente… Bueno, ya mejor ni hablar, un cosquilleo entre las piernas me levantaba el taparrabos con mucha vergüenza, pero con más ganas de que no se acabara. Así seguimos bailando alrededor del salón por no sé cuánto tiempo más hasta que ellas me sacaron desa víbora para llevarme a un cuarto junto con otros cuatro o cinco.

Total, éramos unos siete u ocho entre hombres y mujeres tomando bebidas afrodisíacas, hablando no sé qué tonterías, yo presumiendo mi amistad con Teo Mahui y demás estupideces con tal de no sentirme menos. Bailábamos sin pena ni prisa, y yo ajeno a todo universo que no fuera eso, rodeado de mis dos estrellas estrechándome cada vez más hasta que danzaron a mi alrededor rozando sus pieles con la mía. Mina restregaba su culo precioso, redondito y lascivo en mi entrepierna despertándome el entre, y para rematar, Muñeca de Jade se había quitado el huipil y dejado al desnudo su torso y sus senos turgentes de gigantes aureolas y pezones pequeños como magnolias en primavera, y los rozaba con los míos. Se prendió a mi boca y buscó hasta el fondo como chupamirto de flor en flor, y yo bajé a morder sus turgentes chichis para volver a subir y abrevar de los jugos de su deliciosa boca mientras que alguien, no sabría decir bien quién, supongo que Mina, despareció bajo mi taparrabos. Yo no podía ver por la poca luz y porque Muñeca me besaba, y me agarraba de las greñas para volverme a bajar a morder esos ardientes volcanes. Y así, pa'arriba y pa'abajo, mordiendo y chupando, abrevando y lengüeteando. Que la boca se me haga chicharrón y la lengua carbón si no les digo la verdad. Una sensación como nunca antes me invadió, y las plantas de mis pies dejaron de acariciar el suelo. Yo flotaba aferrándome a la boca de Muñeca mientras algo desde allá abajo se me afanaba sin soltar ni dar tregua. Todo comenzó a dar vueltas a mi alrededor, y lo último que recuerdo es que cerré los ojos e intenté tomar asiento para recuperarme. Cuando volví a abrirlos, Nagual me sacudía con suavidad del hombro pronunciando mi nombre en medio de aquel salón solitario.

CAPÍTULO X

De cómo fue el espectacular juego entre los Jaguares Negros de México y los Bacabs Mayas, y cómo le tendieron una trampa a Nagual Jaguar en pleno estadio para matarlo.

A la mañana siguiente los recuerdos se me confundían entre la realidad y la fantasía, y así continuaría durante días sin saber cuánto de la noche anterior había sido verdad y cuánto quimera. No deseaba lavarme las manos ni tocarme los labios ni quería que el suave olor de los perfumes de Mina y Muñeca se desvanecieran. Cerraba los ojos, aspiraba y volvían a llegar sus esencias deliciosas y frutales, pero cada vez más lejanas ante los esfuerzos inútiles por retener sus fragancias, más presentes en mi imaginario que en mis narices. Todo esto era observado por Jaguar, que permanecía sentado en su petate con la espalda recargada en una pared fumando humito y contemplando a través de la ventana los volcanes Izta y Popo, aún con sus mantos blancos de nieve.

—Vete a comprar un jarrito de curado de mamey al tinacal de El Lagartija, a ver si así te despejas un poco. Y si no hay de mamey… pues de fresa o guayaba.

Aún hoy, pasados tantos años con recuerdos reales entrelazados con sueños y fantasías, no puedo distinguir a ciencia cierta la verdad de la mentira. Decir que Mina y Muñeca eran malvadas sería mucho, creo que, como todas las mujeres, que cuando se proponen algo terminan consiguiéndolo, máxime en cosas de amor, sexo, hijos y hombres. Así ellas consiguieron de mí casi siempre lo que quisieron y cuando quisieron, los tres jugábamos al gato y al ratón, ya se imaginarán quién era el ratón. Yo me escondía de ellas, pero, después, me ofrecía a los deseos y caprichos desas diablillas con disfraces de ángeles concupiscentes.

En esas lucubraciones me encontraba yo y no me daba cuenta ni cuándo ni dónde ni cómo habían transcurrido dos días. Caminaba como un muerto viviente esa tarde por la avenida del Tepeyac, crucé el puente de Los Niños Ahogados junto con algunos de los amigos de Jaguar. Nos dirigíamos al estadio de la Cazuela Negra de los Jaguares Negros, dentro del recinto sagrado de Tenochtitlán. Yo no me sentía del todo a gusto, a pesar de chascarrillos, bromas y cuchicheos de los que me circundaban. Una sensación de culpa me rodeaba, de las que le hacen a uno cerrar los ojos o apretarse el labio ante el remordimiento de sentir que se ha obrado mal. Un vacío recorría mi estómago cuando traía a mi cabeza las imágenes de la noche de la juerga. A pesar de haber alcanzado hacía poco la adolescencia y de nunca haber vivido en una gran ciudad como Tenochtitlán, yo no era ningún zopenco, y ya alcanzaba a verle las orejas al coyote cuando este se asomaba en forma de tentadores cuerpos de mujeres que se entregaban a un don nadie cuando podrían tener a sus pies a los hombres que quisieran. ¿Por qué yo? La pregunta zumbaba en mi cabeza sin parar, eran mucha jaula para un pobre pajarito. Dos princesas fijándose en un lacayo era muy obvio como para ser pasado por alto. Tampoco podía obviar lo de la tarde de la fiesta cuando Cinco Yerbas subió a la pirámide de Quetzalcóatl y las vi en sus literas. Estaba con ellas el tipo aquel de las uñas negras y afiladas y con el rostro pintado de azul que salió como demonio enchilado por mi amo tras mandarlo yo en dirección opuesta a la de su ubicación.

Había algo que no concordaba, pero como sabemos, nadie aprende en cabeza ajena. Llegaba a la conclusión de ser yo una simple marioneta al servicio de sus caprichos, un gusarapo resignado, feliz y deseoso de ser acariciado por las yemas de sus dedos aunque solo fuera para aplastarme y en eso me fuera la vida. Eso era lo que me causaba la sensación de vacío en mi estómago. Me cruzaba un sentimiento de traición hacia mi amo, de culpabilidad por haber sido tan hocicón esa noche, por presumir lo que no era, por decirles que en cierta ocasión le había rebanado el cuello a un hombre, y que, como andaba no pocas veces metido en muchas y peligrosas reyertas, me las sabía de todas todas, y que si esto, que si lo otro... Hablé como experto acerca de lo que debían hacer los Jaguares para ganar a los Bacabs: si hacían tal y cual estrategia, si colocaban a Teo como atacante y en medio campo a Piedra de Río para filtrarle los pases y hacer mella en su defensa, justo como había oído horas antes contar a Teo Mahui. También alardeé de mi gran amistad con esta estrella de tlachco de nuestro equipo y cómo había prometido meterme al partido para estar a pie de cancha disfrutando así de uno de los juegos más esperados durante toda la temporada. Por otra parte, un sentimiento de desahogo y alivio nacía en mi cuando sopesaba lo dicho y hablado, llegué a la conclusión de que nada deso era grave y no había nada que temer. Sin ser capaz de entender que no hay más ciego que aquel que no quiere ver.

✳✳✳

No es fanfarronería ni invención informarles a ustedes que, en esos tiempos, existían esparcidas dentro y fuera del imperio más de quinientas canchas de tlachtli, tlachco entre el populacho, y entre los cientos de tribus en y allende el imperio no hubo quien no amara y fuera apasionado de este juego: tenochcas, mayas, tarascos, mazahuas, cocomes, totonacos, toltecas, quichés, gente del país de las nubes: mixtecos y zapotecos, texcocanos, itzaes, tlatelolcas… Desde gobernantes y sacerdotes hasta campesinos y esclavos. Baste recordar, mi primer dueño me apostó y perdió en un juego de tlachco. Se ganaban y perdían reinos enteros, y se decapitaban a los ganadores para ofrecer sangre de campeones a nuestros dioses, aunque no siempre sucedía así, eso solo en los juegos con connotación religiosa. La cancha en forma de V, enclavada y por debajo del nivel del suelo simulaba la entrada al Mictlán y sus inframundos. Dos muy largos muros la conformaban, tan altos como dos o tres hombres encima uno del otro, y decorados con un aro a la mitad en ambos donde se intentaba meter la bola de hule. Las reglas variaban de pueblo en pueblo, y las canchas las había chicas y grandes. Pero en lo que se refería a los partidos oficiales celebrados a lo largo del año, como al que asistiríamos esa tarde, intentaban adecuarse siempre al mismo reglamento: cinco a ocho jugadores con tantos cambios de refresco como quisieran, iniciaban el partido los de casa, cada equipo aportaba la mitad de las pelotas... El dueño de la cancha negociaba con los rivales los pormenores y formas de ganar: tantos por anotar, finalización del juego si la pelota pasaba por uno de los dos aros y se declinaba la partida a favor del anotador. También negociaba el tiempo: cuatro cuartos con un descanso entre cada uno, y en el fin del segundo cuarto los jugadores se retiraban a los privados para ser masajeados, sajar heridas y derramar la sangre coagulada acumulada bajo la piel.

También era responsabilidad de los locales preparar la cancha, regarla, cubrirla con arena, imprimir en el suelo el símbolo de cada equipo muy en grande para que todo mundo desde las gradas más altas pudiese contemplarlo. En el estadio de la Cazuela Negra nos lucíamos con eso, porque hacíamos los escudos de cada equipo con muchas y muy bonitas y coloridas flores. La cabeza de un jaguar que se veía en el suelo de nuestro estadio se dibujaba con miles de orquídeas negras traídas de las agrestes selvas de Chiapas hasta Quauhtemala y más. El consejero de tlachco decidía quién sería el rayador, y en nuestro caso, casi siempre obedecía a los designios del organizador y administrador de los equipos de animación de los Jaguares Negros: Olontet. El mentado rayador se encargaba, como su nombre lo indicaba, de marcar con líneas de cal blanca los límites de la cancha, preparaba y cuidaba todos los detalles, proporcionaba refrescos a los jugadores y administraba la entrada de los vendedores ambulantes con comida y bebidas durante el juego. Corría las apuestas a trueco de un porcentaje. Además, detalle muy importante, decidía las pelotas de hule en cantidad y calidad, colocando cuatro guacales de madera bien recia y resistente tan grandes que bien cabían dentro cuatro hombres de pie. Eran colocados en cada esquina de la cancha y los niños recoge pelotas se encargaban de ir por ellas cuando salían disparadas muy lejos, y de proporcionar nuevas para asegurar la continuidad del encuentro. Esto de las pelotas era fundamental, cada equipo aportaba, como ya lo dije, la mitad de las usadas en el juego, ya que su botar era propio y cada equipo tenía diferentes proveedores. Las Hormigas Rojas de Azcapotzalco eran surtidas con bolas hechas en la región de El Manatí, mientras que los Bacabs preferían las fabricadas en Zacualpa por los Quichés. El nuevo entrenador de los jaguares tenía la obligación de convertir al equipo en el mejor, so pena de sacrificio, por eso los forzaba a entrenar con esos dos tipos más las oficiales, es decir, las de Tochtepec, que eran las más morrocotudas y brinconas, obligándolos a ser los más rápidos y precisos en pases y golpes tanto largos como cortos.

Si cuento todo esto, es para que vean a qué grado llegaba la pasión por este juego, historias y poemas para el tlachco fueron hechos en todas las épocas:

Juega la pelota Huémac: con los Tlaloques jugó.
Le dijeron los Tlaloques: "¿Qué ganamos al jugar?".
Huémac les dijo: "Mis jades, mis plumajes de Quetzal".
Luego dijeron los dioses: "Eso mismo ganas tú:
Nuestras piedras verdes finas, nuestras plumas de quetzal".
Ya juegan a la pelota: Huemac el juego ganó.
Ya luego van los Tlaloques a cambiar lo que a Huemac darán:
Por quetzal dan elotes; por plumas finas, panojas
En que la mazorca cerrada está. Él no quiso recibirlas, y dijo:
"¿Es eso lo que aposté? ¿No son, por ventura, jades?
¿No son plumas de quetzal? Eso... ¡quitadlo de aquí!".
Dicen los dioses: "Muy bien,
Dadle jades, dadle plumas...". Y tomaron y se fueron
Llevando sus propios jades...
¡Por cuatro años angustias y apreturas el tolteca sufrirá!"

Nos acercábamos al estadio y el ruido de la multitud pasaba de ser un zumbido a voces en desconcierto ininteligibles salpicadas de flautas, caracoles y tamborcitos sonados por los niños, comprados por sus padres a la entrada del estadio para mantenerlos entretenidos.

Abandonamos la avenida del Templo Mayor para doblar a la derecha, rodeamos la gigante fuente de Quetzalcóatl, donde días antes nos habíamos refugiado Brazo Piedra y yo, y pasamos enfrente del tzompantli sin yo poder evitar en mi mente la imagen del guardián degollado. A continuación, apareció el cono gigante, inmenso y tan alto que las cabezas de las personas que se asomaban desde la parte superior tenían el tamaño de mi pulgar. El estadio de los Jaguares Negros estaba decorado en su fachada por miles de cuadritos de obsidiana negra, y por unas letras bien grandes en coral rojo que formaban las palabras *Bienvenidos a La Cazuela Negra. Casa de los Jaguares Negros de México (Ximopanolti Tlacualcaxitl Tliltic Calli Oocelo Tliltic Mexico).* Existían más de quinientas canchas, estadios como el de La Cazuela habría unos quince repartidos por todo el imperio. Cercanos a Tenochtitlán estaban este de los Jaguares y otros dos. A tiro de piedra teníamos El Hormiguero de las Hormigas Rojas en Azcapotzalco, nomás tomar la calzada Tacuba y, al aparecer el mercado de los esclavos, se alcanzaba la esquina poniente para torcer hacia el norte y luego luego se veía. Un poco más lejos, al noreste y muy cerca de la ciudad de los dioses, que nosotros llamábamos Teotihuacán, se encontraba La Jaula de los Perros Salvajes de Acolman. Después estaban aquellos que necesitaban varios días de caravana para llegar hasta ellos: La Trinchera de los Bacabs Mayas en las Tierras Bajas; La Caverna de Los Murciélagos Zapotecas de Monte Albán; Los Lagartos en tierras olmecas; El Templo de los temidos Dioses de Curicaueri de las tierras tarascas, y muchos otros que en su día visité para apoyar a los Jaguares Negros en juegos de campeonato entre los diferentes reinos, pasión pura donde se jugaba más que una copa.

Unas horas antes de partir hacia el estadio, los Jaguares Negros se daban su particular baño de masas. Pasaban por distintos barrios donde la gente se arremolinaba para verlos y ovacionarlos. En esa ocasión —nunca lo olvidaré— salieron de un palacio muy bello en el norponiente de Tenochtitlán, que años más tarde sería adjudicado al príncipe Cuauhtémoc. Avanzaron por los tinacales, el barrio de los Vidrieros, de los Algodoneros, de los Tatuadores y otros más para entroncar con la avenida del Tepeyac y alcanzar el recinto sagrado, cruce previo de los respectivos puentes. No faltaban ollas, cazuelas y comales para hacerlos sonar a su paso infundiéndoles ánimo, confianza y buena suerte. Todos los golpeaban y el ruido no cesaba mientras ellos avanzaban. En ningún momento dejaron de acompañarlos los gritos, halagos y sonido de los instrumentos caseros. En medio de esa marea humana de júbilo y ruido, llegaron a la puerta principal del Estadio de La Cazuela que se encargó de engullirlos en medio de vítores y llevarlos hasta la zona reservada para estos héroes populares.

Nosotros estábamos cada vez más rodeados de gente en la calle de la Serpiente Emplumada, y en una de las esquinas del estadio, al lado de unos puestos de antojitos improvisados, comerciantes que vendían juguetes como caracoles, trompetas y banderines de papel amate con la imagen de la cabeza negra del equipo de los Jaguares y algunos más que, por unas semillas de cacao o por otros trueques, pintaban a los aficionados la cara de negro con una franja roja vertical de tres dedos de gruesa que bajaba desde la frente, pasaba por la nariz para morir en la manzana del pescuezo, imitando los colores de nuestro equipo. No era raro ver al Ciego en este tipo de eventos sacando provecho. Improvisaba guacales encimados uno de otro para formar una mesa y hacer el juego de dónde quedó la bolita; movía las manos con prestidigitación hipnótica para esconderla en conchas de mar apoyadas en la mesa o de plano la desaparecía. Un corrillo de paleros se aglutinaba alrededor como avispas en la fruta, y apostaba fuerte y ganaba el triple y más para calentar a los incautos y avariciosos. Estos terminaban por caer y arriesgar semillas o canutos de oro y T's de cobre para acabar desplumados. Antes del inicio del partido, el Ciego cerraba el negocio y dejaba tirados los guacales para reunirse con los paleros y repartir las ganancias de los pardillos caídos en la trampa.

El avanzar cada vez era más lento y torpe mientras más próxima estaba una de las cuatro puertas del estadio. Los cuellos de botella se apretaban, y nos transformábamos en una masa humana movida de forma lenta y con pasitos y arrastrando los pies. Esperábamos llegar al portón de madera negra, y pedir que llamaran a Teo Mahui o que él se apareciera de motu propio. Sucedió esto segundo. Con un fuerte silbido suyo como canto de golondrina, llamó nuestra atención, y entre codazos y apretujones, nos llegamos hasta él. Su persona toda maquillada en negro con una fruta dulce llamada Xagua, que se frota y al poco rato ennegrece todas las partes del cuerpo untadas, indicaba el ya pronto inicio del juego. En la espalda y hombros lucía su número siete: ●● en color rojo. Nos metió al Ciego, al Profesor, al Chamán, a Nagual y a mí. Brazo Piedra a esa hora estaría recuperándose de las heridas de Otumba en cama —al igual que Brasa Vaho— bajo los cuidados de la fiel esclava de la barcaza a la que había rescatado de la muerte.

—Les he conseguido lugares a pie de cancha, pasen con el hombre de la segunda puerta, yo me voy a equipar, que esto no tarda en comenzar. —Dio otro silbido al guardián para que nos viera.

—Suerte, Teo —dijimos varios al unísono.

Eso era ya un hervidero de gente cuando atravesamos los túneles para entrar al estadio. El ruido de trompetas y caracoles era ensordecedor. El segundo y tercer piso estaban a tope, y ni un alfiler cabía ya. Los vendedores hacían verdaderos juegos de equilibrio para colarse entre la gente con sus charolas en la cabeza, y ofrecían comida o refrescos, todo visto y supervisado por los jueces de cancha apoyados con guardianes bien pertrechados. Yo miraba extasiado, ya que nunca había pisado un estadio, y mucho menos en uno tan imponente y lleno de fauna tan variopinta. Algunos no se lo pensaban dos veces y llevaban sus guacamayas, boas, tlacuaches y pequeños lagartos prendados al cuello. No pocos pintaban en su pecho el número de su jugador favorito, como imaginarán, la mayoría lucía el de Teo. Era fácil distinguir los grupos de tlachiqueros, buhoneros y zapateros, por una parte, y más allá, entre humos de sahumerios y rezos, se descubrían grupos de mujeres en comandita muy ataviadas para la ocasión con sus cabezas adornadas con gorros cónicos, sencillos o con adornos, diademas de cuentas discoidales o sombreros de ala ancha y turbantes. Eran flechadas por las miradas de los ojos de galanes con plumas y tatuajes elegantes. En la parte media baja existían los palcos de honor, ocupados por gente de lustre y quilate que pagaban verdaderos dinerales por utilizarlos durante la temporada de tlachco y otros eventos organizados en ese mismo escenario. La gente volteaba a estos sitios con frecuencia esperando poder ver alguna personalidad. Era un hecho que el rey asistiría, era un partido oficial y por nada del mundo se lo perdería, además de ser el anfitrión para recibir y atender al Halach Uinic, Chan Can Tun, gobernador de la tierra de los Cocomes y embajador del equipo de los Bacabs. Pero, en esos momentos, aún no se hacía presente ni su invitado ni la princesa Primavera Amanecer ni su séquito de amantes, corcovados o guardias personales que solían rodearlo. Los murmullos que comencé a escuchar indicaban la presencia de alguien grande. Entre los balcones se asomaba la señora de Tula acompañada de la princesa Acatlán. Esta última vestía de manera similar a la fiesta donde había sido la anfitriona, pero agora con colores oscuros: vestido negro con un collar idéntico al de la fiesta. pero con corales negros con dientecitos blancos de niños. No necesitaba más para volver a lucir hermosa. Vio a mi amo, y este saludó con ligera inclinación; ella le dirigió una discreta sonrisa. La masa de gente seguidora de los Jaguares formaba una marea roja y negra y, como una mancha blanca en medio desa mole oscura, estaban los seguidores del equipo contrario, rodeados de muchos guardias cuidando el orden. Aunque raras, hubo ocasiones en que los ánimos entre las aficiones de ambos equipos habíanse desbordado y provocado verdaderas desgracias y matanzas. Mucho más frecuente era observar las riñas personales por algún espacio. También era el lugar ideal para ajustar cuentas antiguas entre hombres por damas, terrenos o dineros, y cualquier pretexto era ideal para clavarle al otro daga y cuchillo saldando así lo debido.

Y mientras unos gritaban llamando a los vendedores y otros organizaban cánticos, nosotros bajábamos para encontrar algún lugar en las zonas calvas aún restantes. Yo me dejaba llevar por la mano de Jaguar apoyada en mi hombro hasta que nos detuvimos casi a pie de cancha y al lado de una de las cestas donde se almacenaban las pelotas. Estorbaba esta un poco la vista, y esa era la razón de lo yermo del espacio ese, pero nos apañamos bien y veíamos casi a la perfección. A nuestro lado, Canek Anem observaba tranquilo los pormenores. Entretanto, el Profesor Boca Tarasca y el Ciego desaparecieron de nuestra vista y se instalaron al lado de dos bellas mujeres solas que, al parecer, les estaban bailando el agua. Ya instalados, yo no dejaba de mirar, embobado, hacia lo alto de las gradas, repletas de los colores rojo y negro; abajo, el verde del oloroso pasto húmedo me llenaba los ojos y las narices, y se confundía con el olor de las zanahorias rayadas que yo comía del cucurucho hecho con hoja de plátano, aderezadas con chile en polvo, sal y limón, y que Nagual me había comprado poco antes.

Los sonidos de los caracoles, acompañados de los de caparazones de tortuga, daban la segunda llamada, y prevenían para apurar el paso a los que aún andaban por los alrededores comprando baratijas o comiendo cualquier bocadillo. Yo estaba entre el Chamán y Nagual, y el primero mantenía conversación interesante con algún desconocido para mí, pero, al parecer, amigo suyo de antiguo por la confianza con la que la plática se desenvolvía. Discutían sobre jugadores, y el hombre ese conocía bien a los Bacabs, los había seguido en sus últimos juegos. Nos contaba sobre un tal Chaac Puuc, delantero muy travieso y puntiagudo, que muy pronto conoceríamos y comprobaríamos. También hablaba de una reciente adquisición por parte del equipo de los cabezas de pepino, un tal Itzigueri, exjugador de los Dioses de Curicaueri de las tierras tarascas, comprado por precio de corazón y sangre, al que habíanle ofrecido tierras, mujeres y sepan los dioses cuántas riquezas más. Junto con Chaac Puuc, formaban una dupla temible. Ambos, con la ayuda del equipo, habían conducido a los Bacabs a los primeros puestos y como rivales poderosos para ganar el campeonato. Nagual Jaguar no prestaba mucha atención a la charla, y a mí me descolocó de la misma cuando vi su rostro serio y con esa mirada tan suya anunciando peligro.

Yo intenté ver hacia dónde dirigía su vista y breves instantes después descubrí a los dos tipos de la fiesta de la princesa Acatlán, organizada por Dzul dos días antes. Los acompañaba un tercero con la mitad del rostro desfigurado. No me preocupaba que no estuvieran muy lejos de nosotros, lo que realmente me inquietó fue observar a los tres vestidos con capas, al igual que mi amo, cuando el día era apacible para andar sin camisa como la mayoría de los hombres en el estadio. Lo segundo que confirmó mis sospechas fue el cuchicheo entre ellos y cómo de reojo volteaban a ver hacia nuestra zona. No existía duda de que nos había visto.

El último llamado de caracoles y caparazones indicaba el inicio del juego. Ya no cabía ni un alma. Mi atención y preocupación por aquellos tipos fue disipada al ver a los dos equipos saliendo por las rampas subterráneas ante al alarido y aplausos del respetable. Los locales eran acompañados por dos jaguares como mascotas. Preciosos. Uno, negro y otro, moteado, muy ataviados y con sendos collares tan anchos como sus cuellos, llenos de joyas galanas y cascabeles en las gargantas de las patas. El equipo estaba encabezado por su pasador y capitán, Piedra de Río. Los Bacabs hacían lo mismo con Chaac Puuc. Bien protegidos los brazos, caderas, rodillas, pechos, piernas y muslos con cuero acolchado para golpear la pelota y no herirse. Caminaban con parsimonia al centro de la cancha, todos con casco del mismo material. Mientras los Jaguares llevaban pintado el cuerpo de negro, los mayas lo hacían en blanco, y sus números y demás detalles en rojo. Eran realmente poderosos e imponentes los jugadores de ambos bandos, voto a los dioses. Lo que terminó de sumirme en el centro de la cancha fue el juez principal, acompañado de cinco asistentes, ataviado con plumas verdes y rojas a manera de mechón. Avanzó hacia donde estaban los dos equipos, habló con los dos capitanes no sé qué diablos, supongo que sobre reglas de juego. Enseguida hizo pitar un silbato harto agudo que terminó de silenciar cualquier ruido si es que algún murmullo aún sobrevivía. Alzó la mano derecha, y el estadio entero, excepto yo por ignorante, comenzó a emitir de sus bocas el vocablo *Tlaaaaaa* con una A que parecía interminable hasta que el árbitro bajó la mano y todos —mayas, tenochas y cualquier otra tribu presente en las tribunas— cortaron esa *aaaaa* con un ¡*Tlachcooo*! Comenzaba el juego.

La pelota fue para los Jaguares. La movían estudiando al rival que también esperaba agazapado y observando. Durante los primeros minutos, el silencio fue sepulcral y las únicas voces escuchadas eran las de los dos entrenadores intentando afinar las posiciones de sus jugadores para un mejor ataque y defensa. El primer *¡Aaaah!* fue por un pase de Piedra de Río a Teo Mahui. Este último se zafó la marca de su defensa que se resbaló, y la pelota que volaba en el aire iba hacia Teo Mahui, pero muy por encima, entonces dio un salto como jamás he visto, y dejó boquiabierto a medio estadio. Suspendido en el aire no se lo pensó dos veces y le pegó con el hombro para intentar colocarla en uno de los cuadros pintados en rojo de la pared, y anotar así el tanto. Falló por menos de un pelo de rana pelona. El público local, no obstante, rompió en aplausos ante tan buena jugada. Poco les duró la pincelada a los de negro. Los blancos mayas se rehicieron y comenzaron a tocar fino y atacar peligroso. Los nuestros, desconcertados, se defendían con uñas y dientes. No tardó en caer el primer tanto de los contrarios, pase rápido y preciso de Itzigueri a Chaac Puuc quien, con tremendo caderazo, impactó el esférico en uno de los cuadros. El marcador se estrenaba, y el silencio del público local fue total ante el alboroto en esa mancha blanca de animadores de los Bacabs. Sus Uay Cot comenzaron a lanzar rezos y cánticos acompañados de danzas y sahumerios a las efigies de sus dioses labradas en madera: Itzamná, Chaac, Hunab Ku, Pawahtun, Kinich Ahau y otros. Algunos cabezas de pepino, ya visiblemente perjudicados por los efluvios del balché, cantaban y bailaban pasando más tiempo en el suelo que de pie. Olontet veía lo acontecido, se tomó muy en serio su papel de organizador de los equipos de animación y no tardó en movilizar a estos. Un hombre fortachón lo alzó a horcajadas entre sus hombros, y todos los animadores de los jaguares, es decir, casi el estadio al completo, lo pudo observar para seguir sus órdenes. Comenzó a entonar el *Oh Jaguar, negro Jaguar. Siempre te amaremos, las flores, los cantos y la luna para ti. Con tu piel negra o tu manto dorado lleno de estrellas, ¿acaso no te voy a amar? Oh Jaguar...* y el apoyo no se hizo esperar, desde el rey y la reina que ya asomaban al balcón hasta el último plebeyo presente —excepto los mayas— comenzaron a entonar el cántico creado hacía cierto tiempo por Culhuacán, un tlacuilo de Xaltocan, medio pintor y medio poeta, conocido de Jaguar.

Este cántico había cobrado tal fuerza en los últimos años que todo mundo lo había aprendido y hacía retumbar la Cazuela Negra. Era vida pura para nuestros jugadores cuando iban perdiendo, les daba un segundo aire. Quizá la letra, quizá todas esas gargantas entonándolo, no sé, pero los chicos del equipo lo escuchaban y se crecían. Olontet, que sabía dirigir y administrar muy bien los himnos y aplicarlos en los momentos adecuados, echaba mano de este en específico para salvar partidos dados por muertos o en momentos cruciales. El chiste es que sirvió porque enseguida los nuestros se anotaron un tanto, Teo firmó la obra de arte. Un balón imposible y con otro de sus brincos, revolcándose como gusarapo en comal hirviendo, golpeó el esférico con el muslo para colocarlo en el centro del marcador. Cayó de espaldas al suelo, y el tremendo guamazo le sacó el aire, pero poco le importó porque también él se quedó perplejo ante tal obra de arte. El grito fue un estruendo, y las gradas se desbordaban de la locura ante esa jugada digna de dioses. Meses después aún era comentada, y ya totalmente distorsionada, en fondas, garitos y fiestas. Los jaguares lograron alcanzar a los mayas, y las cosas estaban como al inicio, nada para nadie, uno a uno. Así llegamos hasta la mitad del juego, cuando las sombras ya eran largas pero la luz del dios sol Tonatiuh aún intensa. Los jugadores se retiraron, algunos con claros moretones pero todavía enteros y animosos. Lo hicieron entre fuertes aplausos y muestras de apoyo. Este tiempo fue aprovechado por algunos para ir a desaguar, hacer relaciones públicas, calzarse algún curadito de fresa, guayaba, mamey o lo que fuera, o de plano pegarse a algún grupito que estuviera fumando y rolando un buen totomoxtle para entrar flotando, bien colocados y con ganas de echar grito a su amado equipo. Pero la verdad era que muy pocos hombres se movían porque siempre en el medio tiempo existía el espectáculo de las ahuianime.

Me he referido antes a este tipo de mujeres, nada más fuera de la realidad. Estas mujeres pertenecían a la Casa de las Mujeres Guerrero —como Flor de Mañana lo fue en su tiempo— y destacaban por su belleza, buen cuerpo, meneo de caderas y atenciones sexuales a los guerreros. Se acostaban con cualquier hombre del ejército que ellas escogieran, uno o veinte, daba igual, ellas lo decidían y jamás cobraban por esto. Eran muy importantes, porque mantenían a las tropas tranquilas a la vez que estimuladas. En esa ocasión, durante el receso, hicieron la danza de la Guacamaya, y entre ellas lucía muy guapa y con cuerpo de escándalo Naolin, quien años más tarde se involucraría en nuestras vidas y nos causaría serios dolores de cabeza. Todos mirábamos extasiados el baile erótico de las danzantes. Movían las caderas poniendo nervioso a más de uno ante el enojo de sus parejas. Yo, que aún no había terminado el cucurucho de zanahorias, me lo coloqué a la altura de mi taparrabos. No tenía más ojos que para la bella Naolin, ningún ruido a mi alrededor existía hasta que algún lépero impertinente rompió el encanto diciendo algo así como *Niña, deja de mover la cuna que me estás despertando al escuincle.* Volteé buscando detrás al culpable, y mi amo hizo lo mismo, pero un tipo por delante y cerca de nosotros le pidió al Nagual que se callara y que fuera más respetuoso, cuando mi patrón ni siquiera había dicho pío. Adiviné quién era el autor del improperio cuando, por detrás de nosotros, un tipo con capa nos miraba. El que había mandado callar a mi amo también iba cubierto. El tiro estaba hecho, era una emboscada contra Jaguar. No se lo pensó dos veces. Me agarró del hombro con fuerza, metió la mano a la capa, sacó con discreción un puñal y un pequeño garrote y me indicó que se los fuera a entregar al Profesor Boca Tarasca. Me ordenó permanecer al lado del Chamán y su compañero y así lo hice esperando lo peor. Nagual Jaguar volteaba a su alrededor buscando algún resquicio o salida y ya tenía el puñal de su brazalete en la mano, listo para atacar.

Lo sucedido a continuación duró lo que pases tiene una buena jugada en el tlachco. Mi señor intentaba salir del estadio a un espacio diáfano donde poder moverse. Intentaba así, al menos, retrasar y complicar su suerte a aquellos tipos cada vez más cercanos que no le quitaban la mirada de encima. La jugada de Nagual se vino abajo porque otros dos tipos, esos de la fiesta que yo había visto antes, le cegaron el camino hacia la salida. No le quedaba otra. Saltaría a la cancha y brindaría, sin ser esta su intención, a los espectadores un espectáculo extra gratis. Como estábamos cerca de uno de los guacales, cuando pasó cerca tiró varias pelotas al suelo para embarazar el avance de sus sicarios. De poco le sirvió la maña, otros cinco más aparecían de quién sabe diablos dónde. Mi señor veía el fin de sus días.

Nagual Jaguar era muy bueno, el mejor luchador que he visto, pero siete eran muchos incluso para él. No se lo pensó dos veces y fue fiel a su filosofía, se defendió atacando. Sabía que moriría, pero al menos dos o tres desos hijos de tal por cual lo acompañarían al Mictlán. Al primero ya le había obsequiado un pase directo en forma de puñal bien lanzado y clavado en el fondo de su maldito corazón de matarife a sueldo. Encomendarse a sus dioses le fue imposible a aquel desgraciado. Agora ya solo quedaban seis. La atención al baile de las danzantes ahuianime se había desviado, y estas desaparecieron gritando despavoridas en menos de lo que canta un gallo al ver la que comenzaba a cocinarse. Toda la atención del estadio se concentraba en el espacio de pasto verde y rayas blancas. Al Jaguar no le quedaba más que batirse y revolcarse como un demonio, y así lo hizo con una técnica llamada del rehilete. Agarrando un arma en cada brazo y estirándolos tanto como le fue posible, comenzó a dar vueltas sobre sí mismo intentando mantener a raya a los agresores. Estos intentaban encajarle el diente como los dioses les daban a entender, pero no parecían ser diletantes en el oficio de las armas. Uno dellos sacó pronto un puñal, lo lanzó a la cabeza de mi amo para hacer mella a medias y le alteró el equilibrio. Nagual Jaguar supo que le había dado, porque comenzó a sentir la vista nublada por la sangre que bajaba de la cabeza a la cara. Sin embargo, se necesitaba mucho más para acabar con ese guerrero. Nagual Jaguar paró de dar vueltas y decidió atacar frontalmente a uno de los enemigos, y mientras uno de los tipos intentaba clavarle la mocha sin éxito, a sus espaldas los otros iban a darle muerte. Pero no contaban con que un hombre enjuto salió volando de quién sabe dónde para colgarse del pescuezo de uno de los asesinos y rebanárselo en el instante, ni tiempo para un *Madre mía*. Era el Profesor Boca Tarasca. Ya solo quedaban cinco. Ante el desconcierto de los atacantes, el Profesor le gritó a su amigo: *Espalda con espalda, Jaguar. Bien vendidos o bien podridos.*

Tiempo después me contaron algunos testigos de los palcos que no hubo espacio allá arriba para ver el espectáculo.

De repente, desde el tumulto de nobles que se arremolinaban Cinco Yerbas llegó a la cancha como un rayo. Había escuchado de los labios rojos y carnosos de la princesa Acatlán el nombre de Nagual Jaguar, y comprobado con sus propios ojos cómo este se rifaba el físico y la vida en el campo de juego convertido en arena. Quizá se sentía en deuda con aquel hombre sincero que días antes le había salvado la vida, quizá lo hizo para lucirse ante todo el estadio, no lo sé. La cosa es que, ni tardo ni perezoso, el príncipe participó en la melé ante el grito y el alboroto de las mujeres. Inició con el pie izquierdo, uno de los contrarios le rajó el brazo, pero Cinco Yerbas no se arrugó ni se achicopaló y le entró sabroso a los cocolazos.

Por su parte, Jaguar estaba en las últimas. Sangraba por la cabeza como un degollado, y una nueva herida en el pecho hacía más escandaloso el asunto. El Profesor estaba en las mismas, con su manto negro rajado por el pecho que dejaba ver las cadenas de oro colgando de su cuello. Yo me acerqué a la cancha al lado del guacal de las pelotas de hule. No tenía huevos para meterme de lleno en la reyerta sin arma alguna. ¡Cómo deseaba la presencia de Brazo Piedra! En ese momento oí ruidos. Eran las guardias imperiales descendiendo de los palcos y ordenadas por Ahuizote. Tuve un respiro de alivio, pero poco me duró el gusto. El Profesor se batía en un segundo aire con uno de los contrarios sin aflojar ni un ápice, y lo estaba derrotando. Pero Nagual y Cinco Yerbas yacían en el suelo y, encima dellos, dos matachines prestos a reventar y encajar sus medianas y mochas en las cabezas desos valientes. Ni los dioses ni las tropas del rey, aún muy lejos, serían capaces de evitar la desgracia. Entonces decidí hacer de tripas corazón. Agarré dos de las tremendas bolas de los guacales, boté una de ellas y la tomé al vuelo para lanzarla a la cabeza del agresor del príncipe. Repetí lo mismo con el que agredía a mi amo. Fue todo uno en un abrir y cerrar de ojos. Visto y no visto, los dos sicarios cayeron noqueados. No era para menos con tremendos golpes de tan duras, pesadas y morrocotudas pelotas. Intentaron ponerse de pie, pero ni a gatas mantenían el equilibrio los móndrigos infames. El estadio entero quedó en silencio, y mi acción dio el tiempo necesario a las guardias para llegar y arrestar a todo el mundo, excepto, como es obvio, al príncipe, que se acercó al Jaguar mal herido para decirle *Agora sí, estamos a mano, soldado Nagual Jaguar.*

El noble se retiró entre la ovación del público. Las damas fueron las que más fuerte aplaudían y piropeaban a Cinco Yerbas ante las sonrisas mal disimuladas de Pluma Negra y Ahuizote que intercambiaban miradas cómplices.

CAPÍTULO XI

De cómo Nagual Jaguar fue interrogado por el consejero del emperador, Pluma Negra, y lo que aconteció con aquel del antifaz azul de plumas que estuvo en ambas negociaciones y el detalle del príncipe para con Nagual Jaguar.

Todos fueron arrestados, excepto Cinco Yerbas que, cuando pasó al lado de Jaguar, a quien llevaban medio desmayado, pero no tanto como para no otear a su majestad, solo le dedicó una mirada y asintió con la cabeza. De los atacantes de Nagual poco se supo. Aparte de los muertos en la refriega, los vivos fueron llevados a las catacumbas del Templo Mayor —aciagos augurios—.

Después de tremendo espectáculo gratis, los jugadores saltaron al terreno de juego para concluir la segunda mitad. El partido fue espectacular, es lo que me contaron más tarde porque yo ya no lo vi.

Me fui directo tras de mi amo que lo sacaba medio desmayado uno de los guardias del príncipe para llevarlo a la zona de vestidores de uno de los equipos y curarlo. El Profesor salió tambaleando, pero por su propio pie, como digo todo mundo detenido. Yo permanecía fuera del recinto donde atendían a mi amo, y solo escuchaba los alaridos que venían de arriba. El público celebraba cada jugada y ahogaba sustos ante el peligro de los visitantes cuando atacaban. Aunque ya no vi el resto del partido, los gritos de las celebraciones cuando marcaba nuestro equipo eran un estruendo de júbilo inigualable. Y cuando los otros metían el esférico en la argolla, se producía un ruido de júbilo, pero apenas audible y acallado por los abucheos de los nuestros. Total, que el partido terminó tres a dos para los de casa, con pase de Piedra de Río a Teo Mahui que con una finta le quebró la cintura al defensa maya —que aún debe estarse acordando con la cadera torcida y revolcándose en su tumba—, quedando libre para filtrar la pelota a su otro compañero de ataque, Nueve Puma, y le dejó el tanto de la victoria en bandeja de plata. Lo que los acercaba un pasito más para intentar ganar la copa imperial del torneo, aunque aún sobraba andadura por recorrer y equipos muy potentes que no lo pondrían nada fácil.

El Profesor fue liberado luego luego, al día siguiente. La entrada de nuevos alumnos al calmécac estaba a la vuelta de la esquina, y él era fundamental en el proceso de selección. Al menos así lo consideraba Cocomba el Blanco, máximo dirigente de escuelas telpochcalli y calmécac de todo el imperio. Cuando el director de largas y blancas barbas y cabelleras se enteró de lo ocurrido, comentó sus peticiones a Pluma Negra y Ahuizote. Estas se llevaron a cabo en un abrir y cerrar de ojos, y el maestro volvió a ver la luz del día, sin ningún rasguño, con la única condición de presentarse a declarar sobre la trifulca.

Nagual Jaguar fue conducido por dos guerreros águila desde el fondo de las catacumbas del tzompantli escaleras arriba entre fuertes medidas de seguridad y lamentos de los condenados y torturados. ¿Por qué a él lo habían llevado al tzompantli y no dónde sus sicarios? Lo llevaron por pasadizos, laberintos, puertas y muros giratorios secretos hasta llegar a un gran salón de altas paredes elegantemente decorado con pinturas empotradas en los muros y encuadradas en coral rojo incrustado. El último toque de distinción lo remataban las pieles de lobos, osos y coyotes que cubrían cada resquicio del suelo. Ese confort era congruente con el ambiente de alta política, gobierno y cosas graves que parecía despacharse dentro desas paredes. Cuatro tlacuilos agachados sobre sus petates mojaban sus pinceles en los cacitos de barro llenos de tinta, y escribían lo que les mandaba el hombre al fondo de la habitación que se paseaba de un lado al otro de la misma. Este sostenía una pelotita en la mano que lanzaba una y otra vez hasta tocar casi el techo. Parecía usarla como terapia, y muy buena, porque las ideas le fluían directo de la cabeza a los oídos de los escribientes y destos, al papel amate. Dictaba de manera continuada, sin pausa, ante el apuro y la tensión de los hombres cuyos dibujos se revelaban perfectos a pesar de la rapidez. Ninguno parecía haberse percatado de la llegada de Nagual, agarrado en cada brazo por los guerreros águila. Estaba de sobra esa contención, porque el preso iba bien atado de las muñecas a la espalda y con un yugo de madera al cuello como los esclavos. Sin embargo, dada la delicadeza del caso y la fama del reo, cualquier medida precautoria parecía poca. Pues ni toda esta formalidad despertaba el interés de la guacamaya colorada que se paseaba de estaca a estaca, clavadas en un muro expresamente puestas para ella. Lo mismo sucedía con el lobo pardo que se confundía entre las pieles y descansaba a los pies del que dictaba. Este último no parecía interesarse por el hombre que juzgarían y quizá sentenciarían a muerte.

Así transcurrió un buen rato sin que ninguno de los tres hombres de pie, el reo —con dos vendajes teñidos de rojo y mal colocados en pecho y cabeza— y sus vigilantes osasen moverse o quejarse. Escuchaban y atendían cada una de las palabras ordenadas por el otro a sus cuatro achichincles. Durante ese tiempo, Jaguar había aprovechado para observar salidas y escapatorias posibles, mera rutina militar, ya que era inútil pensar en huir. La fuerza, circunspección y poder que se respiraba en aquel lugar lo alcanzaría hasta el fin del mundo, dictaba las reglas del imperio. Lo que sí realizó con más detalle mi amo fue el estudio del individuo que no dejaba de pasearse aventando la bolita negra hacia el techo para atraparla y volverla a lanzar, una y otra vez. El pelo, aunque largo, era muy bien concertado a manera de trenza pegada a la cabeza que llegaba por debajo de la nuca. Vestía un camisón oscuro de fino algodón que hacía juego con las dos cadenas de oro con grandes piedras verdes, chalchihuites, que le colgaban del cuello y le daban aún más autoridad.

Pluma Negra era grande entre los grandes. El hombre detrás del trono como lo había sido su padre, el Gran Tlacaélel, y demás antepasados con cargos siempre muy importantes entre la realeza azteca. Ordenaba la dirección y el futuro del imperio, y administraba las riquezas de todo lo que entraba y salía del reino como sueldos de miles de espías, ayuda a pueblos cuyas cosechas les había caído el chahuistle, exigencia del aumento del tributo a los que empezaban a crecer mucho... Decidía qué pueblos había que conquistar y cuánta riqueza debían tributar entre otras muchas funciones clave para el buen funcionamiento del creciente y aún floreciente y joven imperio de México Tenochtitlán. Desde su nacimiento había sido educado para mandar. Su padre así lo había determinado, y lo paseaba desde muy niño por las cortes y pasillos imperiales con el fin de hacerlo mamar la cultura de la alta política, la etiqueta y el protocolo de los pipiltin más poderosos reunidos en los palacios, y cuyas decisiones forjaban lo que sería el reino más majestuoso nunca jamás concebido. Cuando otros altos mandos políticos intentaron disputarle o arrebatarle el puesto, Pluma Negra, ni tardo ni perezoso, hurgó sendas trampas para ofrecerlos como sacrificio a los dioses. Los únicos que se salvaron de su poder, por la gran amistad que les unía de familias y de juegos de infancia, fueron el sacerdote de Texcoco y el tesorero de Tacuba, Lobo Hambriento y Oreja Sangrante. Al primero lo mandó al Chayal, allá por Kaminaljuyu como señor recaudador de impuestos; al segundo le respetó el puesto y la vida, pero no la geografía. La inexpugnable e inaccesible fortaleza de La Liga de Mayapán fue su nuevo destino. Por el consejero supremo pasaban todos los asuntos importantes del imperio, y no había quién discutiera su magnificencia sobre la faz de la tierra. Desde Etzatlán hasta Xcaret, desde tierras de las aguas del amanecer en Xicalango hasta las negras, espesas e insondables selvas del Soconusco. Todo mundo le reconocía y se cuadraba ante su imagen. Un hombre dotado con todos los conocimientos y poderes para dirigir al imperio y, sin embargo, al igual que su padre, prefería el puesto detrás del trono, discreto y sin hacer mucho ruido. Como las serpientes más venenosas.

Cualquiera ante su presencia se descubría y agachaba a besar la tierra, admirado ante alguien tan encumbrado. Mi amo hubiese hecho lo mismo de no haber sido por ese yugo y las manos atadas que le entorpecían cualquier labor. Lo que sí hizo fue sorprenderse al reconocer en su persona al hombre disfrazado de escamas naranjas y negras que ordenó, el día del encargo de la misión, meterles un susto a los supuestos comerciantes que entrarían por balsa la famosa noche del asalto. El que había pedido poca sangre —solo una buena arrastrada sin víctimas que lamentar— y que era tratado con mucho respeto por aquel de los pelos como cepillo de alfileres y uñas negras y afiladas. Cualquier incertidumbre por parte de Jaguar fue disipada cuando reconoció en su mano izquierda el anillo de puma con el jade verde engastado entre las fauces del felino. Y, para rematar, golpeaba con el puño de forma ligera la mesa. Incluso el tono de voz en ese momento le resultaba familiar.

Triste es mi calaverita, habría pensado Nagual al descubrir en Pluma Negra al primero de los pagadores de sus servicios. Guardaba la esperanza de que, al menos, lo desterraran mandándolo a algún lugar lejano como había sucedido en su tiempo con el sacerdote de Texcoco o el tesorero de Tacuba, pero bien sabía mi patrón que esas eran ilusiones. Ya veía su cráneo en lo alto del tzompantli, para después rodar escaleras abajo desde lo alto del Templo Mayor, y su cuerpo pintado en gris o en azul, qué más daba el maldito color. Ya se podía ir despidiendo desta vida. De las garras de aquel hombre, el segundo en poder después del emperador, nadie se salvaba si él lo deseaba, así se lo había hecho saber Dos Perro, uno de los guardias de las catacumbas que lo custodiaban, amigo personal y subordinado de Jaguar en antiguas batallas y mejores tiempos. Cuando lo sacó para llevarlo ante Pluma Negra, unas horas después del arresto, le dijo:

—Quién lo ha visto y quién lo ve, querido Jefe Nagual Jaguar. ¡En la que se ha metido! De verdad lo siento —le dijo Dos Perro llevando el puño derecho al hombro izquierdo con el rostro realmente compungido por lo penoso de la situación.

—Si así me metí, así saldré —contestó aparentando cierto optimismo mientras lo sacaban de la celda, y otros dos le amarraban las manos y le colocaban el yugo para llevarlo escaleras arriba.

—Con todo respeto, jefe, no es cuestión de huevos, sino de rango y jerarquía, y en esas lleva todas las de perder.

—También teníamos todas las de perder en la emboscada de los tecuanipas, los de la nieve, allá en el Popocatépetl. ¿Te acuerdas, Perrito?

—¡Cómo no me voy a acordar! Verdad de la buena, jefe. *No abandonamos a ninguno de nuestros hombres, aunque la nieve se vuelva roja.*

Muy cierto, Nagual nunca dejaba morir ni abandonaba a sus hombres. No perdía la esperanza y luchaba hasta el final aunque fueran batallas perdidas, como había sido la del día anterior donde la esperanza había llegado en nombre de Profesor Boca Tarasca y Cinco Yerbas. También era cierto que yo había descontado con tremendos balonazos a los posibles asesinos de Jaguar y Cinco Yerbas, pero, de no haber sido por este último, las guardias imperiales y del orden del estadio segurito no hubieran actuado con la rapidez y la presteza exigidas cuando la vida de un miembro de la realeza estaba en peligro. Y entonces sí, triste hubiera sido nuestra calaverita.

—Desátenlo y déjenme a solas con él —irrumpió el consejero los pensamientos de Nagual Jaguar.

Mi amo lo miraba fijamente mientras el consejero supremo veía otros legajos. Habían quedado solos los dos hombres, nadie más, de no ser por el parloteo de la guacamaya, palo arriba, palo abajo, mientras pelaba semillitas de girasol. El lobo de plano se había dormido a espaldas del Consejero Supremo.

—Mixtli, Nube Negra. Soldado quachic bajo los imperios de Axayácatl, Tizoc y Ahuizote —dijo Pluma Negra mientras leía los símbolos en el historial marcial de amate de Jaguar—. Sin embargo, con este último, ha habido muchas ausencias. —Miró de reojo al reo.

Nagual callaba y se dedicaba a escuchar aguardando el momento de las preguntas, si es que las hubiese, para responder de la manera más atinada posible.

—¿Usted sabe a qué me dedico?

Nagual no pensaba que le fuera a salir con esa. No quería responder enseguida y meter las cuatro patas en un pantanal de arenas movedizas del que sería muy difícil salir. Buscaba cualquier pretexto para ganar tiempo.

—Su señoría —dijo con la voz afónica—, ¿sería mucho pedir si me aflojaran el torniquete del yugo que me aprieta el gaznate y hablar no puedo?

La petición fue cumplida, el hombre tocó una campana y más tardó en sonar esta que en aparecer los dos guardias tras la puerta a toda velocidad y con sus armas empuñadas. Cumplieron la orden, no solo aflojaron el torniquete, sino que quitaron el yugo y volvieron a desaparecen por donde habían entrado.

—Su majestad, no sé a qué se dedica ni quién es usted.

—¿Qué le llevó a desertar de nuestros ejércitos y a dedicarse a labores de tan dudosa reputación?

—Primero la crisis, hubo escasez de trabajo; después, las más que cuestionables actuaciones de nuestro ejército, y… Pues por azares del destino, su excelencia.

—¿Cuestionable?, ¿y lo que usted hace?

—No mato niños ni mujeres.

Una de las cuestiones por las que Nagual Jaguar había desistido de su puesto en los ejércitos era por la desmedida fuerza que estos empleaban para conquistar provincias con sus pueblos y ciudades. Se le despertaban los fantasmas remordiéndole la conciencia, y solo los amansaba zambulléndose en vasos de pulque y totomoxtles bien cargados de finas yerbas. Era tanta el hambre de crecimiento y poder que muchas veces se les iba la mano. No se conquistaban treinta y tantas provincias con sus más de trescientos cincuenta pueblos por las buenas y con palabras amables.

—¿Usted sabe cuál es la labor de un cihuacóatl consejero supremo?

—Sí, señor. Es el primer y más importante asesor de nuestro gran emperador en todos los asuntos importantes de estado. Tiene pleno derecho y facultades, y si el rey faltase, él sería el primero en asumir el mando del imperio.

—¿Conoce usted al nuestro?

—De oídas, sé que se llama Pluma Negra, pero verlo, verlo, así lo que se llama verlo en persona, pues nomás no. Solo le he mirado en lo alto de nuestras pirámides en cerimonias oficiales y cosas así, y con esa distancia, los trajes, los penachos, los maquillajes… Usted sabe que es muy difícil distinguir y reconocer, mucho menos quedarse con la cara de alguien.

Hasta ese momento iba librando bien las preguntas el acusado, pero el interrogatorio apenas había, y el trecho por recorrer era aún muy largo. Nagual Jaguar sabía que lo mejor era fingir total ignorancia.

—Se dice de usted que es muy buen guerrero, muy diestro con las armas. Nuestro capitán general de todos los ejércitos aztecas, Moctezuma, le ha premiado y reconocido, entre otras veces, por una acción en la batalla de Otompan donde salvó a varios de sus compañeros.

Nagual Jaguar asintió imperceptiblemente.

—También dice aquí —comentó Pluma Negra leyendo su historial y viendo de reojo al cuestionado— que se rebeló ante las órdenes del segundo de nuestros ejércitos, Tlacotzin.

—Ya le he dicho a su majestad, soy soldado disciplinado y cumplo órdenes, pero no entro en matar niños y mujeres solo para conquistar pueblos, su señoría.

—Lo de matar se le da muy bien.

—Me entrenaron para matar y salvaguardar el imperio. Soy soldado quachic.

—Hablando de matar, dicen que casi estuvo a punto de hacerlo con los pochtecas de Ayotlán que entraron por barcaza…

¡Uf! Entraba la plática en terreno fangoso y complicado, cuáles serían las respuestas adecuadas, habría de tener la precisión de un hondero del ejército capaz de matar a un enemigo a cien metros.

—Pues ni pochtecas ni estuve a punto de matarlos —interrumpió Jaguar—, disculpe la interrupción, su majestad.

—A eso iba… Su compañero de trabajo estuvo a punto de matar a Cinco Yerbas, y usted lo evitó, es lo que me ha contado el príncipe. Por cierto, ¡interesantes amistades las suyas! La princesa Acatlán dice que le debe a usted la vida; el Chamán Canek Anem lo considera una persona sincera, valiente y honesta; y el Profesor Boca Tarasca…, bueno, lanzarse al ruedo como él lo hizo ayer, o mucho le debe, o hay una gran amistad.

—Lo segundo, su majestad. No merezco tanto del Profesor. Y mucho menos del príncipe a quien le debo también la vida.

—Cinco Yerbas opina lo mismo de usted, quiero decir, lo de que le salvó la vida. No se ha dejado de interesar por usted. Mire que he mandado mucha gente a la piedra de los sacrificios, pero si quisiera hacer lo mismo con usted, estaría complicado y pelón con tanta persona interesada por su pellejo. Pero me echaría encima el paquete de ser necesario. Aún no me ha respondido por qué evitó su muerte.

—Su majestad, me hicieron un encargo hombres que desconozco, porque iban disfrazados. El primero dellos me pidió darles un escarmiento, mas nunca matarlos.

—¿Reconocería a ese primer hombre, su voz, algo?

—Tengo muy mala memoria y peor aún para las voces, pero es que, además, iba con el rostro pintado como serpiente en escamas naranjas y negras, y su acompañante, que parecía de menor rango, llevaba un antifaz de plumas azules.

—Muy bien, pero entonces, ¿por qué el otro de sus compañeros sí mató a uno y estuvo a punto de hacerlo con el segundo?

—Después de recibir las primeras órdenes, nos despedimos del hombre con escamas, el del antifaz nos llevó con otro hombre, muy alto, y este sí pidió muerte absoluta para esos hombres, sin remordimientos. El del antifaz apoyó la propuesta en todo momento. Eso me olió muy mal y algo que no tolero es verle la cara a la gente, y sentí que al primero de mis empleadores se la estaban viendo.

—Interesante —se llevó el consejero supremo la mano al mentón—, ¿y me puede decir quiénes son esos segundos, los que pidieron muerte para los viajeros?

Al cihuacóatl consejero supremo del emperador se le iluminaban los ojos. Esperaba el momento para que su interrogado por fin hablara. Lo que se le olvidaba, porque sí lo sabía, era que estaba ante un soldado, y en el calmécac les enseñaban el arte de la guerra, de la lucha cuerpo a cuerpo, del poder de concentración, magia, artes de ensoñar y muchas otras cosas; lo que nunca aprendió ni se le dio bien fue la música, y mucho menos el cantar. Así que ya puestos, si lo torturaban, largo sería el proceso.

—Le digo, su majestad, que llevaban disfraz y con tan mala luz, imposible ver a ninguno.

La luz de los ojos del inquisidor despareció y el rostro se volvió duro. *Hasta aquí llegaste, Jaguar*, es lo que debía de haber pensado mi amo al ver la seriedad con la que se le transformó el rostro. Palmeó dos veces las manos y entró raudo uno de los tlacuilos antes sentado en esa sala. El cihuacóatl consejero supremo le dijo algunas cosas al oído, y con la misma velocidad desapareció.

—¿Qué vamos a hacer con usted? —dijo el todopoderoso cihuacóatl lanzando la bolita negra al techo una y otra vez mientras se paseaba por esa habitación—. Muchos problemas nos hubiéramos ahorrado si los hombres de ayer hubiesen hecho su trabajo de manera profesional. Tiene un buen Tonalli, no cabe duda, los dioses le protegen. Aunque si yo fuera usted, me andaría con mucho cuidado. Mire que aventarle tantos sicarios no es precisamente para darle un leve escarmiento. Alguien le tiene muchas ganas. Debo reconocer que es un hombre derecho, sin ambages y con causas.

—Mi única causa soy yo mismo. Si no puedo decir la verdad, al menos evito la mentira, y mucho más la traición.

Pluma Negra se sentó en su mesa al lado una pequeña caja de madera fina con incrustaciones de concha de nácar. Parecía buscar algo hasta que, por la puerta y dándole al Nagual las espaldas, entró un hombre con pelos como de escarpia que desvió su atención.

—Me dice uno de los tlacuilos que me ha mandado llamar con urgencia. ¿Puedo hacer algo por usted, señor?

¡Ándale! En ese momento se le aclararon las ideas al Jaguar. La palabra señor y el modo de entonación le recordaron mucho al del antifaz azul que había servido de intermediario con ambos pagadores, y había estado de acuerdo con el señor Tacámbaro para acabar con la vida de los dos dizques pochtecas. Los labios cuarteados y los ojos semicerrados generaban desconfianza en cualquiera, como un animal mezquino esperando el momento del descuido de su presa para devorarla sin contemplaciones. Vestía una túnica azul turquesa algo raída y con varias manchas de tinta deslavada de diferentes colores. Cuando el hombre vio a Nagual Jaguar de frente, se llevó una mano a la cara entre asustado y asombrado, y ya no quedó duda de su persona al ver las uñas negras y afiladas.

Era Caña Brava, el tlacuilo, escribidor personal de nuestro rey Ahuizote. Padre de Yuma y Mina Citlali, y padrino de Muñeca de Jade. Caña Brava era un artista plebeyo de medio pelo y con muy buen ojo para los negocios que terminó volviéndose un pochteca especializado en arte plumario, y amasó muy buena fortuna, la suficiente para comprar el puesto de secretario del emperador y más. Intentaba estar así más cerca de la realeza y poder emparentar a sus hijas con nobles pipiltin.

—Señor Caña Brava, me gustaría saber si usted ha escuchado algo acerca de dos conspiraciones contra nuestro príncipe. Una, para darle un escarmiento, y la otra, directamente a matarlo, ¿hay algo que pueda decirme?

—¿Yo? —Se llevó una mano con las uñas mugrientas al pecho y fingió asombro—. Señor mío, ¿por qué piensa usted eso, acaso este individuo le inventó algo? —dijo viendo con desprecio al Jaguar mientras este se dedicaba a mirar al frente, impávido.

El cihuacóatl consejero supremo volvió a tomar su bolita negra y la sobó entre las manos intentando serenarse.

—Este hombre no tiene nada que ver, está aquí por motivos muy distintos. ¿Qué le hace pensar que haya inventado algo, como usted dice?

La cara de Caña Brava fue un poema de piedra, no sabía qué decir y los hilos de sudor de su frente no se hicieron esperar.

—Este... Bueno... Disculpe señor, creo que me confundí. Tiene razón, he dicho una tontería, ruego me disculpe.

—Entonces, ¿qué es lo que usted sabe?

—Saber, no mucho, sin embargo, tengo mis sospechas. —Tomó aire intentando recuperar una respiración normal—. Quien intentó acabar con la vida del príncipe es porque no le conviene para sus intereses, porque es contrario a sus ideales, filosofías y objetivos. ¿De acuerdo?

—De acuerdo. —Permaneció inamovible el cihuacóatl mientras Jaguar veía cómo el otro intentaba salvar su pellejo.

—¿A quién no le conviene ver en el trono al príncipe ya que este es partícipe del despertar de Quetzalcóatl?

—¿Me está preguntando? No sé, responda usted mismo.

—Pues uno dellos son los altos sacerdotes, su majestad. Usted sabe que son contrarios totalmente a Quetzalcóatl, es más, lo aborrecen. No les conviene en la silla imperial la presencia de alguien con claras tendencias a adorar a la Serpiente Emplumada.

Caña Brava comenzaba a recuperar la confianza y, ya puestos, pues a aventar a los tres sacerdotes por delante. De Tlacotzin, aunque participó esa noche en el plan, su papel era solo como testigo, apoyaba el plan, dio un dinero al igual que los sacerdotes, y quería ver cómo era utilizado.

—¿Me quiere decir usted que los sacerdotes Bacalar, Izamal y señor Tacámbaro están tras de todo esto?

—No lo sé, su majestad —dijo el escribidor Caña Brava recobrando la calma—, quizá.

—Acabo de hablar con el Yamanik, y me dijo que solicitó unos canutos de oro sin motivo definido, *solo decía pormenores del palacio*. Que por la cantidad yo le diría *pormayores*. ¿No tendrá usted que ver algo en todo esto?

Si algo había que admirar al consejero supremo era su memoria contable prodigiosa, eran miles de dineros que entraban y salían de las arcas del imperio en formas de canutos de oro, semillas de cacao, esclavos, T's de cobre… Y esto le servía para traer cortito y con la guardia en alto al tesorero Yamanik.

—¡Pero, su majestad! Usted sabe lo que significa para mí su señoría, después de darme el sí definitivo para obtener el puesto de tlacuilo personal de nuestro emperador Ahuizote, Bestia de las Aguas, huey tlatoani de Tenochtitlán, Señor de Mar a Mar, Cabeza de la Triple Alianza…

—¡Basta! Sabe que mi poder no llega hasta los sacerdotes, son decisión de nuestro rey y un consejo. ¡Pero, en lo que se refiere a usted, lo puedo mandar directamente a la piedra!

—¡No, por favor, esto es un malentendido! —El rostro descompuesto de Caña Brava en su totalidad lo decía todo.

—Sin embargo, quiero confiar en usted y espero que no me traicione. ¿De acuerdo?

—Su señoría, yo hago lo que su excelencia mande, tengo una lealtad absoluta hacia su persona y sepa que yo...

—Yo sé que usted hará lo que yo mande.

—¡Por supuesto, Majestad!

—Por lo pronto, necesito que pida al tesorero dos canutos de oro que entregará personalmente aquí al señor... Mixtli —dijo señalando con la mirada al Nagual; manera elegante de humillar a Caña Brava— para unas misiones que le tengo encomendadas. Quiero que usted haga luego luego su itacate, tome las cosas necesarias y parta a Ayotlán durante unos meses como observador de justicia.

—Sí..., como... como usted mande, su majestad —dijo mientras se retiraba y hacía una reverencia sin poder ocultar una cara de palo inmejorable.

Pluma Negra terminó de decir eso y le dio la espalda al de las uñas mugrientas para mirar un cuadro a manera de franja donde se mezclaban jaguares y serpientes unidas por volutas y caracoles. Así estuvo durante un rato, y comenzó a hablar en voz alta para Nagual que permanecía inmóvil y respirando como si se hubiese quitado una cabeza olmeca de piedra de encima.

—Tenga cuidado, hoy ha salvado la vida por un respiro, pero quién sabe el día de mañana. Se ha echado enemigos mortales y poderosos encima, buscarán su más mínimo paso en falso.

—Tendré mucho cuidado, su majestad.

—No abuse de su buena estrella, ya le digo que los dioses están con usted, pero debemos evitar su abuso. Para ejemplo de cómo le protegen y benefician aquí, está esto para usted de parte del príncipe. —Extendió la mano para alcanzarle la pequeña caja de madera fina con incrustaciones de concha de nácar que había estado todo el tiempo sobre la mesa.

Nagual Jaguar se acercó a tomarla y, al abrirla, descubrió una carta y una réplica del brazalete quetzal machoncatl que lucía en el brazo derecho la noche de la refriega. La copia era pequeña y solo cubría la muñeca, pero más allá del precio lo importante era su valor. Ningún plebeyo portaba esas joyas a menos que fuese regalo de un noble, acompañado de la respectiva carta justificante. El quetzal machoncatl se utilizaba como una condecoración secreta por favores recibidos y no dignos de ventilarse. Cualquiera que lo portase con su respectiva carta era auxiliado si en alguna situación peligrosa o comprometida se hallaba.

—Uno nunca sabe para quién trabaja —se dijo Nagual Jaguar a sí mismo y entre dientes cuando se retiraba de ese salón.

***

A la mañana siguiente, el Profesor y yo nos dirigimos hacia los palacios reales, nos habían citado para prestar declaración.

A pesar de las nubes blancas y esponjosas que formaba figuras caprichosas sobre el cielo de Tenochtitlán, mi ánimo sombrío no veía otro color que no fuera el gris. A pesar de prometer el día un sol radiante, oculto detrás de las brillosas nubes y que muy pronto terminaría de aparecer, mi energía era incierta. Como la de la noche anterior. Había dormido en casa de la Teotihuacana y no había pegado ojo. Por mí, me hubiera ido el mismo día anterior a esperar a mi amo, pero las voces experimentadas de los amigos de Nagual, además de prohibirme mi noble acción, me aconsejaron sobre la conveniencia de esperar e ir hasta el día siguiente. El amigo de Jaguar terminó de calmar a todos con sus certezas por las informaciones que, según él, había recibido.

—Saldrá bien, no se preocupen.

Cuando estaba a punto de llegar al palacio y al ver, además, el fondo de la puerta custodiada por dos bocas gigantes de serpiente, las piernas empezaron a temblarme. Tomé aire intentando serenarme, me fajé bien el taparrabos. Cuando por fin pasamos los controles de seguridad, vi que algunos sirvientes iban de acá para allá llevando y trayendo mil objetos: comida en platos calientes, legajos de piel o de amate, esclavas y esclavos muy guapos y elegantes. Nosotros nos sentamos en unas piedras labradas a manera de sillón con reposabrazos cuya forma terminaba en cabezas de serpientes, lagartos y animales así.

—Tranquilo, Natán. Tú limítate a responder lo que te pregunten, no te van a hacer nada, solo necesitan tu declaración. Del trabajo de Nagual, pico de cera, que tú no sabes nada, solo te concretaste a defender a tu amo.

Un hombre de pelo y barbas blancas se acercó hasta donde estábamos, yo me hinqué y besé el suelo, el Profesor hizo lo mismo. Era Cocomba el Blanco. Se dirigió directamente al Profesor sin voltear a verme.

—Eres el siguiente.

—¿Qué tal todo, director?

—Todo va a ir bien, tranquilo. Sígueme.

—Como usted mande, Temachtiani Cocomba.

Yo me quedé en el salón y me sentí en la más absoluta soledad, a pesar del moderado tráfico de gente. Puedo jurar que un olor a tabaco curado de fuego y ololihuqui cruzó rápido por mi nariz, e igual de efímera fue la vista que tuve cuando, al fondo de uno desos salones, pasó un hombre de lado a lado sin poder distinguir bien su figura. Solo pude ver unos dientes que sonreían, pero el resto del rostro era lúgubre. Sentí algo de miedo, pero también había aprendido, entre otras lecciones esos días, algo muy importante: hagas lo que hagas, si te toca morir, morirás.

Al otro lado desa pared, sin yo saberlo, el Profesor y el director Cocomba hablaban, y entre esas pláticas estaba yo incluido.

—¿Es ese el muchachito que me habías solicitado para meterlo en el telpochcalli del centro?

—Sí, señor, es Natán Balam, hijo de un soldado al servicio de la Triple Alianza —apuntó y resaltó el Profesor Boca Tarasca.

—No sé, detecté en él un aura especial y… tal vez diferente. No te podría decir ni buena ni mala, solo diferente.

—Es muy inteligente y valiente, se lo puedo asegurar, director. ¿Vio qué manera de lanzar las pelotas contra los móndrigos? ¡Y solo es un adolescente!

—Cierto, no creas que no me di cuenta. Nunca he visto alguien tan joven aventarlas con tal fuerza y precisión. Muy interesante.

—Puede ser un buen prospecto para nuestras fuerzas inferiores.

—Sí, el problema es que ni es pipiltin ni ha hecho ninguna labor digna de mención.

215

—Puedo decirle, su señoría, que más de una vez ha salvado la vida de su amo en condiciones harto peligrosas, valor le sobra al escuincle.

—¿Qué me quieres decir, Boca Tarasca?

—Pues que le demos una oportunidad para entrar al calmécac.

—Entonces, se la das y se la quitas tú. ¿Responderías por el chico en su totalidad?

El Profesor, que nunca había tenido ni hijos ni responsabilidad alguna dese tipo, al menos oficialmente, dudó algunos instantes y al final accedió. Sin sospechar los aprietos en los que yo lo metería.

—Bueno... Está bien. No se arrepentirá, director. Natán Balam sacará todas sus virtudes que, presiento, son varias. Acepto la tarea y respondo por él.

Cuando el Profesor declaraba, salió Jaguar por una puerta contigua y, al verme, esbozó una ligera sonrisa. Yo tenía ganas de correr a abrazarlo, pero algo me ordenaba prudencia y sobriedad. Después de hecha mi declaración, un mero trámite, nos dirigimos los tres a nuestro barrio, directo a la fonda de Flor de Mañana donde todos los amigos nos esperaban, incluso Brazo Piedra y Brasa Vaho. Hasta Chocán, el xolo de La Teotihuacana, anduvo gruñendo, ladrando y viendo qué pizca de comida robaba o le regalaban.

Nagual Jaguar, a pesar de celebrar con todos los amigos su puesta en libertad y estar vivo, no dejaba de traslucir cierta preocupación. Era un hombre curtido en victorias y derrotas y, aunque eran más de las segundas, recibía ambas con la misma resignación y templanza. Yo llevaba ya un tiempo con él como para percatarme de sus estados de ánimo, y ya no me engañaba tan fácilmente como al resto. Después me enteré de que en parte era por las recomendaciones del cihuacóatl consejero supremo, en parte por esos enemigos mortales y peligrosos que se había echado de por vida. Y, aunque en el fondo estaba orgulloso de mi aceptación y próxima entrada en el calmécac, sabía que yo debía andarme con mucho ojo. No solo porque el señor Tacámbaro ostentaba cargo de profesor en este templo del saber, sino porque estaba seguro que dentro de las paredes desa institución no todo era sabiduría, magia y artes de la guerra. Muchos maestros malditos y siniestros que practicaban la magia negra, algunos a escondidas y otros para servicio de las huestes del despertar del Quetzalcóatl, se amparaban bajo el título de profesionales del saber y se cobijaban en esas escuelas.

Entrar en el calmécac sería un arma de doble filo. Pero es bien sabido que quien no arriesga no gana, y de eso está hecha la vida.

FIN

Printed in Great Britain
by Amazon

66998841R00132